越楚記

下

餘生無悔

是風不是你 著

目次

前言

西元前兩百六十九年，楚王三十年，黃歇向秦王上書，他認為戰國諸雄中，只有秦國和楚國最為勢均力敵，兩國交惡等於讓其他各國坐收漁翁之利，倒不如化干戈為玉帛，對彼此才有利。

再加上，楚國誠意十足讓太子熊完待在秦國當人質，在幾經考量之下，秦王索性就做個順水人情，答應日後不再以軍事侵犯楚國。

可惜，楚國國都郢已被白起攻破，宗廟社稷也被秦軍踐踏殆盡，悲愴的宋玉寫下《九辯》哀悼跳江的恩師屈原，以及楚人再也回不去的繁榮盛世。

「悲哉！秋之為氣也。蕭瑟兮，草木搖落而變衰。憭慄兮，若在遠行。登山臨水兮，送將歸。泬寥兮，天高而氣清；寂寥兮，收潦而水清。憯悽增欷兮，薄寒之中人；愴怳懭悢兮，去故而就新；坎廩兮，貧士失職而志不平；廓落兮，羈旅而無友生；惆悵兮，而私自憐。」

唉……這秋天的天氣啊！真是既凜冽又冷清，連草木都變得枯萎而凋零，淒涼的心情猶如一個人在遠行，或像千山萬水要為親友送行。看那晴空萬里秋風爽，雨停湖清水平靜，可心裡湧起的悲傷，還是令人忍不住嘆息。悵然失意的人就算到了一個新地方，坎坷不平的路途也會令孤獨的人心生不平，這種空虛寂寞的心情，就像旅遊無人同行般，只能顧影自憐。

「燕翩翩其辭歸兮，蟬寂漠而無聲。鴈廱廱而南遊兮，鵾雞啁哳而悲鳴。獨申旦而不寐兮，哀蟋蟀之宵征。時亹亹而過中兮，蹇淹留而無成。」

燕子翩翩飛向溫暖的南方，悲吟的秋蟬也漸漸沒了聲響，展翅的大雁和諧地鳴叫南飛，可是飛不遠的鵾雞卻只能在原地悲鳴。如今唯有夜裡不斷鳴叫的蟋蟀，陪伴整晚未眠的我到天明，想起時光匆匆，我已過中年，到頭來卻還是一事無成。

「悲憂窮戚兮獨處廓，有美一人兮心不繹；去鄉離家兮徠遠客，超逍遙兮今焉薄？專思君兮不可化，君不知兮可奈何！蓄怨兮積思，心煩憺兮忘食事。願一見兮道余意，君之心兮與余異。」

如今的處境實在是窮困又孤寂，猶如美人心中悲悽，離開家鄉到遙遠的地方去，要漂泊到何時才是歸期？一直以來，我思念君王的心意從未改變，無奈君王永遠都不會知道，日積月累的怨念，讓我難過得食不下咽，希望有朝一日能與君王見上一面，可惜君王已經跟我不同心。

「車既駕兮朅而歸，不得見兮心傷悲。倚結軨兮長太息，涕潺湲兮下霑軾。忼慨絕兮不得，中瞀亂兮迷惑。私自憐兮何極？心怦怦兮諒直。皇天平分四時兮，竊獨悲此廩秋。」

上車遠去的我只能悄然離開，獨自感傷不能見上君王最後一面。倚靠車廂的我嘆息，流下的淚把車前的木條都沾溼了。感慨的心情無法抑制，內心混亂的我根本無法平靜，這樣自悲自憐何時才是盡頭？

看來，我只能繼續堅定內心的忠誠和正直。雖然老天平分四季，可唯獨這寒冷的秋天令我感到傷悲。

第四十五章

治水功臣

長年被困守在陳郢的宋玉，因為麗姁找卜尹斬桃花之事，惹來群臣非議，導致楚王將他調往偏遠的淮北之地去治水患。詭異的是，沒隔多久，雨桐便在市集上遭到不明人士的追殺。

幾次死裡逃生的雨桐怎麼也想不到，已經成為陽陵君莊辛的義女，而且即將下嫁給宋玉做妾的她，居然會成為有心人士的攻擊目標！追殺她的人，會是因愛生恨的景差嗎？但在暗地裡，莫名出手相救的英雄，又會是誰呢？

為了確保雨桐的安全，莊辛要求府裡的侍衛，對進出府邸的所有人均要進行仔細的盤問、檢查。除了府上的門客，那些與莊辛不熟的官員、訪客，也都一律拒絕往來。

這日，莊夫人的貼身丫鬟夜兒，奉命外出採買，走著走著突然就拐進一間茶樓，眼尖的掌櫃見姑娘進門，連忙帶往二樓廂房。機警的夜兒睜大眼瞧了瞧左右，確認沒人跟蹤後，才大膽地開門走了進去。

屋子裡，坐著一位樣貌俊秀、身姿挺拔的男子，此人的衣著不凡，一桌酒菜又叫得豐盛，一眼就瞧得出是個出手闊綽、非富即貴的公子。低頭斂目的夜兒走近，餘光瞥見那名男子正倒著酒，欲舉杯品嚐，看起來心情不錯。

「有動靜嗎？」

低沉的嗓音透著莫名的陰森，男子問道。

「沒有。侍衛整日都在府中來回巡視，連隻貓都跑不進來。」

夜兒想起以前晚上都還聽得見貓叫，現在則是半點的聲音都沒有了。

「很好。看住她，一舉一動都得向本官稟明。」

面無表情的男子一口飲盡杯中酒，而後揮揮手，示意夜兒可以走了。

「大人，您不是說要帶小姐離開的嗎？為何至今仍無動靜？」

眼看著宋玉就要回到陳郢，若讓雨桐繼續留在莊府，那他們兩個人的婚，不就結定了？夜兒很是著急。

夜兒想那雨桐不過是莊夫人從路上撿回來的乞丐，憑著姣好的容貌和花言巧語，便把莊辛夫婦哄得開心，不僅從一個任人差遣的奴婢，榮升為官大夫的千金，居然還將嫁給楚國女子夢寐以求的美男子——宋玉為妾。

早就對宋玉魂牽夢縈的夜兒，怎能接受和自己平起平坐的一個臭丫頭，夜夜和神祇般的宋玉同床共枕、恩愛纏綿，那是她絕不願意見到的。所以絞盡腦汁的夜兒左思右想，終於想到了一個人，一個可以幫她破壞雨桐與宋玉婚事的人，那就是——上大夫景差。

從一開始，夜兒就懷疑雨桐和景差的關係不單純，否則，說要來陳郢尋人的雨桐，為何賴在莊府裡不走，還無緣無故拿錢給景差？就連景差到莊府拜訪，身為莊辛義女，又未出閣的雨桐不僅沒有迴避，竟然還邀景差獨自到花園一遊。不久之後，陳郢便傳出景差欲納雨桐為貴妾的傳聞。

只是，莊府與景府兩家向來不睦，莊辛自然不會同意這門親事。原本在心底暗自竊喜的夜兒，以為雨桐高攀景氏權貴的這條路斷了，沒想到，心思狡詐多變的雨桐，居然在短時間內又勾搭上了宋玉。

嫉妒心重的夜兒，只想著要如何讓雨桐遠離宋玉，於是偷偷找了景差，並把雨桐的一舉一動，一字不漏都告訴了他，就是希望這位上大夫，能早日把雨桐帶走。

早在夜兒找景差之時，景差就瞧出這丫頭的心思不簡單。一個小小奴婢，居然敢違逆家主的意思，聯合外人出賣自家小姐，這已經不是杖責就說得過去的事了。也因此，景差派人把夜兒的底細給摸了個遍，才發現雨桐兩次在街上差點被小販毆打，都是夜兒在私底下搞的鬼。

雨桐仁善，沒有將夜兒的惡行告訴莊辛夫婦，要不是兩次都被景差恰巧遇上並解圍，興許雨桐還逃不過訛詐商販的牢獄之災。如今，夜兒這丫頭變本加厲，不但要破壞雨桐與宋玉的婚事，還巴不得雨桐立即在莊府消失。

雖說憑夜兒這樣愚蠢的腦袋，想和聰敏的雨桐一較長短，真是不知天高地厚。不過，不願見到雨桐嫁給宋玉的景差，樂得當一回好人。

「妳只管拿錢辦事，至於本官想怎麼辦，還需要與妳商議嗎？」

瞪視夜兒的景差起身，一身濃烈的酒氣蒸騰。要不是夜兒還有利用的價值，景差恨不得將她吊起來毒打，替心善的雨桐還一個公道。

單純的夜兒，只知道在前幾次的談話裡，景差對她都是和顏悅色、溫和體貼的，怎麼現今變得如此陰沉可怕？難道是因為酒喝多了？

心虛的夜兒絞著冒汗的十指，對眼前緩緩逼近的肅殺之氣感到有些慌亂與害怕。

下一秒，景差伸手掐住這丫頭的下顎，拇指輕撫過因緊張而略略顫抖的唇瓣，他對夜兒冷眼笑著，字字清楚得嚇人。

「記住，妳家小姐少一根寒毛，本官都會跟妳算，想活命的話，就張大妳的眼睛，管好妳的嘴巴，這樣，懂了嗎？」

景差指上的粗繭，在夜兒細嫩的脖子上，掐出三個紅色的印子，原本就嚇極的夜兒只感到一陣刺骨的疼痛，接著就連吸氣都覺得困難。

「懂……懂了。」

睜著泛淚的珠子，驚恐的夜兒勉力吸了口氣，好穩住自己幾欲潰堤的情緒。

「很好。有什麼事儘管讓掌櫃通知本官，妳可以走了。」

景差收回手，暗笑這丫頭也不過這麼點本事。

感覺逃過一劫的夜兒見景差收手，一串淚都還來不及落下，便趕緊欠身，飛也似的逃走。

「雨桐，終有一天妳會知道，能守住妳的，唯有我子逸而已！」重新落坐的景差，嘴角緩緩揚起了驕傲的弧度。

距離宋玉回陳郢還有五日時間，莊辛開始密集採辦起婚禮的用品。

這件婚事，越是有人阻撓就越要加緊置辦，否則一旦生變，不僅誤了宋玉，雨桐更可能有性命之憂。

在宋玉未歸家之前，宋府裡除了麗姬外便無人可主事。麗姬見卜尹非但沒斬斷宋玉的桃花，還讓宋玉被調派到淮北那麼偏遠的地方，心下已是惴惴不安。而為了不落人口實，麗姬這個當家主母，只好勉為其難配合著莊辛，張羅起裡裡外外的事務。

因著蘭兒和小翠都是姑娘家，宋府的幾個小廝，又都年輕不經事，為了方便打理院子裡的粗活，莊辛還特地找了自己府裡幾個得力的小廝，任麗姬分派著用。

宋玉離家前讓小翠置辦的東西，遠遠不及莊辛的要求，熊橫雖然沒再提賜婚的事，但憑著官員們送來的諸多賀禮，這場婚事就算不想鋪張，卻也簡樸不了了。

麗姬冷眼看著莊辛和宋玉，為雨桐籌辦的這場盛大婚禮，早已凌駕她這個正室數倍之上，心裡不勝唏噓。

就算雨桐與宋玉青梅竹馬的感情是真的，但為宋玉生兒育女的麗姬，唯有用命乞來的憐憫而已，身分是正妻還是妾室，又有什麼差別？

「妳說，我們的新姨娘，到底是個什麼樣的人物啊！現如今，整個陳郢都在討論她的事，熱鬧著呢。」

小翠一邊拿刀子裁紙，一邊和蘭兒閒聊。

「妳問我，我問誰呢？那日大人突然說要納妾時，我也嚇了一跳。這幾年，大人不知道拒絕過多少王公貴族的親事，怎麼說納妾就納妾了呢？」

蘭兒將裁好的紅紙，折成四方樣式，正準備寫個大大的「囍」字。

「聽說她是莊夫人收養的義女，從小就與大人相熟，因為郢都戰事分散了，如今有機會相聚，說來還真是神賜的緣分。這天下之大，她一個弱小女子千山萬水尋著，真的就找到我們家大人了。」

放下刀子的小翠，杵著下巴不禁想著：「那得有多堅定的情感，才能撼動上蒼，讓她在茫茫的人海之中，找到心之所向的大人呢？」

「那是，也唯有大人如此重情重義，就算那姑娘等到這個歲數了，還是願意將她迎進門。」蘭兒附和道。

世上有哪個男子不貪戀女子的美貌青春？大人今年都三十了，那姑娘肯定歲數也不小，她若有幸能為大人生下一男半女，後半輩子也算有個依靠，否則，將來人老珠黃，無兒女承歡膝下，自己又該如何度日呢？

可惜蘭兒不知道，從現代穿越回來的雨桐，還是個正值花樣年華的二十歲小姑娘，並非蘭兒所想像的年紀。

「只是現在的夫人，心裡想必不好過。」

蘭兒是侍候麗姬最久的丫鬟，自是最能體會她從此要與人共侍一夫的艱難感受。

「比起其他的達官貴族，我們大人對夫人已經很好了。」

小翠卻不這麼想。

「就如景大人，他不也娶了一個妻子，兩個妾室嗎？還有昭大人和王大人，外面養著的就有好幾個。」

經常上街的小翠，自然對這些流言蜚語如數家珍。

對於麗姬找卜尹來家裡斬桃花一事，身為奴婢的小翠，非常不以為然。宋玉堂堂一個楚國議政大夫，平日裡潔身自好，既不愛和那些公子哥上青樓買醉，也從不在外面流連忘返。

素日裡，宋玉除了將俸祿拿去資助貧苦百姓，還要養大王賞的這座大宅，一心為國為民的大人，如今只是要納一個自己喜歡的女子為妾，便受到妻子這般激烈的阻撓，實在說不過去。

「況且，若如莊府的那些小廝所言，大人與新姨娘是青梅竹馬，可卻先是奉已故的老夫人遺命，才娶了現在的主母……」

「妳們在這裡胡說些什麼？」

誰知，路過一旁聽不下去的麗姬，已經憤憤走進大廳，沒等兩個丫鬟對她行禮，伸手就給多嘴的小翠一個響亮耳光。

「啪！」

沒心眼的小翠還沒反應過來，就被讓麗姬給打個正著，火辣的掌印，瞬時就浮在她白淨的小臉上。

「夫人息怒，小翠不敢了。」

從沒見過麗姬出手打人的小翠，連忙跪下，想想是自己多話了，便接著含淚磕頭致歉道：「小翠失言，小翠有錯，請夫人不要生氣！」

「妳還當我是妳的正主嗎？現在就敢取笑我，日後，還指不定在新姨娘的面前說我些什麼。妳如此容易見風轉舵，我還怎麼留妳在這個家裡待著？」

怒極的麗姬氣得渾身發抖，順手拿起桌上的茶水，一個勁兒潑在小翠身上。

「夫人，您的身子不好，千萬別生氣……」

驚惶的蘭兒趕緊麗姬，一邊安撫她，一邊拿走她手中的茶杯，免得她在盛怒之下將茶杯丟向小翠。

「這件事是奴婢們的不對，請夫人息怒，蘭兒和小翠，以後絕對不敢再議論大人和夫人的事，以後不敢了。」

蘭兒說完，也跟著一起跪下。

未曾見夫人發這麼大的脾氣，小翠嚇得四肢發抖，邊哭邊磕著頭，就怕體弱的麗姬把身子給氣壞了。

好不容易穩住氣息的麗姬，也發現自己過分失儀，莊府的人還在外頭，若是瞧見一家主母這樣責打婢女，不知道會怎麼跟莊府的人說。

麗姬深吸了一口氣，再緩緩轉身，冷冷地說道：「別讓我再聽見這些閒言碎語，否則不必等到新姨娘進府，我立刻就將妳們趕到外面受苦去。」

宋府那邊忙碌，莊辛這邊也沒閒著，雨桐陪嫁的首飾、喜服，都要趕在宋玉回來前準備好。莊夫人雖然捨不得雨桐這麼快就離開家，但日日沾著新嫁娘的喜氣，心情也不禁為之欣悅。

因為雨桐不瞭解楚國的婚嫁習俗，媒婆不免要再三囑咐，但凡該行的禮，不能說的話，句句都得交代得清清楚楚。

莊夫人本來要萍兒陪嫁，但已經叨擾多時的雨桐，不敢再麻煩別人，便總是推辭。

其實雨桐也捨不得萍兒，畢竟穿越到古代，除了宋玉和莊家二老，也唯有和萍兒相處時，才能讓雨桐感到真正的自在。

「小姐無須客氣，宋大人雖然疼愛小姐，但小姐畢竟不夠熟悉官家的應對進退，那些繁文縟節，也得有個人在妳身邊照應才好。況且，宋大人府上還有一位當家主母，萍兒若能待在小姐身邊，時時幫忙提點著，或許小姐的日子也能過得順遂些。」

宋夫人請卜尹斬桃花的事，萍兒當然也聽說了，莊夫人要府中上下都瞞著雨桐，就是不想讓即將出嫁的雨桐憂心難過。但雨桐還未過門，宋夫人就找卜尹對雨桐施咒，足見那個宋家主母也不是個溫良省事的人。

尤其在經過市集上的追殺事件後，莊辛更不敢讓雨桐一個人落單，所以莊夫人才會積極要萍兒陪嫁，想著能多一個人當眼線，幫襯著雨桐一些。

心等著宋玉回來成親的雨桐，自然是不會顧慮到這麼多，所以萍兒的這一番話，落在待嫁女兒雨桐的耳裡，更覺得分外體貼。

雨桐見銅鏡裡，萍兒正為自己插上昨日在街上買的銀製流蘇髮飾，雖然東西不是很名貴，但畢竟是小丫鬟對新婚小姐的一番心意。雨桐與銅鏡裡的萍兒相視而笑，這才發覺這個髮飾，正是前幾天自己看上，卻一直猶豫要不要買的，沒料想萍兒這樣有心，居然就記下了。

「萍兒，妳人真好。」

想到即將離開這個收留她好幾個月的家，雨桐不禁心中一動，脫口而出。

而輕擺螓首的她也有些擔心，萬一不小心弄丟，可就對不住萍兒的一番心意，便問道：「這樣不會掉下來嗎？」

「不會的，您放心。」

萍兒的話才剛說完卻又覺得不妥，於是多加了一句，「但小姐不能再像上回那樣狂奔亂跑，否則，還是會掉的。」

萍兒指的，當然是雨桐為了躲景差而跑的那一次。

「裡裡外外的衣服這麼多層，想跑也跑不動。」

調皮的雨桐努努嘴，示意衣架上的那套桃紅色禮服，既厚實又沉重。

「那是。要是宋大人瞧見小姐拉著裙襬在路上跑，肯定要先把您的手腳綁起來，再扛回家。」

萍兒總覺得這個小姐好似永遠長不大，忍不住掩嘴竊笑。

「他敢！我就讓他回去跪鍵盤。」雨桐得意地揚揚眉。

「鍵盤？」萍兒不解。

「就……一種銅盤。」腦筋急轉彎的雨桐笑道。

「小姐的心眼真壞，宋大人是我們陳郢女子眼中的美男子，您若苦了他，可要成為公敵了。」

宋玉在萍兒這些身分卑微的下人眼中，宛若天人，所以，也唯有小姐這樣有福氣的人，才配得上這位楚國的才子。

「公敵？妳也會心疼宋玉嗎？」

雨桐睨眼看著，見銅鏡裡的人手停了一下，想必是害羞了。

「唉唷！小姐，您想到哪裡去了？萍兒是個卑賤的奴婢、丫鬟，怎麼敢妄想……」

萍兒自幼就被家裡人賣給莊府為婢，即便因為穩重得體，受到莊夫人和雨桐的喜愛，但此生再無自由。

如果雨桐執意不讓她陪嫁，日後，莊夫人若將萍兒配予小廝，或許給他人做通房小妾，萍兒也唯有認命，哪裡還敢有什麼念想。

可是雨桐打斷了她，「丫鬟也是人，雖說，在這個時代由不得女子做主，但絕不能因此看輕了自己。眼光要放遠，機會來時才能掌握住，知道嗎？」

瞧雨桐說得認真，萍兒卻愣住了，丫鬟也是人？此番道理怎麼想怎麼唐突。小姐不僅行事奇特，思想也如此怪異。

自古以來，奴婢是被主人使喚，甚至是可以隨意送給他人的卑賤之物，不幸者甚至不如一條狗，被打死了不能有怨言。而雨桐，卻把萍兒真真切切，當成了一個「人」。

「小姐……」

萍兒雖不理解雨桐的話裡的意思，但其語調的真切與溫暖，讓萍兒的兩行淚巴巴地落下，不由自主將身子一躬，差點就要跪倒。

雨桐扶起萍兒，兩手親熱環抱著萍兒。

「倘若沒有妳，我在這裡的生活一定也會是孤單寂寞的，生活的環境越是艱困，身為女子的我們，就越是要自立自強，相互扶持，才不會淹沒在這個弱肉強食的世界裡。」

因著熊橫急召回陳的旨意，宋玉由宮中的御衛領著，日夜兼程趕到了陳郢。好不容易回到國都的宋玉，當務之急自然是要稟明淮北的治水情況，好讓大王放心。

風塵僕僕的宋玉入朝晉見時，已近晌午，只是眾臣還在為些雞毛蒜皮的小事，爭論不休，熊橫見平日神采奕奕的宋愛卿，雙眸因疲憊而黯淡無光，當下便令他先到偏殿休息，待下朝後再單獨召見他。

獨自待在偏殿等候的宋玉，喝了口大王命人熬煮的蔘茶，依然忙不迭地埋首寫奏章。

淮北雖然水患嚴重，但在幾位老師傅的帶領下，軍士們都井然有序著手整治，而淮北的天象，也如那位自稱是河伯的老人所言，比預期的好，使得治理的進度異常順利。

雖然，宋玉對遇見河伯之事至今百思不解，但只要當地的百姓安好，就算要他向河伯跪拜也無所謂。因此，已經回朝的宋玉，仍不斷在心裡暗自祈禱，希望淮北的水患，能趕在明年洪澇來臨前治好。

思及此，已經不眠不休好幾夜，勞心又勞力的宋玉，心下不免寬慰，他總算沒有辜負大王的信任，和淮北百姓熱切的期許。

待眾大臣退朝後，迫不及待的熊橫隨即進入偏殿，他見宋玉又要向自己拜下，連忙向前扶住對方。

「愛卿辛苦了。」

「臣不負大王所托，已命人著手治理淮北的水患，相信不久……」

「寡人相信愛卿的能力，否則，也不會讓你千里迢迢趕去。」

熊橫打斷宋玉的嘮叨，淮北之事，宋玉去不去治理都一樣，反正熊橫不在意。

許久不見宋玉的熊橫，命一旁的侍者收起他未寫完的奏章後，欣然開口道：「此番愛卿來回奔波數百里，想必勞累不堪，午膳就留在宮裡用吧！寡人命人煮了些你愛吃的菜，我們君臣好好說說話。」

熊橫才略舉起手，機警的司宮，就趕緊吩咐一旁的侍者下去辦事。

「臣不敢。」

恭敬依舊的宋玉起身作揖，「臣離家十幾日，想必家中也想念得緊，所以……」

「怎麼，連跟寡人用個膳都不肯嗎？」

想到宋玉肯定是急著去見他的新歡，熊橫就極度不耐。

然而，完全不知道大王賜婚又反悔的宋玉，見熊橫肅冷的眸光幽暗，神情明顯不悅，以為是自己不在陳郢時發生了什麼事。

關心國事的宋玉，只好耐下焦急的性子，回道：「臣，遵旨。」

後宮本是朝臣禁地，除了幾位重要的貴族和令尹子蘭，熊橫鮮少邀其他的臣子進入，唯有宋玉例外。熊橫如此大張旗鼓把宋玉留下來用膳，知情的人可都要眼紅了。

這幾年，熊橫雖然保著宋玉的官位，私底下卻已經極少單獨接見他，更不會像盛年時那般容易喜形於色，讓宋玉有機會揣摩他的心思。遷都陳郢後，除了令尹大人與貴族們的諫言，也唯有莊辛的話，能讓熊橫聽得進去。

有時，宋玉對大王這樣的改變，不知道該喜還是該憂？

國君的思維，本就不宜輕易讓臣下揣測，可惜，熊橫又偏偏極度依賴朝臣的建議，長此以往，君臣總在揣度間捉摸彼此的信任，實則不利於朝政。

宋玉希望藉著治水一舉重獲熊橫的信任，畢竟他的滿腹理想，不見得能被莊辛全然接受，冉者，透過他人傳達的意思也未必完整。思及此，宋玉也想利用這次機會，好好與大王討論，徹底解決淮北困境的方法。

「此番愛卿治水又立下功勞，寡人應該犒賞你才是。」

眼裡只有宋玉的熊橫舉杯，感到無比欣慰。

「為大王排難解憂，是為人臣子的責任，況且，真正有功的是淮北治水的軍民們，臣不敢擅自居功。」

宋玉也舉杯，恭敬地低著頭，在如此近距離的相處下，他豈敢直視王的龍顏。

立在兩側等著侍候的宮女和侍者雖然不多，但在嚴謹的內宮之中，宋玉的言行舉止難免不夠自在。熊橫看出他的拘謹，當下袖袍一揮，命司宮讓那些不相干的人都退下。

「來，愛卿多吃些好菜。」

熊橫先動筷，夾了些魚肉放到碟子裡，示意一旁的司宮拿去給宋玉。

大王親自賜食，讓受寵的宋玉一驚，連忙跪下謝恩。

「寡人說過，私底下你我就不是君臣，愛卿難道不瞭解寡人的心意嗎？」

見狀的熊橫連飯也顧不得吃了，不但起身扶起他的宋愛卿，還隔著袍服扣住宋玉寬袖下的手腕。

熊橫微微傾近，聞著宋玉身上慣有的馨香，一字一句吐著真心。

「寡人喜歡你，當你是知己，在這偌大的朝野中，唯有你懂得寡人的難處，也唯有你，能平撫寡人孤寂的心……」

自從巫玉死後，熊橫已許久未曾宣洩過對宋玉的感情，尤其，在得知他將納莊辛義女為妾後，長年積累的妒意，讓熊橫更加渴望與宋玉親近。

然而十年前，熊橫欲強留宋玉在後宮的記憶猶新，那時惱羞成怒的熊橫，不但派人將宋玉驅逐至城外，還差點革去他議政大夫的職務。

現如今，冷落宋玉許久的熊橫，在兩人獨處時又說出如此露骨的話來，讓敏感的宋玉直覺分外不自在。

熊橫見宋玉的眼神一昧迴避，似乎仍無法接受自己的一番表白，而且，熊橫也擔心激怒了自己的宋愛卿，會讓他再做出什麼辭官歸隱的驚人之舉。

於是熊橫只好按下心裡的悸動，轉移話題，向宋玉舉杯大聲讚道：「來，為楚國的上大夫敬酒！」

「上大夫？難道……」宋玉心底一驚。

「愛卿此番治水有功，明日早朝，寡人要拔擢愛卿為上大夫，如何？」

難得開懷的熊橫大笑，逕自舉杯一飲而盡。

「臣不過是盡本分，況且，治水之事仍未見成效，為此升官，恐不能伏眾。」

即便自己已經忍了這麼多年，但宋玉仍覺得時機未到。

其實，熊橫一直在找機會給宋玉加封，尤其是他和莊辛兩個人，合力將陳郢這個舊都規劃得比郢都還好，這點就已經值得嘉許。但礙於朝中貴族的勢力和秦王對宋玉的覬覦，熊橫才不得不壓制宋玉在朝中的影響力。

如今，宋玉治理水患有功，身為國君的熊橫拔擢有功朝臣，應是理所當然。

對於升官之事熊橫正要再說，殿外卻突然有人大聲譏諷道：「那是，來回跑個十幾日，一回來就升官發財，這樣的好差事，下次王兄記得派臣弟去啊！」

殿內的兩人相繼朝門外看去，見出聲之人穿得一身華服，腰際兩側皆掛著龍形玉佩，臉上的粉雖擦得淨白，但脣上的胭脂，卻塗得朱砂般豔紅，對比極為強烈。

宋玉聞言率先起身，對著來人恭敬作揖，「下官宋玉，參見令尹大人。」

「免啦！」

此人正是熊橫的胞弟令尹子蘭，拿著一把玉骨摺扇的他，神色漠然地將身子一轉，對宋玉的行禮不予太多理會。

逕自走到熊橫身邊的子蘭坐下後，對著滿桌子豐盛的菜色鄙笑。

「怎麼王兄請客未曾與臣弟打聲招呼，好讓臣弟也沾沾光。」

見子蘭開口就沒好話，熊橫臉色　冷，面無表情回道：「只是做點小菜給宋愛卿接風洗塵，哪有什麼光？」

「可臣弟方才聽王兄說，要讓宋玉升任上大夫，難道，只是說笑？」

子蘭睥睨了眼在一旁恭謹立著的宋玉，直覺長相張揚的宋玉，很是礙眼。

「寡人身為楚國國君，如何能對臣子隨意說笑？」

微怒的熊橫不解子蘭又想來攪什麼局，自己不過就是留宋玉吃頓飯，他子蘭來這裡又是要做什麼？

「況且，宋愛卿確實治水有功，難道升不得？」

熊橫一想到子蘭又要干預自己的意向，頓時就怒氣翻湧。

「有沒有功，還得看老天賞不賞臉。淮北的水患又不是一天、兩天，今年發大水就淹掉幾畝良田，明年說不準就鬧起旱災，難不成，這都算宋玉的功勞？」

子蘭扯開手上的玉骨摺扇，風搧得起勁。

「你！」

聞言的熊橫氣極，揚聲替宋玉辯駁，「有功自是要賞，至於明年的事，現在如何能得知？子蘭莫要把兩者混為一談。」

「如此說來，今年治水立功，明年說不準鬧起旱災又讓宋玉去治，宋玉光是守著淮北這塊寶地，年年加官進爵，無須幾年，臣弟的令尹之位豈不是就要拱手讓人？」

子蘭又睨了眼宋玉，見他倉皇的神情略略不安，心裡很是痛快。

「下官不敢！淮北是楚國與秦國的重要邊境，亦是大王賞給莊大人的封地，淮北百姓富強，楚國國境自會安然無恙。令尹大人若不放心，下官願意再次回到淮北之地，確保百姓能年年安居樂業，不再遭受水患之苦。」

明知道令尹大人是來找自己的麻煩，但治水之事確實尚未見到成效，子蘭說的一部分也是事實，宋玉並不想為自己多加辯駁。

用摺扇掩嘴譏笑的子蘭勾起脣角，昂首樂哉。子蘭清楚，以宋玉執拗的性子，與其要阻止王兄封賞宋玉，倒不如讓宋玉自己開口對淮北百姓負責。

只是宋玉的此番表態，卻讓熊橫感到一陣惶恐。

「愛卿絕不可以再去淮北。」

聞言的宋玉不解地看向大王，熊橫擔心在一旁起鬨的子蘭會再為難宋玉，或說出什麼不該說的話，只好放低身段妥協道：「……也罷，加官之事，待水患告一段落後再說，愛卿你且退下吧！」

「沒錯，宋大人還是乖乖待在陳郢，做你的議政大夫吧！這樣本官才得以放心好好操練兵馬，免得秦王又要找什麼尋人的藉口，派兵去騷擾淮北的百姓，你說是嗎？王兄？」

子蘭的這一番言語，令宋玉呀然回看熊橫，見大王對令尹大人所言不置可否，宋玉立即就猜到了，大王急急將他召回的原因。

「臣該死！秦王誤信他人讒言也就罷了，倘若因為臣，使得楚國百姓無故受秦兵荼毒，臣萬死不足以謝罪。」

驚惶的宋玉一手撩袍，雙膝跪下，俯首直磕到地。

「子蘭，那些都是子虛烏有的傳言，你何苦嚇著愛卿？」

不捨的熊橫，連忙快步向前，伸手將跪地的宋玉扶起。

「愛卿趕了幾日的路也累了，還是快回府歇著吧！寡人改日再派人傳召你。」

為了避免宋玉聽到更多內幕，增加無謂的困擾，熊橫吩咐司宮趕緊將惴惴不安的宋玉送出宮去。

「子蘭，這件事就到此為止，日後若是再讓寡人從他人的口中，聽到分毫不利於宋愛卿的傳言，定不輕饒你。」

見那心心念念的背影疾步走遠，猛然轉身的熊橫，對著自己的胞弟子蘭怒道。

「臣弟惶恐，臣弟告退。」

既然目的已經達到，子蘭自是沒有必要再與熊橫多費脣舌，勾起嘴角的他將扇子一收，若無其事，大搖大擺走出殿外。

「子蘭，別以為寡人拿你這個掌管軍事的令尹沒辦法，這筆帳，寡人總有一天會跟你一起算！」

瞪視著子蘭張狂地離去，熊橫恨恨咬牙。

第四十六章

良辰吉日

不分晝夜從淮北趕回陳郢的宋玉，自然聽不到街上對雨桐被暗殺之事的紛紛擾擾，所以當看見自己家門口多了侍衛時，心中雖然有許多不解，當下卻也沒有多問，便任由陌生的侍衛給領進門。

一進府邸的宋玉放眼望去，家裡上下已布置得喜慶，紅色燈籠高高掛在迴廊底下，圓形的柱子上貼滿了大大的囍字。那象徵成雙成對的鳳凰羅帳，也在夏日的微風中，火紅慢舞著。

宋玉沒想到麗姬竟能將婚事置辦得如此妥當，豪華富麗的裝飾更是超乎他的預期，喜出望外的宋玉連忙進入內室，探望許久不見的孩子。

「大人！」

正端著點心要送去給公子的小翠先見到了宋玉，興奮地欠身行禮。

「靈兒在房裡嗎？」

自孩子出世後，宋玉從未離家這麼久過，當真是想念得緊了。

「在，在呢，小翠正要將點心送去給公子。」

小翠欣喜得急了，連舌頭都打了結。

「點心給我吧，妳先去通知夫人我回來了。」

見丫鬟轉身跑得快，宋玉又喊道：「再熱點飯菜到房裡來。」

「唯。」小翠應道。

鬱悶了十幾日的麗姬聽聞丈夫回來，自是歡喜極了，除了趕緊吩咐蘭兒下廚做飯外，還不忘為自己那張憔悴的容顏多修了點妝容，又戴了幾樣鮮豔的髮飾，這才步履款款地來到靈兒的房間。

站在門外的麗姬，見孩子與宋玉聊得親暱，也沒敢進去打擾，只是欣慰地站在房門口細細瞧著。

畢竟是十年的父子情深，宋玉一下朝就先回家看孩子，而不是去找雨桐，得見靈兒在丈夫心目中的分量，比那個未過門的妾室還重要。

這讓身為孩子母親的麗姬，為此感動不已。相信只要靈兒能抓住丈夫的心，就不怕來日他們母子會失去家中的地位。

用膳間，宋玉問起了門口侍衛的事，麗姬知道瞞不住，只好把雨桐在街上遇刺的事據實以告。

誰知，才吃下半碗飯的宋玉大驚失色，顧不得自己的肚子還餓著，便慌亂將碗筷一擱，不由分說便往莊府奔去。

由於早朝時莊辛已經見到宋玉，下朝後便事先知會了雨桐，所以雨桐從午飯後就一直在大廳裡守著，沒有進房休息。

等待的心情總是苦澀又甜蜜，時間一分一秒過去，就在雨桐殷殷切切的期盼下，終於等到朝自己奔來的宋玉。

見到朝思暮想的人也朝自己飛奔而來，宋玉也顧不得禮俗，隨即展開雙臂將雨桐擁住，感受到懷裡抱著的身子不斷啜泣，陣陣思念敲進宋玉的心坎裡，止不住地疼。

「我回來了，不哭。」

宋玉撫著雨桐順滑的青絲，感覺她好不容易養好的身子，又清減了不少。

緩緩推開愛人，見她的眸子裡還泛著的幾滴清澈盈盈亮著，宋玉對雨桐有些熟悉的打扮笑道：「與神女峰那時有些相像。」

雨桐愣了一下，這才想起宋玉話裡的意思。

記得與宋玉第一次相見時，雨桐正穿著漢服在古蹟前拍照。

那時的雨桐臉上不僅化了妝，就連髮飾也精緻無比，以至於被宋玉誤認為是巫山的神女瑤姬。

後來，驚覺已穿越到戰國的雨桐，沮喪地隨著宋玉去到郢都城外，過著寄人籬下的日子，因為擔心奇怪的裝扮會被人誤以為是奸細，一直吝於打扮的雨桐簡直與村姑無異。而現下，萍兒整日在她臉上、髮上作功夫，身分不同於往日的雨桐，自然是珠翠滿頭、粉黛儼然。

思及此的雨桐羞紅臉，努著嘴的她啐了宋玉一口：「還有心情說笑？」

鬆開愛人的手，宋玉先向大廳裡的莊辛致意，而後，兩個人談起了治理淮北水患的狀況，當然，宋玉也不免問到雨桐為何遇刺的事。

宋玉實在想不透會有何人對雨桐不滿，甚至為此動起了殺機。雨桐是莊辛的義女，與他成婚是親上加親並無不妥，莫非，是怕自己與莊辛兩個人結黨坐大，因而威脅到其他人？

為此，莊辛刻意重提景差曾偷偷闖進府裡，威脅雨桐不能嫁與宋玉之事，並以此暗示是景差極力阻撓他們兩人的婚事。聞言的宋玉雖然有些詫異，但也不置可否，僅是低頭皺眉，抿脣不語。

「你我交好並非一兩日，結不結親對朝政影響都不大，或許我們更應該在意的，是那位出手相救的好漢。」

撫鬚的莊辛沉思，若是景差有殺意，那救雨桐的又會是誰呢？

「大人的意思是……」

「現今在朝堂之上，唯有你我兩人難免勢單力薄，若助雨桐之人可用，無論在朝、在野，我們都能多一隻臂膀。只是，此人未曾露面，究竟是敵、是友，仍未可知。」

莊辛舉杯飲了一口，懊惱暗中派人查了多日，卻始終找不出個蛛絲馬跡。

宋玉轉向雨桐，好奇問道：「當日，妳可曾見到相救之人的面孔？或聽聞他的聲音？」

「都沒有，只知道對方的鏢法很準，若非他即時射中賊人的心口，我可能命就保不住了。」

想到命懸一線的恐懼，雨桐還是忍不住害怕。

「不過，那個人剛開始似乎沒打算殺死搶劫我的人，他是先射傷賊人的手腕，但因為那賊人想置我於死地，他才將賊人殺死的。」

雨桐回憶道，也在心底默默懷疑，那賊人真是景差派來的嗎？

「難道，救雨桐之人識得殺手，所以本想要手下留情？或者，這根本是個設計好的預謀？一方面派人對雨桐下毒手，一方面又暗中保護她？」

莊辛向來與貴族們不合，更瞧不起景差仗著自己貴族的身分，和雨桐糾纏不清，於是嚴肅分析道。

擰眉的宋玉沉思，莊辛的推敲雖然不無道理，但他還是不願意相信，景差會因為得不到雨桐，而對她痛下殺手。

莊辛見宋玉默然不語，想必還在為了如何顧及兄弟情誼掙扎不已，當下也不再多言，

「老大還有事，先走了，你們小倆口自個兒聊。」

最主要的癥結是在「那個人」，莊辛不想多事，還是留給宋玉自己好好想清楚吧！

雨桐雖然知道景差與宋玉交好，但好到哪一種程度並不清楚，倘若景差真如莊辛所言，要以她的性命作為威脅，那宋玉又要怎麼化解這場困局呢？

雨桐偷偷瞄了下宋玉微慍的面容，並沒有自己想像中的生氣，瞧著面前冷靜沉著的男子，雨桐甚至不知道，宋玉到底在不在意她與景差的事。

「對不起！我沒想到景差會壞成這樣，早知道不理他就好了。」

知道宋玉和景差兩人關係的雨桐，出聲打斷了場面的沉默，她心虛地搖著宋玉的臂膀，希望低頭斂目的宋玉能說幾句話，別這樣悶聲不響。

「我與子逸的關係，妳也都知曉？」

宋玉聞言，抬頭望著雨桐，聽出了她方才話語中的心虛，他想起之前雨桐就曾預言，鄢、郢兩城均會被秦軍所破，也曾明示莊辛對楚國的重要，如今，雨桐清楚他和景差之間貌合神離的關係，也就不足為奇。

「嗯。」默認的雨桐低下頭。

「子逸不是這樣的人，妳多慮了。」

挽起雨桐的小手，宋玉報以一個安心的淺笑。

難以置信的雨桐見宋玉仍然相信景差，情急之下不禁脫口而出，「也許，他真正的目的就是不讓我嫁給你，景差從來都見不得你比他好。」

聞言的宋玉仍是一臉不置可否的笑容，彷彿對雨桐的指控不以為意。

「子逸只是嚇嚇妳，並不會真取妳性命，又或許，他在試探妳對我是否真心？」

「……你不信就算了。」

穿越到古代這麼久了，什麼道貌岸然、口蜜腹劍的人雨桐沒遇過，想當初自己就是太天真，才會完全沒察覺到司馬靳接近她的野心。而現在的景差更甚於當年的司馬靳，但宋玉居然傻到替敵人說話，氣得雨桐懶得與宋玉爭辯。

「既然莊大人也查不出個所以然，這件事只好暫時擱下，過兩日就是迎親的日子，我和大人再打點一些事，妳還是早些休息吧！」

溫厚掌心撫上那張清麗面容，經過了這麼多不愉快的事，宋玉真的不想再生任何變故，有些迫不及待要把雨桐迎進門。

暖暖的溫度軟化了雨桐的心，勾起脣角的她，終於甜甜地笑了。

礙於在人家家裡，僕人、奴婢又是裡裡外外地走動，兩個人僅能在寬袖下緊緊握住對方的手，以慰彼此的相思之苦。

良辰吉日，窗外剛透了點微光，萍兒就已經打好水在門外輕喚，興奮一整晚的雨桐根本沒闔眼，一聽見萍兒的敲門聲，立刻從床上跳起。

笑咪咪的萍兒嘴巴甜，一開口，就向即將進宋府的雨桐賀喜，並連忙吩咐兩個小丫鬟，將宋玉送過來的鳳凰珠飾、耳環、手鐲和項鍊都依次排好，再把假髻和五光十色的粉盒、胭脂、炭筆拿上梳妝臺。

雨桐見萍兒拿出這麼多繁瑣的東西，才發覺古代結婚竟要準備這麼多東西，而萍兒沒給她開口問清楚的機會，她輕輕將小姐的臉扳正，笑著對銅鏡裡的人說：「從現在起，小姐先別說話，待萍兒變出個漂漂亮亮的新娘子，交與宋大人，可好？」

接著，閉上雙眼的雨桐只覺得臉上的搔癢不斷，但聽見萍兒不斷交代兩個丫鬟，一會兒左邊腮幫子，一會兒右邊眉毛，還要抹胭脂，原來，萍兒還是古代的新娘化妝師。思及此的雨桐憋著笑，就怕不小心笑開了，毀掉了妝。

記得在軍營時，女扮男裝的雨桐，整天把自己的臉抹黑都來不及了，自然不會注重什麼保養。

但自從當了莊辛的義女後，在萍兒努力精心的護理下，抹上少許桂花油的青絲，已是熒熒生亮，在胭脂水粉的裝飾下，雨桐簡直如同仙女下凡一般，美得令人屏息。

而精緻的鳳凰珠飾，是宋玉叫工匠仿著在神女峰時，雨桐戴的款式做的。展翅的一對鳳凰是用黃金打造，鑲有數顆小巧的綠松石和紫翡翠，作工精細不說，上面的兩顆珍珠，還是從一個齊國商人手上買來的海珠。

雖然，宋玉不願透露這對鳳凰珠飾要多少錢，但楚國位於內陸，海珠極不易得，肯定要價不菲。

這沉甸甸的黃金是真，珍珠的情意也是真的，即使過了這麼多年，宋玉依然記得雨桐身上的點點滴滴，從來都沒有忘記。

雨桐甜甜地笑了下，這是屬於戀人的真正幸福，是屬於她和宋玉，穿越兩千年得來不易的幸福。

論官位，位居陽陵君的莊辛比宋玉高上許多，朝堂裡的眾臣，理所當然地來向莊辛賀喜。莊辛夫婦也忙著招待前來的達官貴人、富商巨賈，府裡的丫鬟、小廝，更是裡裡外外忙得直打轉。

吉時才剛到，新郎官便已騎著駿馬，英姿颯爽領著花轎前來等候，敲鑼打鼓的喜樂聲響，沿途傳遍。

楚國最俊美的男子要納妾，街頭巷尾的男女老少，無一不跑出來看熱鬧。大伙兒紛紛議論，不知是怎樣天姿國色的女子如此有福，能讓宋玉這個美男子給看上。

大廳裡，萍兒扶著雨桐這個新嫁娘，與莊辛夫婦拜別，莊夫人自是不捨，兩行清淚不覺落下，看在眾人的眼裡，倒真像是多年的母女情深。即將嫁人的雨桐心裡雖然欣喜，但隱隱聽見義母難捨的啜泣聲，心下也不免跟著一起難受。

雨桐想到自己為了一圓穿越的愛情夢，竟然狠心拋下現代生養她二十年的父母親，來到古代找宋玉，實在不孝。

如今，她又要離開曾救自己於危難之中，收養她為義女，疼愛她如親生女兒的莊夫人，更是不義。

但為了宋玉，雨桐甘願成為不孝不義的罪人，不會反悔。只是，這無限的愧疚仍讓雨桐心中一慟，不禁潸然淚下。

「請義父、義母原諒女兒的不孝！」

激動的雨桐雙膝跪地，哭著對莊辛夫婦叩拜。

「義父、義母的再造之恩，女兒只能來生再報答了。」

兩老沒想到雨桐會說出這樣的話，紛紛向前扶起雨桐。

「女兒，快起來！」莊夫人哭喊。

莊辛見夫人和雨桐哭得止不住，連忙安撫道：「今日是女兒大喜的日子，夫人應該高興，瞧妳們倆再這麼哭下去，恐怕就要誤了時辰。」

聞言的莊夫人抹掉淚，握著雨桐的手不忘交代著，「女兒此去，要與宋大人好生過日子，若得空就回來轉轉，免得義……義母掛念……」

話猶未說完，難忍的莊夫人又是一陣哽咽。

大紅喜帕下的雨桐，早已經哭得淚流滿面，萍兒擔心小姐哭花臉，不停用帕子幫她拭淚。站在一旁的莊辛，也受不了這種哭哭啼啼的場面，便揮袖示意萍兒趕緊讓雨桐上花轎。

在大廳等候許久的宋玉，見一身桃紅喜服的雨桐低著頭，迎著自己而來，早已欣悅得難以言喻，沒發現喜帕下淚溼滿襟的愛人。

上了花轎後，雨桐在萍兒不斷的勸慰下，終於止住了離家出嫁的心傷。萍兒將雨桐交給媒婆後，隨即先趕往宋府，好幫著自家小姐打點一下新房。

因著熊橫口頭上的賜婚，領著大紅花轎的宋玉，沿著市集最熱鬧的地方繞一圈，好彰顯大王的美意。

然而即使有侍衛在前方開道，但這裡路小人多又擠，一旁的擺攤小販、路人過客，一聽到是堂堂議政大夫要納妾，便紛紛停下腳步看熱鬧，硬是不肯走了。

侍衛怕延誤大人拜堂的吉時，自是趕鴨子似的催著看熱鬧的人群，誰知眾人這麼一擠，不小心把路邊幾個不良於行的乞丐，推倒在地上。

心繫百姓的宋玉怕傷到人，連忙下馬看個究竟，轎夫見新郎官不走，把沉甸甸的花轎也落了地。轎子裡的雨桐不知道外頭發生了什麼事，剛要掀開喜帕瞧個仔細，就被媒婆給止住，「姨娘莫慌，沒事兒。」

上前查看的侍衛們見乞丐無事，便要打發走人。誰知，那幾個大、小乞丐見宋玉身穿大紅喜服，便蓄意鬧起事來，直說官員欺壓百姓，任憑侍衛怎麼勸說都不肯起來。

心軟的宋玉連忙叫隨行的小廝給錢安撫，乞丐們卻都也不要錢，硬是躺在地上噴著口沫，直打滾。

「大人，這、這該如何是好？」

這群乞丐們故意耍賴發橫，侍衛見隨行的人過不了，花轎又不能走回頭路，正感到一籌莫展。

宋玉回頭瞧了眼花轎，一旁的媒婆也著急著，心想時辰再耽誤下去，恐怕不是辦法，只好令侍衛將這幾個乞丐先抬到路邊，待花轎過去後再說。沒想到乞丐見侍衛動手，不僅大聲叫罵，還拿起手上的破碗，拚命往侍衛的身上打。

這大喜的日子怎麼能見紅？隨行的大伙見情況不妙，紛紛上前保護大人，頓時，整頂花轎被拋在眾人之後。

雨桐聽到外頭打鬧的聲響更大了，怕宋玉出了什麼意外，於是不理會媒婆的勸阻，伸手將轎簾掀開欲看個究竟。誰知，轎子正前方突然竄出一名衣著破爛的乞丐，拿著一根粗木棍，就要往雨桐的頭上打去。

呀然的媒婆大驚失色，連忙喊著來人，也盡責地擋在轎前想要護住雨桐，只是這名乞丐力大無窮，他揚手一揮棍，便將矮胖的媒婆打得倒地不起。

被眾人困在前頭的宋玉，聽到媒婆的叫喊聲正要趕過去，豈料那幾個乞丐推來倒去，硬是擋住了他的去路。

急得一頭汗的宋玉別無他法，連忙叫侍衛保護雨桐，說時遲、那時快，轎前的乞丐已經從棍子裡抽出了把利劍，眼看著就要朝轎子裡的雨桐刺下。

雨桐失聲尖叫，急忙甩下轎簾擋住，那乞丐卻用利劍劃開阻礙，筆直刺向轎子，幾個侍衛拔劍衝向花轎，但已是緩不濟急。

「不——」被這一幕嚇極的宋玉，站在遠處無助地驚喊。

大口鮮血猛地吐在紅豔的霞帔上，就連雨桐腰際上的瓔珞流蘇，也染上了令人作嘔的血腥，面色慘白的雨桐伸手捂住口鼻，轉頭看向轎子裡的另一個男子。

流淌在青銅劍上的血，還答答滴在轎內的軟墊上，乞丐的心口當場被男子的長劍貫穿，破舊的麻衣很快染上一片暗紅，睜大空洞的雙眼瞪視著某個方向，彷彿還死不瞑目。

這名突然出現的男子，能從花轎裡冒出來救雨桐，肯定是預謀好的，既然他知道雨桐有危險又願意相救，一定也清楚是誰想對雨桐下毒手。

「你到底是誰？」

雨桐直覺此人便是上次救她的那個人。見男子不肯開口也不願承認，雨桐緊抓住他的袖袍，不肯放開。

但就在雨桐伸手，欲拿掉那塊蒙在男子臉上的黑布時，男子卻以更快的速度，扣住雨桐的小手，將她整個人壓在轎沿上。

「速速回到宋府，再也不要出來，否則小命休矣。」

黑布下的低沉嗓音陰森嚇人，雨桐一時聽不出，這個人到底是誰。

宋玉和侍衛趕到轎前時，那名救人的男子已經不見蹤影，而雨桐整個人尚在意外的驚恐中發著愣，兩名侍衛連忙將那名斷了氣的乞丐推開，好讓宋玉鑽進轎內。

「有沒有受傷？」

一身尊貴的喜服上盡是斑斑血漬，宋玉檢查發現雨桐無一處損傷，當下才舒了口氣。

「又是他……」

雨桐抬頭望著宋玉，忘了哭喊也忘了叫嚷，只用雙手緊緊抓住宋玉的袖袍，顫抖著說道：「他說要儘快回家，不然，我會沒命。」

聞言的宋玉心下一沉，二話不說即命轎夫和侍衛直奔宋府，再也不許在街上逗留。

市集的攔路刺殺，在陳郢鬧得沸沸揚揚，接二連三的暗殺事件，搞得莊、宋兩家人心惶惶。參加婚禮的賓客自是不想惹上什麼麻煩，匆匆向新郎官安慰勸說幾句，便各自打道回府，婚禮也只好草草結束。

而經過兩次的預謀殺人，大家都不敢再掉以輕心，可見此人決心要除去雨桐。如此明目張膽地行刺，簡直不把莊辛那個陽陵君和宋玉這個議政大夫看在眼裡，因此，宋玉除了要求官府加派侍衛巡視各處，私下也拜託衛馳調查殺手的底細和救雨桐的那名神祕客。

一場歡天喜地的婚禮，搞得雞飛狗跳不說，還死了人，想來真是穢氣。人人都說紅顏薄命，早年嫁給宋玉的麗姬長年病痛不斷，新納的妾室又屢遭劫難，難道這位專寵於朝堂之上的議政大夫，根本沒有享齊人之福的命？一時之間各種謠言又流竄在市井裡頭。

待賓客散去後，莊府留下來幫忙收拾的丫鬟和小廝，紛紛聚集在迴廊下，向不知情的萍兒說了好一會兒的話。路過的麗姬和蘭兒見緊抿著唇的萍兒秀眉微蹙，知道他們都在議論方才路上的刺殺。

麗姬雖然是宋府的當家主母，卻沒有對莊府的奴僕多加責問，再者，萍兒是莊府給雨桐的陪嫁，他們想說些什麼，哪容得下麗姬置喙？所以，選擇視而不見的麗姬，止住蘭兒向前勸阻的衝動後，便靜靜走回房了。

媒婆頭上雖被那個刺客打腫了一個包，但拿人錢財總也要盡幾分責任，媒婆一整晚左顧右盼、膽戰心驚地和萍兒陪著新嫁娘守在新房，直等到新郎官進門，照慣例說了幾句吉祥話後，才飛也似的逃離宋府。

萍兒也是陪雨桐經歷過生死的，自是最清楚雨桐此刻最需要的是什麼，於是，默然的萍兒對著宋玉將身子一鞠，便輕輕闔上門離開。

走近雨桐的宋玉掀開喜帕，見她將那點著胭脂的唇咬出了血，連忙拿帕子沾水止住，「別再咬了，會疼。」

驚惶不安的雨桐雖然很想定下心，可白天血淋淋的景象，總是一幕幕出現在腦海，讓雨桐擔心得雙手顫抖不停。

即便雨桐曾經在秦軍裡當過門客，也見識過當年郢都淪陷的慘況，還跟著項江逃過刀光劍影的追殺，但當真實的刀劍碰撞發生在自己的面前，她依舊逃不開對死亡的恐懼。

宋玉曾直言景差不可能做這樣的事，那又會是誰，是誰非取自己的性命不可呢？

自從穿越到戰國後，擄掠、拐騙、暗殺，無所不用其極，難道來自現代的自己，真的不容於這個世代嗎？她真的無法與宋玉安安穩穩生活下去嗎？

「我怕，怕連上天都不允許我們在一起。」落淚的雨桐，伸手環住宋玉。

原來，並不是所有穿越到過去的人，都能安然無恙地倖存下來。也許，她會成為唯一的失敗者，在還來不及圓滿自己的愛情之前，就死去的失敗者。

「有我在，不怕！為夫會護著妳，一刻都不離開。」

宋玉順著青絲，輕拍雨桐的背，卻也在心中暗想，為何雨桐可以洞悉所有人的一切，卻無法預知自己的危險？難道來到人間太久的她，已不再是擁有靈力的神女了嗎？

「妳，還能預知以後的事嗎？」

宋玉抱著心愛的女子坐在床沿，此刻依偎在他懷裡的雨桐，就像個孩子，脆弱得令他心疼。

聞言的雨桐搖搖頭，沒想到，宋玉還是把她當成巫山的神女。但無論是書籍還是網路，除了歷史記載的有關事蹟外，日常生活的這些細微末節，雨桐又怎麼可能會知道，更何況，她還是個戰國時代的外來客，歷史根本無跡可尋。

「這個世代容不下我，穿越果然都沒有好下場。」

靠在宋玉的懷裡，雨桐不覺為自己的愚蠢嚶嚶啜泣。

「歷史沒有我的名字，甚至，沒有留下你任何妻妾的資料。」

雨桐曾經上網查過宋玉的家人，但除了知道他的孩子早早亡故外，歷史也僅留下宋玉一人孤獨到老的空白。因此，現在的雨桐真的開始擔心，擔心她無法與宋玉相守一生，白頭到老。

「我子淵的妻子唯有妳一人，永遠都是。告訴我該向哪位神靈告罪，為夫去請求祂成全我們。」

雖然不懂雨桐口中的穿越是什麼意思，可她既然是神女，就一定有神靈保佑，宋玉寧可自己受罪，也絕不願讓雨桐再受這樣的驚嚇。

「沒有用，這不是你的問題。」

抬起頭的雨桐，伸手撫去俊顏上緊鎖的眉頭。因為她的事，不僅讓宋玉往來淮北奔波十幾日，一場歡天喜慶的婚禮，又觸了這樣的霉頭，想必宋玉也是心力交瘁。

勉力牽起微笑的雨桐道：「即使只能跟你做一日夫妻，我也覺得無比幸福，如果這就是穿越者的宿命，我無怨無悔。」

「雨桐……」

宋玉握住那冰冷的小手，他又怎麼會捨得，捨得這十年的等待，只換得一日的相聚相守。

「相信為夫，這件事定會為妳查個水落石出，就算上天不允許，我也要求到祂願意成全妳我為止。」

只要宋玉誠心祈求，他相信神靈也願意成人之美，可又不免對雨桐感到愧疚。

「只是，要妳以這樣的身分與我在一起，終究是委屈了。」

「不委屈，是你不瞭解事實的真相，否則，委屈的人肯定是你。」

破涕為笑的雨桐伸手抹抹淚，要是宋玉知道他這個偉大文學家，居然納了一個什麼都不懂的大學生為妾，肯定會覺得很荒謬吧。

「什麼事實的真相？不准瞞著為夫。」宋玉用帕子擦了擦雨桐的大花臉。

「不告訴你，說穿了，你就不當我是寶貝了。」雨桐高傲地嘟起嘴。

「寶貝？」這是什麼詞？不過，像是寶物與銅貝的統稱。

宋玉笑了，雨桐的確是他心目中的寶貝。

輕輕扳正新娘子的臉，宋玉用帕子擦去那紅唇上的胭脂，羞極的雨桐躲開宋玉的親近，嬌嗔道：「頭飾還沒有拿下。」

「為夫來。」

宋玉寵溺道，依次拿下她頭上的黃金髮飾、耳墜子，還有脖子上的翡翠珠鍊。

不知道是緊張還是怎麼回事，雨桐的心怦怦地跳，這是她和宋玉的新婚初夜，雖然雨桐仍不敢相信，自己真的嫁給一個兩千多年前的古人為妾！

宋玉見新娘子呆呆地看著自己，不禁莞爾，才剛伸手要幫愛妻解喜服，雨桐便嚇著連忙用手擋住，「先把燭火弄熄吧！」

「新婚之夜，需點著燭火到天明。」

宋玉見雨桐面有難色，想必是害羞。

「這不是有羅帳嗎？」

紫金羅帳細垂，大紅喜燭灼灼，繡有鴛鴦祥雲的被褥鋪疊在床邊，眼前的人不若平時的活潑俏皮，倒多了幾分小女子的嬌羞。

房裡的燭火太亮太熱，將滿身的多餘都燒了去，火紅的燭影跳躍，宛若是欣喜的慶賀。戀人的情絲滿溢，幾經輾轉又再次纏綿，而後才伴著微弱的曦光，繾綣睡去。

薄透的紗簾，隱不住一個憔悴身影，兩間房內相同的燭火，在此處卻是希微將熄，照不亮也暖不了心裡暗黑的寒冷。

麗姬用雙手環抱著自己，聽得臉上的淚珠答答滴在襟前，流進那顆永遠無人暖著的心。

宋玉曾給過她溫暖，給過她幸福，給過她美好的念想，如今卻什麼都沒有了，一切都成了泡影。

即使能隱忍心裡的不平，卻無法忍下心中的悲苦，那苦是蝕骨的毒，一點一滴啃咬著麗姬的皮肉，折磨她，要讓她身上的血都流淌殆盡。

宋玉何其殘忍，倘若他自始至終都對麗姬無情，麗姬不會奢望那一份遙不可及。可是他給了麗姬希望，卻又狠心將其摧毀，讓她有了孩子，仍得不到丈夫的疼愛，還要看著丈夫與新歡恩愛到老。

麗姬想恨，卻無法恨；想愛，又不能愛，宋玉給她的唯有殘忍，是痴心的殘忍，狠絕的殘忍啊！

第四十七章

喜新厭舊

初秋的清晨下了點薄雨，驅散了炎夏的暑熱，院子裡的白榆樹上滿是晶瑩的水珠，顆顆透著閃亮迷人的光，也將前一日汙濁的晦暗，洗濯得分外清爽。

一大早，小翠便喜孜孜地拿著洗臉水要去侍候新婚的大人和姨娘。大人說了，蘭兒要照顧夫人和小公子，以後新姨娘的生活起居就由她來打理。

誰知小翠才剛走到門口，莊府陪嫁來的丫鬟萍兒就已經捧著水盆立在新房門外候著了。兩個丫鬟彼此微笑，點了點頭以示友好，但也不忘相互打量。

小翠見萍兒穿著一身湖色窄袖上衣，加上淡青色長裙，清爽俐落又不失大方，心裡就想：「能從莊大人府裡挑出來陪嫁的奴婢，果然不簡單。」

房內的些微聲響，讓萍兒和小翠同時回神，萍兒讓小翠先向前敲門。

「小翠來侍候大人、新姨娘梳洗了。」

「進來吧！」

宋玉今日睡得有些晚，幸好先前已與大王告假，免了早朝入宮的繁瑣，終於可以好好休息。

「恭喜大人、賀喜新姨娘！祝大人和新姨娘百年好合、早生貴子。」

小翠連珠砲似的祝賀，讓宋玉的心情大好，當下就賞了這個嘴甜的丫鬟一個紅包。

「謝大人！」小翠欠身，遞給大人洗臉巾後，一對眼睛骨碌碌地直打轉。

宋玉鮮少讓別人進他的房，但此後有了雨桐，總要有人侍候，自是要許小翠和萍兒進來。萍兒是莊府陪嫁的丫鬟，知道雨桐向來晚起，更別說是新婚初夜，於是放好水盆後，便站在帳外繼續等著，只是小翠這丫頭，左顧右盼在想看些什麼？

「瞧什麼呢？」

宋玉冷不防的一句話，讓心不在焉的小翠驚跳了下，連忙站好。

「新姨娘還沒起身嗎？」

小翠實在等不及，想要將這個令大人心醉的新娘子給看個仔細啊！

「新姨娘累了一宿，讓她多歇會兒。」

話才剛落下，宋玉見小翠不解地呆愣著，而萍兒則是一臉曖昧地偷笑，才意識到自己言過了。

羞了一臉的宋玉連忙道：「新姨娘有萍兒侍候就夠了，妳先備好早膳，晚些再來吧！」

「唯。」

從未見大人臉紅的小翠終於頓悟，也跟著半掩著嘴忍住笑意，欠身趕緊離去。

廚房的事，向來都是蘭兒與小翠兩個丫鬟一起做，但蘭兒體恤小翠要去新房侍候，一大清早便獨自在裡面忙活。沒想到一回頭，就看見小翠笑咪咪走了進來，便好奇迎了上去。

「怎麼了，見到新姨娘了嗎？」

一頭熱的蘭兒，倒忘了醃了一半的黃瓜，還拿在手上沒放下。

「沒有，還在睡呢。」興沖沖的小翠也覺得有點可惜。

「晚些新姨娘還要跟夫人、公子行見面禮，大人怎麼也不喚喚？」

夫人一大早就梳洗打扮好了，公子也在房裡等著一起用早膳，蘭兒心想這新姨娘怎麼這麼沒規矩。

「大人說新姨娘累了一宿，所以讓她多歇會兒。妳說，大人怎麼捨得喚呢？」

想到方才宋玉失措羞赧的神情，小翠便忍不住噗哧笑了出來。

雖然蘭兒和小翠在幾年前都已經嫁給宋府的侍衛為妻，但鮮少聊到男女情事的蘭兒，直過了好一會兒才聽懂小翠話裡的意思。

內向的蘭兒不禁羞紅了臉，伸手去掐小翠的細腰，怒笑道：「也不知道害臊。」

「唉唷！是大人說的，又不是我。況且，大人等了十年才迎回來的美嬌娘，體貼些是理所當然，有什麼好害臊的。」

不以為然的小翠撇撇嘴。

話雖這麼說，只是可憐了從此要形單影隻的夫人。打從蘭兒來到這個家，就沒有見過麗姬受宋玉一絲寵愛，宋玉對麗姬總是冷冷淡淡，甚至相敬如賓，根本沒有夫妻間應有的情致可言。

想到這裡，蘭兒又忍不住替麗姬感到惋惜，幸好麗姬還有公子這個依靠，否則漫漫長日，以後又該如何獨自渡過呢？

為了不讓一家大小等著，宋玉還是把雨桐先叫醒了，才到靈兒房裡去陪孩子。睡眼惺忪的雨桐無力地坐在銅鏡前，不似大家閨秀般嚴謹，倒是多了幾分新婚女子的慵懶和嫵媚。

小翠站在萍兒的身後看得仔細，還不忘把莊府送來的那些陪嫁飾品，都拿出來給雨桐挑選。莊府添來的嫁妝不少，珠寶玉飾、綾羅綢緞，滿滿的好幾大箱，小翠細心挑著，才拿了支鑲有紅玉的金步搖給萍兒，好替新姨娘增添點喜氣。

雖然是新婚，但因妾室不能穿正紅，莊夫人便替雨桐置辦了許多桃紅以及紫紅色的衣裳，萍兒又幫雨桐點了桃紅色的胭脂，讓沒睡飽的她瞬間增添了不少氣色。

當萍兒扶著雨桐到大廳時，宋玉和麗姬已經端坐在正位上等著。雖然宋玉不願見雨桐低聲下氣向麗姬行禮，但礙於風俗規矩，也只能讓雨桐忍下。

抬頭和宋玉對視的雨桐，自然也瞧見了坐在他右手邊的女子。雨桐知道，那位是宋玉的正室，而一名長相清秀的男孩，正恭謹坐在女子身邊，想必就是宋玉和她的孩子。

雨桐曾聽莊夫人提起麗姬的家世，她原本也是楚國士大夫的女兒，因為屈原的關係，自小便與宋玉訂了親。後來屈原被熊橫驅逐，麗姬的父親便想悔婚讓女兒改嫁，沒想到麗姬不從，居然私自逃家去尋宋玉。

宋玉的母親見麗姬有情有義，沒有因為宋玉官小家貧而有所嫌棄，於是催著宋玉將麗姬給娶進門。

宋玉自幼沒了父親，又事母至孝，再加上那時的宋母已經病入膏肓，不久人世，景差又示意可憐的麗姬無家可歸，宋玉這才從了母命迎娶麗姬進門。

細細一想，雨桐與宋玉相識在麗姬之後，無論宋玉對麗姬是否有情，雨桐都是介入他們家庭的第三者。所以，雨桐覺得自己理所當然要向麗姬行禮，是因為麗姬成全了她和宋玉，真正委屈的人是麗姬。

一旦換個立場想，原本不平的心理也就平緩了許多，既然以後注定要當一家人，雨桐自是要遵守先來後到的規矩，把麗姬當姐姐看待。

雨桐勉力勾起笑容，將目光移往宋玉身邊的麗姬，但見那張雪白的臉龐毫無血色，就連唇上刻意點紅的胭脂，也因為乾澀的唇而顯得突兀，一對鳳眼隱隱藏著紅絲，眼下的陰影，讓人一看就知道麗姬沒有睡好。

這讓雨桐直覺麗姬的身體很不健康，至少外表看起來是如此。

雖然雨桐僅僅是用餘光瞄了眼，然而，敏感的麗姬卻已將眸光掃了過來，這讓心虛的雨桐有些尷尬，趕緊將頭垂了下來。

蘭兒和小翠手上各端著一個茶盤站在廳堂的兩側，小翠先向前，讓新姨娘端起茶盤裡的杯子。甜甜一笑的雨桐接過來，低頭緩緩向宋玉走近，並用雙手奉上茶道：「雨桐向大人請安。」

等待許久的宋玉連忙傾身扶住愛妻，欣悅得將杯裡的茶一飲而盡，而後，雨桐再端起蘭兒手上的茶，轉身向一旁的麗姬行禮道：「雨桐見過姐姐，姐姐安好。」

雖然宋玉名義上是納妾，但麗姬明白，雨桐在丈夫心目中的地位，更甚於她這個有名無實的髮妻。再者，雨桐是莊辛的義女，即使下嫁為妾，地位也不比麗姬這個當家主母低，所以，見雨桐向自己恭敬地行禮，麗姬反而感覺有些不適應。

況且，宋玉早在十年前就和雨桐暗生情愫，因此麗姬一直認為雨桐的年歲應與自己不相上下。可如今看來，雨桐卻像是朵初開的花兒般鮮活又嬌豔，這讓芳華漸逝，容顏不再的麗姬，感到很是不平。

躬身端著茶許久的雨桐，見對方遲遲沒有將手上的茶拿走，還以為是自己說錯了什麼話，惹得麗姬不高興，於是當下便抬起頭來，不解地看著她。

這突來的直視讓麗姬顯得有些失措，她瞧了身邊的丈夫一眼，見宋玉瞧自己的面色已經有些難看。

為了避免引起宋玉不必要的誤會，麗姬趕緊向前扶起雨桐，牽強回道：「以後就是一家人了，妹妹不用客氣。」

尷尬的雨桐笑了笑，對麗姬的失儀不想做過多聯想，於是點頭道：「雨桐初來乍到，日後有不懂的地方，還望姐姐能多多提點。」

即便雨桐是個現代人，但既然選擇留在古代生活，應對進退也就不能不多用點心。幸好，萍兒把這些古人的繁文縟節，都給她上過了一課，否則直腦筋的雨桐還真是應付不來。因為是庶母，雨桐便無須向靈兒行禮，不過她也用心準備了一份小禮物，要送給宋玉的孩子。

那是早期魏國天文學及占星學家石申，和楚人甘德所著的《天文》其中一卷，是雨桐在翻閱莊辛藏書時不經意發現的。

《天文》裡記載了關於兩千多年前黃道附近的恆星表，以及這些恆星與北極的距離，其測量之精準與專業，讓現代的雨桐相當驚豔，於是百般央求莊辛把書送給她。

雨桐對於宋玉這個唯一的骨肉，自是愛屋及烏地疼愛。有鑑於呆板的宋玉肯定只會要求孩子苦讀四書五經，所以雨桐特別割愛，將這本另類的天文學書轉送給靈兒。

只是雨桐不知，景差當年曾向熊橫借來《天文》開頭的第一卷給宋玉抄寫，因此，靈兒對《天文》已經有了點概念。

靈兒沒想到，雨桐居然會送給他解析更為深入的後一卷。

見孩子一臉欣喜接過書，雨桐便知道自己送對了，面露和善的雨桐對著靈兒點點頭，不忘稱讚了句，「好孩子。」

有些害羞的靈兒也對雨桐點頭回禮，並開心高舉雙手，將這份新禮物分享給一旁的母親看。

可惜，神情漠然的麗姬，對雨桐這種刻意討好兒子的行為根本不予理會，讓興沖沖的靈兒當場被澆了盆冷水。

「時候不早了，還是趕緊吃早飯吧！」

見麗姬似乎不打算給雨桐臺階下，宋玉也有些不快，他毫不避諱地握住雨桐的手走在眾人前頭，一起進入內室用膳。

宋玉這個一家之主，竟用這種方式表達對妾室的偏愛，那日後還會有誰記得麗姬才是真正的宋家主母？

哀怨的麗姬見狀，用帕子捂住自己的心口，就怕晚些便要擰出血來，她回頭看了身後的兒子一眼，就希望讓兒子瞧出這個親爹的偏心。

誰知素日恭謹的靈兒，正激動地緊握著雨桐送給他的《天文》書卷，彷彿迫不及待想要一探究竟，讓心灰意冷的麗姬更是心痛不已。

喜新厭舊，果然父子倆都是一個心性！

新婚翌日，宋玉大清早便出門上朝去了，留下雨桐獨自一人面對這個陌生的新家。

除去一身新嫁娘的繁瑣服飾，輕裝簡服的雨桐見桌案上，只有幾碟醃漬的醬菜和花生，連一丁點油腥都不見，不禁要埋怨起過於節省的宋玉。

早餐是一天中最重要的營養補給，這樣單薄的菜色，實在不符合現代營養學的要求，雨桐明早定要萍兒吩咐廚房，多煎幾個蛋和肉，給大伙糾正一下觀念。

這會兒小翠才剛把碗盤收拾好，雨桐便帶著萍兒緊跟了過來，對小翠曉以大義，要如何顧及三餐的營養，又要吃得美味健康。

只是，家裡吃什麼，煮什麼向來都是麗姬的主意，一時間要想改變這幾年養成的習慣，恐怕很難。聽得一臉模糊的小翠伸手撓頭，對雨桐這位新姨娘的建議不知道該如何是好。

「大人和夫人早膳都不食腥葷，如果新姨娘要吃蛋，小翠可以另外備一份。」什麼營養不營養的，新姨娘若要吃蛋，不用解釋那麼多啊！

「不是給我吃，是給靈兒和子……和大人吃。」

家裡的伙食這麼差，難怪宋玉清瘦，麗姬的臉色也不好，若再繼續這麼節儉下去，恐怕連正值青春期的靈兒都要營養不良了。

「我看姐姐的身子似乎不太好，應該多補一補，家裡有什麼肉和菜，中午我和萍兒來弄吧！」

自從離開秦國軍營後就沒下過廚了，雨桐捲起袖子，等著大顯身手。

萍兒瞭解自家小姐異於常人的想法，也明白同為奴婢小翠的難為，於是二話不說，先捲起袖子找來雨桐要的食材，小翠見萍兒真動手了，這才依樣畫葫蘆地照做。

沒料想雨桐的一番苦心，卻遭到無情的挫折。

麗姬幾個晚上都沒睡好，沒有什麼胃口，難得這會兒肚子餓了，想喝點熱湯暖暖身子，可是卻非常不習慣雨桐煮出來的怪異味道。擰眉的麗姬，指著湯對一旁的奴婢責問道：「小翠，妳在忙什麼？好好的一鍋湯煮成這樣？」

站在一旁侍候的小翠，瞄了身邊的蘭兒一眼，默默低下頭，什麼都不敢說。但就在蘭兒要解釋這是新姨娘的一番好意時，趕到門口的雨桐先開口了。

一頭熱的雨桐，直接踏進麗姬的房裡，說道：「湯是我教小翠做的，我瞧著姐姐的氣色不好，家裡一時又找不到新鮮的肉，所以，用了很多深色蔬菜和根莖類去熬湯，很營養的。」一生怕蔬菜湯不夠甜，雨桐還加了顆梨子增添風味。

「堂堂陽陵君的義女，做的這是什麼鬼東西？連這種賤菜野食也好意思端上桌？」只喝了一口湯的麗姬擱下碗，用帕子擦擦唇角，雖在心中嫌棄雨桐的料理，但表面上卻只對雨桐的解釋不予置評，也懶得細想雨桐說的話是什麼意思。

麗姬只緩緩說道：「我平日身子就差，吃不得這種不乾不淨的東西，以後膳食還是交給小翠和蘭兒做吧！免得我吃壞了肚子，還得花錢看大夫。況且，家裡的事自有家裡的規矩，妹妹若是不懂尋人問便是，莫讓人笑話宋府的奴婢連一道湯都做不好。」

麗姬優雅起身，不想再和雨桐多費唇舌，款款而動的她丟下話後，轉身進入內室。與麗姬同桌的靈兒雖然不覺得湯難喝，但見娘親如此無情地批評，瞬時連句安慰雨桐的話也不敢說出口。見雨桐的臉色難看，靈兒只好趕緊扒完飯，向她點頭致意後，也跟著回房讀書了。

雨桐看著自己忙了一早上的飯菜，辛苦費心不打緊，還被唾棄到不行。原來，三人行的生活真的沒有想像中的容易，不是自己一廂情願地討好就可以的。

頹喪的雨桐瞅了身旁的萍兒一眼，欲哭無淚。

宋玉因淮北治水後續之事不得不上朝，直忙到午後才匆匆返家，見向來坐不住的雨桐，居然乖乖地待在房裡等他，宋玉心裡有說不出的驚喜。

「用過膳了嗎？丫鬟們煮的東西還合妳的胃口嗎？」

宋玉脫下沉重的官服，換上一身輕便的深衣。

雨桐離開楚國多年，又受到莊辛夫婦的細心照顧，生活習慣應該有很大的改變，只是，宋玉至今都不知道她喜歡吃些什麼。

「還好。」可是杵著下巴的雨桐，卻只是有氣無力地回應他。

宋玉瞧雨桐兩眼無神，身子又有些慵懶，直覺她的狀況有些不對，莫不是犯病了？

雨桐睨了瞎操心的丈夫一眼，突然伸手抱住他，「這個時代的女子，是不是都要乖乖待在家裡，守著丈夫、守著孩子，寸步不離直到老死呢？」

看著現在的麗姬，雨桐突然害怕起那就是十年後自己的樣子，為了遵守所謂的三從四德，以至於失去了青春，沒有了生氣，如此落寞的人生，實在可怕得令人窒息。

「不准說不吉利的話。」宋玉連忙摀住雨桐的脣。

「妳後悔了嗎？」

宋玉明白雨桐是經歷了許多磨難，才得以回到楚國和他相聚，沒想到反而引來一連串莫名的殺機。只是殺害雨桐的幕後凶手至今都還沒有找到，宋玉更不敢讓她獨自隨意出門，如今雨桐才嫁過來一天，就受不了了嗎？

「不是後悔，只是想知道，如果你也希望我這麼過日子，我該有心理準備。準備學習和另一個女子相處；學習不去改變這裡所有的錯誤；學習忍讓、學習妥協。」

將臉埋進宋玉懷裡的雨桐低吟，嫁作人婦的她，終於瞭解身為一個古代女子，要與人共享丈夫的悲哀。

「妳可以過妳想要的生活，但我希望不要影響到麗姬，這十年來，體弱多病的她跟著我不容易，為夫希望妳能為了我，多體諒她一些。」

微嘆口氣的宋玉，加重了手上的力道，他緊摟著雨桐並出言安撫。

妻妾間不合的問題，宋玉不是沒聽說過，更何況雨桐還是高高在上的神女，嫁給宋玉這個凡人為妾自是委屈了。再者，無論宋玉如何寵愛雨桐，禮法上，雨桐仍得遵從麗姬這個主母的意思。

只是宋玉的這番剖白，讓聽在耳裡的雨桐反而難過了起來。原來，宋玉的心裡還是有麗姬的，畢竟他們一起生活了十年，麗姬又為宋玉生下兒子，而雨桐是介入他們之間的小三，她有什麼理由和藉口不去體諒麗姬這個正宮？

但要在同一個屋簷下，過自己想要的生活，又不去影響到另一個人，這根本不可能，就像中午的那些菜，雨桐喜歡，麗姬卻棄之如敝屣。

縱使宋玉口口聲聲說自己才是他心目中唯一的妻子，但也不能因此拋棄宋玉名義上的正妻，往後這種矛盾的情節還是會不斷上演。

和宋玉在一起也是雨桐自己的選擇，她沒道理去後悔，更不想因此造成宋玉心裡的負擔。

雨桐吸了吸鼻腔裡的溼意，不想繼續鑽牛角尖，勉力向丈夫點頭笑了笑。

心疼雨桐的宋玉，低頭吻了吻愛妻額上的髮，安慰著，「或許，我們該早點生個孩子，這樣妳就沒有時間去煩惱其他的事了。」

要想穩固雨桐在家裡的地位，生孩子是最快也是最直接的辦法。

「啐！我才不想那麼早生。」

羞紅臉的雨桐推開宋玉，家裡的事情都還沒搞定，她現在哪有那個心情……。

「這可由不得妳。」

噙著笑的宋玉把小妻子攔腰抱起，卻惹來雨桐一聲驚呼。

「今日就要妳幫為夫生個胖娃娃。」

「討厭，現在是白天，你又還沒洗澡，不要啦！」

隔日便是歸寧的日子，小翠和萍兒把大大小小的禮品搬上馬車後，宋玉才牽著雨桐的手，乘著另一輛馬車來到莊府。

擔心雨桐安全的莊辛夫婦，還額外吩咐了十幾名侍衛，裡裡外外把馬車包得水洩不通，這才把新婚的兩人給盼來。

「女兒。」莊夫人對著剛進門的雨桐輕喊，連忙將跪下行禮的孩子給扶起。

「義母……」

雨桐見素日沉穩的莊夫人，在看到自己後又淚眼不斷，也跟著哽咽拭淚，自己在這裡不過短短住了幾個月，竟然就遇見了對自己有感情的家人般的存在，心中難捨。

莊辛見茶飯不思的夫人，在盼到雨桐平安歸寧後歡喜不已，心下也寬慰幾分。沒想到老妻真把雨桐當親生女兒般看待，如此用心，就連莊辛自己也很是驚訝。

為了迎接宋玉夫妻倆，莊辛擺開宴席，讓府裡的管家、侍衛、小廝和丫鬟們都來沾沾喜氣，也補補婚禮那日的不足。

莊夫人關心雨桐在宋府是否住得慣，席間總不忘給她夾菜添飯，看得雨桐感動不已。

「義母……」

心傷的雨桐脫口喊出，激動地上前抱住莊夫人。

「是女兒不孝，沒能好好侍奉在您身邊，其實女兒好想您，真的好想義母您啊！」

這突來的激情，本讓莊夫人有些嚇到，但隨即被抽抽噎噎的雨桐給喚起母愛的天性，莊夫人邊流淚邊拍背安撫雨桐。

「好孩子，乖孩子，不哭啊！娘捨不得、捨不得。」

「這……這又是怎麼了？」

怎麼雨桐一回來就搞得像要生離死別似的，不解的莊辛瞪視著面前的宋玉，難道是他委屈了自己的女兒？

看著眼前的這一幕，垂首的宋玉連向莊辛辯駁的臉面都沒有。也是此刻他才明白，原來外表若無其事的雨桐仍是覺得委屈的，只是她一直忍著，一直都忍著。

第四十八章

善妒女子

接下來的日子過得平淡無味，雨桐開始「學習」如何與麗姬和平共處。除了三餐吃飯會見到面外，麗姬幾乎不出房門半步，雖然她偶爾也會到孩子房裡問問功課，但也僅此而已。

宋玉家裡的藏書不少，但多是儒家經典，書裡講的不是「仁德」，就是談「愛人」，看在雨桐這個經歷過世間險惡的人眼裡，實在不切實際。就像現在，她很想與麗姬交好，麗姬卻一味將自己排除在外。

書房外的陽光燦燦，雨桐的心卻一點都陽光不起來。

「姨娘。」

拿著竹簡踏進書房的靈兒，見雨桐丟了魂似的望著窗外發呆，便試探性地打了個招呼。

「欸，送你的書還喜歡嗎？」

沒想到這孩子如此認真，還拿著《大文》到書房裡研習，欣慰的雨桐應了一句，嫁來這麼多天，這是她第二次跟靈兒說上話。

「很喜歡。」

除了家裡的人，靈兒鮮少和異性聊天，尤其雨桐看上去不過是年長他幾歲的姐姐，讓內向的靈兒更為羞澀。

「那就好。」難得開心的雨桐笑了笑，覺得能因書和孩子親近也不錯。

「不過，書裡有些意思，靈兒看不太懂。」

靈兒想著，既然姨娘會送他《天文》，想必是已經看過並有所領悟，若是直接問姨娘問題，應該比他自己在書房裡翻書要快得多。

「是嗎？我看看。」

難得靈兒對天文學也有興趣，雨桐樂和地湊了過去，並將孩子手上的竹簡攤在桌案上。心思細膩的靈兒將書讀得仔細，也毫不隱晦地問了雨桐諸多問題。

石申與甘德所著的《天文》，雖然把金、木、水、火、土五大行星的運行都記錄了下來，也提到這幾大行星出沒的規律，但跟二十一世紀發達的天文學比起來，還是有很多不足，難怪靈兒讀起來總覺得有些窒礙。

關於這一點，酷愛閱讀新知的雨桐，便適時補充了一些現代知識給靈兒，好讓他跳過難以理解的文字概述，能夠更快進入狀況。

不一會兒，桌案上便寫滿了密密麻麻的一堆竹簡，好奇的雨桐靠近一看，見靈兒的注解不但完整，就連字體也寫得極為工整秀氣，不免為之驚嘆：「哇！你字寫得真漂亮。」

從未受過讚美的孩子羞紅臉，靦腆地淺笑，「是姨娘……過譽了。」

「真的！你爹娘都沒有稱讚過你嗎？寫得比我還要好。」

雨桐自己也習過字，瞭解楚國的鳥蟲文字筆畫複雜又難學，但靈兒小小年紀，就能在光滑的竹簡上寫出如此工整又俊秀的字體,確實不容易。

「嗯。」

靈兒輕輕回了聲,甚少得到家人讚美的他,紅撲撲的雙頰瞬時生熱。不知怎的,只要雨桐一靠近,靈兒就會不由自主地臉熱。

「靈兒,別老像你爹那樣笑,當心迷倒一票女生。」

見孩子笑得靦腆又可愛,雨桐忍不住伸手掐了掐,靈兒那張蘋果似的小臉蛋。

「你們在幹什麼?」

忽然,門外的厲聲將書房裡的兩個人都嚇了一大跳,雨桐和靈兒紛紛回頭一瞧,原來是麗姬。

「娘……」

見到娘親到來的靈兒,連忙退離雨桐身邊,走到麗姬身側。

「姐姐,我正在和靈兒讀書呢。」

雨桐見孩子嚇得臉色發白,怎麼感覺像是被抓到的賊一樣?

「讀書?妹妹難道不知道,男女授受不親嗎?妳怎麼能夠隨便對我的靈兒動手動腳?」

急步踏來的麗姬,連忙將孩子護到自己身後,心想宋玉到底是在哪裡招來的狐媚妖精,居然連禮教都不懂?

「我……動手動腳？」

雨桐感到莫名的冤枉，「我是靈兒的庶母，他也算是我半個兒子，做姨娘的掐掐兒子的臉都不可以嗎？」

「妹妹雖是庶母，但靈兒是我的兒子，況且他年歲不小，妳如何能與他肌膚相親？」

麗姬氣極，難道雨桐連丈夫的兒子也要勾引嗎？

「什麼肌膚相親？姐姐實在有些言過了，我只是摸摸孩子的臉而已啊！」

原來，不是秀才遇到兵才說不清，碰到善妒的女子一樣有理說不清，雨桐氣得火都快要冒出來了。

「娘，是靈兒有事請教姨娘，才……」

麗姬的唐突，就連親生的兒子也看不下去，直想替雨桐辯護。

「住口！你到底是誰的兒子？」

麗姬大喝一聲，止住靈兒未說完的話，她寬袖下的瘦弱雙手護住兒子的身子，顫抖個不停。

「我原本只當妹妹年輕不懂事，竟不知妳連禮義廉恥都不顧，還教壞我的靈兒。」

見娘親如此盛怒，靈兒的臉瞬時變得鐵青，急跪在地上懇求道：「娘，您的身子不好，請千萬不要動怒，這回是靈兒不好，靈兒下次絕不敢再犯了。」

動不動就跪，麗姬這個當母親的，難道就不怕孩子的膝蓋疼嗎？況且根本沒有人做錯，靈兒為什麼要認錯？

心疼不已的雨桐，剛要上前扶靈兒起來，但見麗姬隨即橫在她的面前，怒視道：「妹妹即使不懂當娘的苦心，也請不要干涉做娘的權力，養大一個孩子不容易，要指望他出人頭地更難，這些是沒孩子的妹妹不能理解的。」

聞言的雨桐咬脣。孩子是麗姬生的，自己的確沒有權力，也沒有義務插手管教，既然如此，自己又何必讓小小年紀的靈兒夾在她們之間難做人。

「靈兒，是姨娘對不起你，以後……有問題就找你爹吧！」

語畢的雨桐回頭，直視麗姬冷冷的眸光。

「這樣妳可以放心了吧！」

跪地的靈兒抬頭，呀然目視著雨桐絕望地離去，卻連一句話都不敢再和麗姬辯駁。

見孩子的目光直盯著那狐狸精離去的背影，完全沒有她這個親娘的存在，麗姬忽然覺得心痛難忍。

身子一軟的麗姬半跪在靈兒面前，抱著自己唯一的心肝骨肉淚流不止，泣喊道：「兒啊！娘已經沒有了丈夫，不能再失去你，你若是把心也給了她，就是要娘的命，懂嗎？」

氣急敗壞的雨桐，再也受不了麗姬這種專制蠻橫的作風，但誰叫自己一進門就是個妾室，竟然連跟孩子說一句話的資格都沒有。最慘的莫過於雨桐明明知道那是錯誤的教育方式，卻不能糾正也不能反駁，還要眼睜睜看著麗姬繼續錯下去，這又是什麼道理？

憤憤不平的雨桐穿過大廳，直向大門走去，她現在急需新鮮的空氣，好讓自己的腦袋冷靜下來。

只是站在門口的兩個侍衛，見雨桐氣沖沖跑出來，連忙伸手擋住她的去路。

「借過，我要出去。」

雨桐的心情已經夠差了，懶得與他們多說廢話。

「大人說，姨娘暫時不宜出門，若有什麼事，遣小的去辦即可。」

侍衛見雨桐面色不善，陪嫁的丫鬟也沒跟在身邊，只好小心翼翼答道。

「我只是出去透透氣，不會走太遠。」

失去耐心的雨桐向前再跨一步，卻還是被不留情地攔下。

「大人再三交代，這攸關姨娘的性命安全，小的恕難從命。」

經過新婚遇刺的驚嚇，侍衛只想請這位姨娘別再找碴了，他們也很為難啊！

「大人現在不在家，就算在家也管不了我，你們如果不放心便儘管跟著。」

走到哪裡都有人管，這個時代的女子果然一點自由都沒有。

再也不想被約束的雨桐將雲袖一揮，直接把兩個侍衛給格開，接著扯高裙襬拔腿便跑。見狀的侍衛們不禁面面相覷，誰也想不到堂堂陽陵君的義女，性子居然如此刁蠻撒潑。

情急之下，一名侍衛趕緊往雨桐的方向跑去，而另一名守在門口的侍衛，見不遠處來了個蒙面人，正騎馬也朝著雨桐的方向急奔。這一驚非同小可，守門的侍衛不禁放聲大喊：「姨娘，小心！」

聽到警告聲的雨桐剛轉回頭，都還來不及認清來人的面孔便已被攔腰抱起，像極了當初司馬靳擄走她時的景況。

惶恐至極的雨桐正要喊「救命」，但在侍衛尚未追上之前，偌大的宋府就已經消失在她眼前。

遠處的護城河水碧波如茵，岸邊魁偉的梧桐樹鬱鬱蔥蔥，葉梢卻已露出焦黃的秋姿。放眼望去，城裡大大的人字建築分外顯眼，高低不一的瓊樓玉宇，蜿蜒的迴廊樓閣看得真切，原來居高臨下的感覺竟是如此過癮。

高舉雙手的雨桐深吸口氣，外頭的空氣果然甚為清新，方才的氣憤和抑鬱都因著這一片開闊景象而煙消雲散。清澈的藍天不染一塵，朵朵白雲輕輕悠悠，自由自在，教人看了好生羨慕。

坐在雨桐身後的蒙面男子不敢與之對視，卻又忍不住頻頻將眸光投向那個亭亭倩影。不過新婚幾日，雨桐便這樣不舒坦，難道自稱是雨桐青梅竹馬的宋玉，對她不好嗎？想起成親那日的雨桐，在一身桃紅嫁衣的襯托下，猶如一朵盛開的紅花，既高雅又端莊，即便被殺手嚇極的臉色蒼白如紙，依舊不改清麗的容顏。然而現在，雨桐居然要逃出那個新婚夫婿的官邸才得以放寬胸懷，叫男子如何能不為她擔心呢？

方才被抱上馬的雨桐剛要喊救命，才發現這個人正是新婚那日救她的蒙面男子。基於想打探清楚這男子底細的心態，雨桐便乖乖隨他來到城外。

「說吧！我知道你不是剛好路過，究竟是誰派你來監視我的？」真人面前不說假話，況且世上也沒有這麼多巧合，能讓蒙面男子三番兩次遇見雨桐。

「監視？原來她想的就只有這個。」忍不住在心裡為自己叫屈的蒙面男子苦笑。

雨桐轉身，見男子總是低著頭迴避自己直視的目光，便更加好奇了。

「你保護我，究竟是為了哪位大人？」

莊辛曾說，若能拉攏這位英雄為他所用，定會大有助益，只不過是敵、是友，雨桐還是得先分辨清楚才行。

可是眼前的蒙面男子依然不動聲色，看來雨桐非來點刺激的不行，於是冷著臉問道：

「難道，是為了我？」

果然，男子乾咳兩聲後，便起身避開。

「在下只是看不慣那仗勢欺人的東西，才出手救姑娘，餘的事，請恕在下難以奉告。」

男子刻意壓低聲音，因為他知道雨桐聰穎，更不想因此露出任何破綻。

「仗勢欺人的是誰？」

雨桐欺身過來，直覺這個人的身形有點眼熟，可他這一身粗布衣包得這樣紮實，雨桐實在很難想起到底在哪裡見過。

蒙面男子不是沒瞧過這樣的灼灼目光，他也很想融在雨桐的這股火熱裡，但現在不行。

見男子避她而遠之，雨桐不由得提高音量。

「就算你能日夜守著，也難保我會萬無一失，倘若你說出真正想害我的人，興許我自己就可以多層防範，不至於惹來殺身之禍……」

見對方停下的腳步有所遲疑，雨桐再說：「雖然，小女子感激好漢救人的美意，但這種提心吊膽的日子，我實在過不下去了。」

雨桐緩緩退了幾步，屋脊上的瓦片被踩得咿咿作響。

蒙面男子回眸，驚愕道：「妳想做什麼？」

因為擔心驚慌失措的雨桐亂跑，男子才把她帶到郊外，一起坐在沒人住的屋頂上。男子以為這樣便可以困住她，不用擔心雨桐會耍什麼詭計，沒想到……。

雨桐又退了幾步，聽到腳下瓦片滑落到地上的聲音極其清脆。

「小女子自從來到楚國之後，就一直有人要加害於我，即使連義父這個陽陵君也保不了。現在我在明、敵在暗，恐怕再怎麼逃也是枉然，與其整日擔驚受怕，等著別人來取我性命，倒不如……我自己做個了斷。」

也許，雨桐該慶幸自己的古裝扮相真有幾分姿色，見對方那麼激動，美人計可能比逼問更為有用。

想到這裡，雨桐不禁莞爾。她小時候就喜歡走平衡木，人字屋頂雖然難走，但對雨桐而言只能算是小把戲，可惜對方不知道。

雨桐微傾著臉，對著男子笑得那樣淒楚動人，笑得令人心神盪漾。

這讓心急的蒙面男子伸長手，惶惶不安勸道：「我會一直護著妳，別亂來。」

「不，除非你比殺我之人的權勢還要大，否則任憑好漢武功再高，看守得再怎麼嚴實，只要對方一道令下，你依然救不了我。」

雨桐搖搖頭，破碎的屋脊難走，還故意讓腳滑了一下。

「不要再退了，手給我，快！」男子嚇極。

「你到底是誰？就算到了陰曹地府，小女子也會感激好漢的。」

這男子竟然這麼嘴硬，連半點口風也不露？走到盡頭的雨桐展開雙手，再不努力平衡好，恐怕自己真的會跌下去。

「別拿自己的性命開玩笑，雨桐！」男子大喊，她真不想活了嗎？

這男子居然知道她的名字！

「難道……是景差？」瞬時，這個令人難以置信的名字，突然竄進雨桐的腦海。

瞇眼的雨桐不解，更加努力看向男子蒙著黑布的臉，像要把眼前的人給看穿，這個人真的是那個玩世不恭的臭男人？屢次想害宋玉又放浪不羈的大壞蛋？

但就在雨桐頻頻否定自己的想法時，男子已經向前幾個跨步靠近她，回過神來的雨桐一時慌了手腳，失去平衡的身體瞬間倒向地面。

「啊——」

當初跳下巫山之臺的記憶瞬時衝進雨桐的腦海，就怕自己這麼一掉下去，又回到現代就慘了，於是，落在半空中的她揮手急喊：「救……救命！」

見狀的蒙面男子雙足一蹬，以飛鳥之姿瞬間躍下，努力想要拉住雨桐。誰知驚嚇過度的雨桐手腳不聽使喚，讓男子抓了幾次都失手，幸好在落地之前，男子及時伸手將那跌下的身子接住。

嚇極的雨桐，在安穩落在男子的懷裡後，才淚眼婆娑哭了起來。好在蒙面男子的身手快，還來得及救她，否則雨桐不知道自己還會再穿越到哪個時空去。

只是，此時男子也被嚇出一身的冷汗，剛落地的胸口甚至鼓動得厲害。

這丫頭膽大包天，竟連命都敢拿來開玩笑，若不是自己的手腳快，豈不是……？

想到這裡，男子不由得在心中舒了一口長氣。

見懷裡的人嚇得全身發抖，淚珠抹了又掉，男子心中甚是不捨，他讓雨桐坐在簷下的大石上，不斷拍著她的背安撫。

雨桐沒想到這個人的武功居然如此厲害，難怪能屢屢從鬼門關裡把她救回來。冷靜了一會兒才回神的雨桐，見始終躲著她的蒙面男子近在咫尺，便趁他不注意，將男子臉上的黑布扯下。

「真的是你？」瞪大眼睛的雨桐，不可思議地喊道。

景差沒料到雨桐這麼機伶，還能不慌不亂地識破他的偽裝，只好把頭一轉，連退兩步。

「為什麼要這麼做？」

呵然的雨桐，扯住景差的袖子問道。

即便方才雨桐已經猜到蒙面男子極有可能就是景差，但心裡還是不願意承認真的是他。

「那妳覺得我為什麼要這麼做？」既然已被識破，景差也沒有必要再隱瞞。

「你該不會自導自演，想讓我感激你一輩子吧！」

雨桐睨眼看著景差，以這傢伙的為人，似乎也不無可能。

「妳！」

咬牙切齒的景差，真恨不得賞這個自以為是的女子一巴掌。雖然他不懂什麼叫自導自演，但聽雨桐的語氣就知道，明顯是在曲解自己的好意。

「我子逸不屑做這樣的事，妳也別老是用小人之心，揣度救妳的人。」

「那你說，我成親那日，你是如何得知乞丐欲對轎子裡的我行凶？而你，又是如何進到轎子裡救我的？還有，到底是誰想要殺我？」雨桐繼續追根究柢，知道真正的幕後主使才是關鍵。

方才還對雨桐曲解自己心意感到一陣憤慨，沒想到，轉眼她就已經將屢次遭到暗殺的頭緒都理了出來。可景差怎麼能說，他早就知道那些鬧事的乞丐並非普通人，又怎麼言明，自己在前一晚就已經藏在花轎的暗格裡，只為防暗殺於未然，更別提，那個想致雨桐為死地的凶手是誰了。

「莫要再問，就算我說了，妳也拿他無可奈何，以後乖乖在家當妳的姨娘，別再像今日這般到處亂跑。」

景差拉住雨桐的手，勸道：「我送妳回去。」

怎麼逼問都探不出一點線索，當真是要殺她的人權勢滔天，無人能及？雨桐不懂，宋玉到底得罪多少人，居然連他的一個小小妾室都不放過？

雨桐默默跟著景差，再次感受到身在古代的悲哀，這是什麼世道，人命竟沒有任何保障可言？

「你三番兩次救我，肯定也會得罪那些人，萬一他們找你麻煩怎麼辦？你實在沒有必要為我冒這種險。」

眼前的這個人，突然就成為了救她的英雄，但即便如此，雨桐對景差的觀感也沒有改變多少。

「若妳不說，沒有人知道會是我。」

其實景差很想知道，雨桐是在關心自己嗎？

「我當然不會說。」

抬頭的雨桐揚聲，「但是你以後還是別管我，我不想連累你，更不願意欠你人情。」

「在下說了，妳若乖乖在家裡待著，我自會省事很多。」

握住雨桐袖袍的手鬆了又緊，景差勾起脣邊的一抹倔強。

不知為何，雨桐直覺現在跟她走在一起的這個人，不是她以為會陷害忠良的奸佞小人景差，而像是隨時隨地都關心著她，保護著她的痴情男子。

雨桐曾以為景差想納她為妾，不過是為了報復，或是想將她當作在官場上，打擊莊辛及宋玉的籌碼，卻怎麼也沒想到他是因為對自己上了心，才處處為她著想。就算雨桐現在已經嫁為人婦，可景差依然盡心竭力守著她，這樣的情意，莫說是心軟的雨桐，即使是鐵石心腸的漢子也會被打動。

轉眼就要進入城內，為了避免被追殺雨桐的人發現，景差不便和她走在一起，只好交代雨桐儘快回府，自己會在暗中保護她，不讓她有半分差池。

「子淵若再對妳不好，儘管來告訴我。」

見那原本清麗的臉蛋仍舊鬱鬱寡歡，景差握住雨桐的手腕，興許這是景差唯一能為她做的。

「子淵對我很好，我只是出來透透氣，你無須想得太多。」

雨桐急切避開景差那關愛的眼神，心有所屬的她不想再招惹另一個司馬靳，徒增自己和別人的困擾。

雨桐抽回手，麗姬教會了她何謂授受不親，現在自己可是楚國議政大夫的妾室，此情此景若是讓他人看見，豈不是又要鬧得滿城風雨？況且自己一時任性跑了出來，返家的宋玉發現後，還不知道要急成什麼樣子。

「你的救命之恩我無以回報，只能在此謝過。」

雨桐微微欠身，沒等景差回話，便急急轉身離開。

「子逸從來都不要求妳的回報。」

景差在雨桐身後明白表示，「今生無法與妳結為夫妻，來世也定要娶妳。」

景差短短的幾句話，卻猶如雷擊中雨桐的心口般那樣震撼。

雨桐雖然不明白，景差何時對她有了這麼深的情意，但不管今生來世，雨桐都不可能接受他的感情。

雨桐深吸口氣，毅然決然將腳步邁開，並輕聲回道：「你有你的來世，但我已經沒有了。」

一如雨桐所想，宋玉在聽侍衛說她是生氣才跑出家門時，還急得要分派人馬到處找，但在得知雨桐是被蒙面人帶走後，反倒靜下心回家中等待。

站在門外的雨桐想到一回家，就要繼續面對有心無力的三人行生活，內心仍在矛盾，仍在糾結。

即便經過了千山萬水和重重苦難，雨桐才得以和宋玉相聚、相守，可光靠那份堅定不移的愛情，還是不足以支撐雨桐在面對麗姬時，那種難堪、挫折和羞辱。因為麗姬的緣故，雨桐對宋玉的愛已經出現了裂痕，積累的情意也在消退，雨桐不知道再過多久，這樣的愛會因此被消磨殆盡。

萬般煎熬的雨桐才剛走到宋府門口，眼尖的侍衛就朝著府內大喊：「姨娘回來了。」

在家裡苦等的宋玉一聽到聲音，忙不迭地從大廳跑出來迎接，心急如焚的他緊緊抱住愛妻。沒想到這丫頭的性子這般急，明知道有人欲取她性命，卻完全不顧及自己的安全，教宋玉這個夫君，日後如何放得下心？

對於貿然離家一事，雨桐雖然心中有愧，但見麗姬站在大廳中冷眼瞧著，想必事情的來龍去脈，她都已經跟宋玉說了吧！

自雨桐嫁進來後，家裡沒平靜過幾日，即使雨桐也努力學習如何和麗姬和平共處，但實在太難了。

方才的海闊天空轉眼又成了拘留所，雨桐想起清宮劇裡的嬪妃，總是哀怨自己被囚禁在那四四方方的天空下，她今日終於也領悟到了，古代女子不得自由的辛酸和痛苦。

也罷，人生哪有事事盡如人意的？老天既然給了雨桐心愛的男人，就注定要她拿出什麼來彌補，這很公平，不是嗎？

雨桐緩緩推開宋玉的環抱，勉力朝他笑了笑，卻不知道要與自己的丈夫說些什麼，或許，現在連解釋都變得多餘了。

「我累了，先回房間。」

鬆開丈夫的手，既心傷又無奈的雨桐，幾乎淚下。

當初是誰堅決不做破壞家庭的第三者？可如今雨桐還能去怪誰，又能去埋怨誰？

吸了吸胸口的悲傷，既然是自己的選擇就沒得後悔，也不要後悔。

宋玉見那無力的身影淡然遠去，從沒有過的慌亂悄悄爬上心頭，他未曾見過這樣的雨桐，悵然得宛如要放棄一切。

可能再次失去雨桐的驚恐，讓宋玉連忙追了上去。

莊辛見連著幾日，宋玉一下朝就急匆匆趕回家，不免又擔心起雨桐的安危，於是便上前關心。宋玉雖然不好將家中的瑣事跟大人嘮叨，但莊家二老身為雨桐的義父、義母，對雨桐的關心從來都沒有少過，宋玉只好一一稟明。

莊辛知曉妻妾相處的難處，但宋玉娶麗姬在先，雨桐自當遵循婦德，聽從主母的教誨，安分守己，怎麼可以因為和主母處得不好，就任性離家而去？

自古妾室就只是生孩子的工具，不僅在家中沒有地位，若是不遵守婦德，還極有可能被主母逐出家門。雨桐在名分上不過是宋玉納進門的一名妾室，即使宋玉寵愛她，也將她視為自己的妻子，但也不能讓人說宋玉「寵妾滅妻」，教雨桐的地位凌駕於麗姬之上。

宋玉自是知曉那天發生的事，麗姬句句實情，雨桐也沒有錯。雨桐教靈兒知識，無非是把他當自己孩子一樣地指引、教導，並無多餘的想法，只是這件事看在任何人的眼裡，都會認為庶母與嫡子確實不應該太過親近，雨桐這種不拘小節的想法，仍是不容於世的。

但是宋玉無法要求雨桐改變，一則，她教孩子的動機並沒有錯，宋玉還因為雨桐懂得天文知識而感到驚奇；二則，就因為雨桐這種沒有心機的灑脫，有別於世俗間的女子，正是吸引宋玉真正的原因啊！

這幾日，雨桐吃的少、睡不好，成天關在房裡寫字看書，連句話都不與他多說，宋玉真的開始擔心雨桐會因為對生活的不習慣，再次離他遠去。

「如此說來，那天蒙面人是從你府前把雨桐帶走的？」

古板的莊辛沒理會女子間的那些小家子氣，倒想起了另一件更吸引他的事。

「是，可見那個人平日也都在家附近守著。」

宋玉早就琢磨起是何人對雨桐這樣上心，所以私下找衛馳暗中調查過，心中自然知曉幾分。

「除了景差，雨桐在楚國沒有得罪過什麼人，依賢婿看，這件事和景差能脫得了干係嗎？」

莊辛看向宋玉，但見垂首的他眉心微蹙，不免搖頭。

「景差自小習得一身好武藝，只是鮮少有人知道，若不是你在屈太傅府裡多次見過他舞劍，恐怕也不會知曉。那蒙面人能如此神不知鬼不覺出沒在你的府邸，又對雨桐的事瞭若指掌，賢婿，你不得不防啊！」

其實令莊辛擔心的是，倘若景差真對雨桐的情意執著至此，那他與宋玉的糾結就不僅僅是在朝政上，恐怕日後還會扯出更多麻煩。

雨桐雖然已經嫁給宋玉為妾，但官職高上宋玉一截的景差若真的要強取豪奪，只要一聲令下就可以把雨桐帶走，沒有政治實權的宋玉，根本毫無招架之力。

宋玉雖然知道景差的武功不弱，但習武只是景差的興趣，他並不希望因為尚武而被拱上戰場殺敵，因而才不願在外人的面前提起，景差並非刻意對眾人隱瞞他善武功的事。

再者，雨桐曾說過，她與景差為了莊辛和宋玉兩人鬧得極不愉快，就連成親之日，與宋玉稱兄道弟的景差也沒有前來祝賀，更加看得出景差對雨桐下嫁給宋玉這件事，非常在意。

打從唐勒因為毀謗宋玉而被熊橫懲處放逐之後，景差已鮮少在熊橫面前挑撥離間。再加上這幾年景差的官位步步高升，在令尹子蘭的鼎力加持下，景差也掌握了宮中不少實權，論官職、論權勢，宋玉早已經遠遠不如他了。

對於過往的種種，宋玉並不怪景差，他們同為屈原的學生，景差的才學也不在宋玉之下，卻屢屢被大臣們嘲諷，他是仗著景氏貴族才有今日的地位。一如宋玉，即使有著滿腹的理想和抱負，朝臣和熊橫關注的，永遠都只有宋玉的外貌。

說到底，景差與宋玉是同病相憐，念及過往同窗的情分，景差應該不會對宋玉下重手，更不可能對雨桐有惡意。

但是，沒有惡意，會不會懷著「好意」呢？

雨桐閉口不提救她的蒙面人是誰，可那一日兩個人出去許久，多少會有交集。更何況，以雨桐的個性，怎麼能夠容忍一個陌生男子在她的身邊來來去去，她肯定會想一探究竟的。

假使救她的人真的是景差，兩個人又盡釋前嫌，雨桐會為了隱瞞景差的身分，刻意不對宋玉這個丈夫提起嗎？宋玉想到雨桐連日來對自己的疏遠，會不會與景差的介入有關係？

雨桐默默畫著蟲鳥，但她的心思卻完全不在筆墨上。萍兒一早就拿了她最喜歡吃的桂花糕擱在桌案上，又苦口婆心勸了好一會兒，都說夫妻沒有隔夜仇，讓雨桐別再和宋玉賭氣，而雨桐卻連回句話的力氣都沒有。

道理人人都懂，偏偏雨桐過不了自己心裡的那個坎，一想到往後的數年，甚至數十年，她都要時時刻刻避免與麗姬爭吵地生活下去，雨桐的一顆心，就亂得發慌。

心煩意亂的雨桐轉而向萍兒說道：「萍兒，我想回娘家了，妳讓小翠請義父多派幾個侍衛過來，順便備好車轎。」

聽到萍兒的吩咐後，不敢違逆雨桐意思的小翠，拖拖拉拉直弄到宋玉下朝了，才把車轎準備好。宋玉也想讓雨桐回去與義母談談心，於是打算跟著一起去。

「你公務繁忙，我自己回去就好了。」

臨走之時，雨桐止住了隨行的宋玉。

「無妨，為夫正好與義父談些事，就一起吧！」

宋玉站在車前等著扶雨桐上轎，但見愛妻左右張望了下，才握住他的手。

「瞧什麼呢？」有些心慌的宋玉問。

「沒什麼。」

冷冷的雨桐轉過頭，上了車後，便悶聲不響直望向車外。

宋玉緊握愛妻的手並未鬆開，卻隱隱覺得掌中的溫度在漸漸散去，他的雨桐不再看著自己了，她的心，不在這裡！

第四十九章

風波不斷

時節深秋，淮北之地的水患漸緩，地方官員奏請朝廷加派更多的僕役趕工，以期在明年洪澇來前完成治水工程，這無疑是給熊橫獎勵宋玉加官進爵的好機會。

「上蔡的縣尹連連上書，說宋愛卿治水有功，百姓們得以種植五穀、生養家畜，人人安居樂業，不再生活於水患的恐懼當中。寡人得賢良者如此，甚感欣慰啊！」

熊橫撫鬚，對宋玉頻頻點頭稱許。

「大王洪福齊天，天佑我楚國。」

朝上文武百官齊聲祝賀，惹得熊橫呵呵大笑。

「宋大人博學廣識，在淮北僅僅用了幾日時間，便將積累多年的水患給治好，真是不容易啊！」

莊辛接著錦上添花。

「淮北乃我國與秦國重要的邊境，多年來，秦軍肆意擾亂，搜刮淮北百姓的血汗，導致當地人民生活困苦，年復一年的水患更使得民不聊生。宋大人此番不但徹底解決了水患，治水工程也讓百姓能夠顧全生計，得以養家活口，百姓安樂是社稷之福，淮北安定則國境無憂。因此老臣奏請大王，務必要好好獎賞宋大人，以慰大人的辛勞。」

宋玉低下頭，對莊辛連番的盛讚愧不敢當。

「如此說來，若是讓宋大人鎮守淮北，就能抵擋秦國的千軍萬馬，豈不比英勇的楚國將士來得有用？」

子蘭斜眼睨視，冷笑道：「臣弟懇請王兄，賜予宋大人將軍一職，讓他去淮北好好鎮一鎮那塊寶地，從此再也不用擔心秦軍來犯，即可保我疆界安康。」

眾朝臣見令尹大人發話，無不低頭竊竊私語。

現今莊辛與宋玉已是姻親關係，翁婿連成一氣，相互推舉捧場當是必然。只是令尹子蘭向來與宋玉不合，若能橫真將宋玉發配邊疆，莊辛在朝中難免勢單力薄，就沒那麼容易阻撓三姓王族的好事了。

思及此，昭唐首先力挺，「臣附議。宋大人不費一兵一卒，便能將凶悍殘暴的秦軍拒之於外，大王何不將淮北轉賜予宋大人，讓大人鎮守邊關，好護佑我楚國平安？」

表面上義正詞嚴的昭唐，其實在心底恨恨想著：「宋玉這廝害死了堂哥昭奇，又使昭氏一族蒙受叛國的奇恥大辱，至今仍翻不了身。只要宋玉一走，莊辛必像斷了左膀右臂，再也無法興風作浪。」

眾朝臣見昭氏發難，無不異口同聲道：「臣請大王賜宋大人將軍一職，鎮守淮北之地。」

莊辛不料令尹會使這招，當下再奏：「宋大人功在社稷，又是一文官，如何能發配到邊疆駐守？勞役及兵役之事當有司徒大人掌管，柱國主管軍事，又有令尹大人指揮左右，自是用不著宋大人的了。」

見龍座上的熊橫收起欣悅的面容，沉默不語，有些猜不透聖意的莊辛再道：「宋大人在朝為官十年有餘，對大王忠心，對楚國盡責，即使身在國都，也能對淮北之事指揮若定，大王萬萬不可讓宋大人離開陳郢啊！」

看著默然不語的大王神情隱諱，該不會直打算讓宋玉去淮北鎮守邊關吧？莊辛心下一驚，轉頭朝後看了眼當事人，但見宋玉神色自若，彷彿不以為意，這傢伙難道不瞭解這是令尹與昭唐的詭計，欲將他引出陳郢除之而後快嗎？

只是，端坐在龍座之上的熊橫微瞇著眼，心裡何嘗不清楚子蘭與昭唐對宋玉的心思？雖然有些冒險，但因著「那個人」，讓宋玉短期離開陳郢似乎也無不可。

「這件事，寡人會好好考慮。」

「大王！」驚心的莊辛揚聲。

「好啦！寡人只說會考慮，愛卿何故驚慌？宋愛卿留下，其他人無事退朝。」熊橫揮袖袍，不理莊辛呀然的反應便逕自返回偏殿。

令尹與昭唐見莊辛抬轎不成反成了送轎，不禁面露喜色。

也不知今日的大王是頓悟了，還是醉酒腦子不清醒，居然接受了他們的提議，要讓宋玉去鎮守邊關。一想到極受榮寵的宋玉，即將遠離陳郢到淮北那荒野之地去受苦，又不禁興奮得想笑。

洋洋得意的昭唐臨走之時，還不忘對鐵青著臉的莊辛冷言嘲諷。

「大人，趕緊為你的好女婿準備準備吧！淮北之地荒涼貧瘠，宋玉這嬌皮嫩肉的，去久了恐怕身子撐不住，萬一讓你女兒成了寡婦，豈不是難為你今日的這番苦心？」

「你……！」

莊辛正要與昭唐理論，但見身旁的宋玉止住他，幫著緩頰。

「大人，此事大王尚未定奪，無須掛懷。」

宋玉謹慎地向令尹和昭唐拱手後，目送得意的他們揚長而去。

「待會你和大王好好說說，千萬別讓大王真把你派去淮北，你在陳郢他們還得顧忌三分，一旦離開這裡，令尹要除掉你就易如反掌。」

莊辛不忘再次提醒。

「下官明白。」

宋玉一揖，轉身跟著侍者進入偏殿。

遠處的景差冷眼看著這一幕，也隨之退朝，莊辛見狀連忙趕上前去追上他。

酒館裡人聲鼎沸，莊辛好不容易找了處安靜的廂房，讓店小二送上酒菜後關上門。

「既然找了你來，老夫就不拐彎抹角的了，你與宋玉自小熟識，這件事你不能不管。」

「在下不明白大人的意思。」

身為晚輩的景差，先替莊辛倒了杯酒，再為自己斟滿。

「不用裝糊塗。你與宋玉稱兄道弟，怎麼兄弟有難，你連哼口氣都不敢？」

莊辛不甚客氣地一口飲下，又給自己倒了杯。

「兄弟？」

不置可否的景差又笑又搖頭，「您這個丈人都幫不了的忙，我這個兄弟又如何插得上手呢？」

明明就是推諉之詞，莊辛急道：「你我立場不同，大王礙於令尹和昭氏的勢力，不得不對宋玉之事加以考量，倘若景氏一族願意幫宋玉說句話，想必大王便無須妥協於令尹大人的威逼。」

「大人現在才想要拉攏景氏，會不會太晚了？」

景差轉動手中的酒杯，只覺得繪在上頭的圖樣雖精緻，顏色卻太過樸實。

「景氏向來張狂，利用貴族身分大肆搜刮良田，搞得百姓流離失所、無家可歸……」說到這裡，莊辛越發怒不可遏。

「既然如此，那我們還有什麼好談的？」

景差不願與莊辛糾纏，起身打算離去。

「難道，你忍心眼睜睜看著宋玉送死，讓雨桐守寡？」

拍桌而起的莊辛顧不得其他，對著轉身的景差大喊。

「那也是大人的選擇，與在下何干？」

景差停下，神情漠然地轉身，「我曾要大人不要將女兒嫁與子淵，大人卻執意如此，看看雨桐現在過的是什麼日子？這就是大人給自己女兒的幸福？」

「婚事並非老夫執意，雨桐認識宋玉在先，他們兩人早已心有所屬，怪只能怪你跟雨桐有緣無分，命運弄人。」

果真是命運弄人，景差憤憤。

「大王若真要子淵去淮北，那麼任誰去說都攔不住，大人不必白費心機。」

景差打開門跨步準備離開。

「既然大人相信命運，與其找子逸，倒不如去祈求上天，讓子淵的命活長一點。」

看來這廝全然不顧兄弟之情，執意要看著宋玉去死。又興許景差打的也正是這個主意，宋玉若死，雨桐便失了依靠，到時要怎麼辦還不是身為上大夫的景差說了算。

恨恨的莊辛氣自己找錯人，卻又無法可想，只好瞪著離去的景差，氣得直跺腳。

宋玉在宮裡直待到傍晚時分，才一臉疲憊地進入家門。雨桐自嫁過來後，從未見丈夫如此晚回，心中免不了有些擔心。

晚膳過後，宋玉又一個人悶悶不樂關在書房裡，這讓雨桐直覺很不對勁，便拿了些糕點去看他。

宋玉在書房時不喜歡受人打擾，但也唯有雨桐可以不動聲色進出這個房間。

雨桐悄悄走到窗前，見宋玉伏案奮筆疾書，俊逸的面孔卻滿是愁容，不知道在寫些什麼？

打從發生靈兒那件事後，雨桐一直把自己關在房裡，對宋玉也冷淡許多。

雨桐明白夫妻間不應該有心結，但每日只要一看到麗姬，她就無法敞開心胸去包容許多事。

可是宋玉沒有怪她，只一味陪她讀《詩三百》，講解那些深奧的楚文，談論楚國的政事，也聊聊街上的所見所聞，然後笑看著雨桐，只是笑著……。

宋玉不知道，那笑對雨桐而言有多大的殺傷力。因著這樣的笑，雨桐的每條神經和每個細胞都在抽痛，都在怪自己為何不能忍讓，不能放開，不能像宋玉愛自己那樣全然地愛他。

究竟要怎麼做，才能摒棄二十一世紀的新觀念，重新回到古代做個宜室宜家的小女人？這對一直被教育要做自己的雨桐而言，好難，真的好難！

宋玉隱隱聞到熟悉的香味，有些詫異地抬頭，見愛妻端著盤子站在窗外若有所思，連忙開門讓她進來。

「秋涼露重，當心冷著了。」

宋玉倒了杯熱茶，用自己的掌心暖暖愛妻的手，關心問道：「陳郢的冬日來得早又寒，前兩日讓妳備下的冬衣，都做了嗎？」

「都做了。」

雨桐簡短應了聲，喝了口熱茶，心卻不自覺地酸了下。

「東街那家的裁縫師傅手藝極好，是義母介紹的，妳似乎很怕冷，為夫正想著託人再買幾件貂裘，來給妳做衣裳保暖。」

晚上睡覺時宋玉總感覺雨桐的手腳冰冷，好幾次都想找個大夫開藥方給雨桐補一補，只是雨桐始終不願意。

「子淵，發生了什麼事？」

雨桐打斷宋玉的那些叨唸，知道他正努力在找話題，於是放下手中的茶杯走近。

「都是朝堂上的政事，妳無須掛心。」

宋玉略略低下頭，轉身收起桌案上的竹簡。

「……我從來沒有聽過你彈琴，可以彈給我聽聽嗎？」

雨桐看向另一張桌案上擺著的古琴，彷彿很久都沒有動過了。

「妳想聽？」

宋玉突然想到，他也已經許久未彈了。

「想。」

走到琴邊的雨桐伸手輕撫，即使宋玉從不讓府裡的丫鬟到他的書房裡打掃，但這房裡的東西，依然乾淨得一塵不染。

難得雨桐今日這樣有興致，宋玉抿脣一笑，「想聽什麼？」

「古琴的曲調我不懂，你彈什麼我都聽。」

以前在網路上曾看過宋玉善音律，喜歡撫琴、吹笛，但不知道有多專業。

宋玉欣然點頭，優雅的他撩袍坐定，舉起右手彈琴，左手按弦，調整呼吸，開始撩動指端。

雨桐雖然沒有學過古琴，但小時候學過鋼琴的她，仍聽得出這首曲調的優美。這琴聲高音嘹亮清脆，像極了掛在門上的風鈴，叮噹透亮，而低音圓潤飽滿、渾厚有力，按音柔軟如絲，婉轉似流水，聲聲撩進了魂魄，教人心蕩神馳。

和著琴聲，宋玉薄薄的脣瓣微啟，翦翦如秋水的眸光在雨桐眼前流轉。

「倚窗影綽約，八月秋正濃，風吹婆娑。紅燭競吐輝，一室橘香盈，神女裊娜。紫金帳，柔荑輕握，撫琴瑟，杯酒歡歌。」

音調裡的款款柔情，綿長如水流般滑過雨桐心底，卻也留下深刻的印記。宋玉的音域寬廣，好似山巒高低起伏，又像海潮此起彼落，可見是喜歡唱也很會唱歌的人，而雨桐竟是到現在才不經意地發現，宋玉的歌聲是如此的清亮動人。

「看曼舞輕佻，一曲情未盡，繾綣難捨。更凝眸，到白首，永世安樂。」

歌聲如絲，與琴聲糾纏，紡出縷縷交織的情感。

此刻的宋玉衷心希望，能和自己心愛的妻子白首一生，永世相隨。

沒有現代男人的豪邁和蕩氣迴腸，在宋玉優美的吟唱下，這樣的古文加上古琴的音律竟像一首情歌。

雨桐從沒想過，這輩子會有男人為她唱情歌，而且還是兩千多年前的偉大文學家宋玉唱給她聽的。

雨桐迎向宋玉的深情，激動地握住丈夫彈琴的手，「你說你會愛我一輩子，對嗎？」

「當然。」

有些訝異的宋玉不解，雨桐好端端的怎麼哭了，難道，他唱得不好聽？

雨桐繞到宋玉身後，泫然欲泣地伸手環住他，哽咽道：「我坦誠我很自私，無法像你愛我那樣愛你，像你包容我那樣包容你，我不想放棄所知道的一切去遷就別人，甚至去遷就你。」

抹去臉上的愧疚，雨桐像個孩子似的，鄭重地向宋玉認錯。

「我所處的那個時代男女平等，為了疼老婆，丈夫甚至要遷就妻子。雖然，我想把這個家變成理想中的樣子，可是我怎麼做都不對，怎麼改都不行，我甚至不知道該怎麼當一個好妻子，我不懂……」

原來，雨桐的觀念一直都和宋玉以為的不同，他終於明白了雨桐這幾日的掙扎。

滿是心疼的宋玉，緊緊抱住自己的小妻子。

「這世上除了我爸，你是我唯一愛的男人，我希望和你快快樂樂、白頭到老，可是，我無法說服自己去適應這樣的生活。我生氣、懊惱，故意不理你，想讓你跟我大吵一架，然後離家出走。」

不可思議的宋玉連忙將雨桐推開，這丫頭果然又想離開他。

「但是你一直都讓著我。」

甜孜孜的暖意流過心口，幸福的雨桐羞躲在丈夫懷裡，「我知道自己的脾氣不好，以後不再亂來了，你別生我的氣。」

「為夫並未生妳的氣。」

宋玉輕撫那滿是桂花香味的青絲，心中充滿疼惜，楚國女子像她這樣的年華早已兒女成群，雨桐卻還是這般小孩子心性。

「之前說過，嫁給我為妾是委屈妳了，妳是高高在上的神女，如今，卻和我這個凡夫俗子為紅塵所苦惱……」

自從雨桐教了靈兒天文知識後，宋玉又開始仰望起這個小妻子了。

雨桐伸手搗住宋玉的脣，輕貼著他的臉龐，細訴著：「我真不是什麼神女，其實，我是從兩千多年後的時空穿越過來的，是個沒沒無聞的大學生，跟你一樣都是凡人。」

見那張不明所以的俊容微蹙了下，雨桐打算一五一十全對宋玉招了。

「不知道是什麼緣故，我在巫山神女峰遊玩時，被楚國的士兵給帶走，然後遇見了你。那年被司馬靳抓到秦國後，我差點就沒命了，上天卻讓我遇到莊夫人，我才能再次回到你的身邊。所以，我相信這一切都是緣分……」

「可是，妳預知了白起攻打鄢、郢兩都的企圖，連秦軍使的謀略都知曉，甚至，妳還懂得天文地理？」

《天文》一書可不是人人都看得懂的，而雨桐居然還能向靈兒補充其不足，足見雨桐對天文的知識，更勝於魏人石申和楚人甘德。

「但並不是每件事情都知道。」

聞言的雨桐搖頭，看來宋玉還是不懂。

「你只要記得，我跟你一樣是個普通人，要吃飯、要喝水，會變老、會死去。」

「不准胡說！妳說不是就不是，以後為夫就當妳是個凡人。」

宋玉止住她，老是這麼口無遮攔，以後怕是要把孩子給教壞了。

而宋玉嘴上雖然這麼答應著，卻在心裡暗忖：「倘若妳不是神女，如何能容顏不改？又如何能穿越兩千年來嫁給我呢？」

只是不動聲色的宋玉，握住小妻子那細軟的柔荑貼上自己的臉龐，吻著那令他眷戀的指尖，承諾道：「無論妳是哪裡人，以後我們坐看雲起日落，共度春花秋月，相守白頭。」

「好。」

一臉開心的雨桐猛點頭，果然儒生就是好脾氣，三言兩語就讓她給搞定了，雨桐高興地摟住丈夫。

雖然遲疑了下，宋玉卻還是很想問清楚。

「那……妳方才說的，最愛的另一個『爸』，是何人呢？」

聞言的雨桐瞠目，對著小吃醋的宋玉「噗哧！」一聲，大笑出來。

第五十章

施計救夫

和雨桐言歸於好當然是件喜事，宋玉本來應該放寬了心，但隨之而來的政務卻又讓他傷神不已。

因著令尹和昭唐的建議，熊橫希望宋玉能暫時離開陳郢，雖然無須到淮北那荒漠之地，但至少得在外過十天半個月才能回來。宋玉要求攜眷，熊橫卻以聲東擊西之名，希望宋玉默默成行，好堵住朝臣們的嘴。

熊橫想護他周全的這番美意，宋玉如何不知，此舉既能讓令尹子蘭和昭唐心服，又不至於危害到宋玉的性命。只是，殺害雨桐的凶手至今仍查不到下落，宋玉如何能捨下愛妻獨自離開？

下朝後的宋玉又與莊辛商議許久，就盼能想出個兩全其美的辦法，讓宋玉得以不用離開陳郢，奈何大王此次的意志甚堅，連轉圜的餘地都沒有。退而求其次的宋玉，只好說服雨桐暫住在莊府，也好與莊辛夫婦有個照應。

「不用，我乖乖在家不亂跑就是。況且你不在，我和萍兒若住回娘家，這裡豈不是更沒人了。」

雨桐正翻著桌案上的竹簡，專心研讀宋玉以前閒暇時寫下的詩賦。

宋玉見愛妻根本沒有把他的話給聽進去，這攸關性命的事怎麼能如此輕率？神情嚴肅的宋玉，拿走雨桐手上的竹簡，認真地說：「這件事很重要，為夫不能把妳單獨留在家裡，太危險了。」

見丈夫神色凝重，宛如會發生什麼大事一樣，撒嬌的雨桐嘟起嘴，滿臉不悅站了起來。

「讓義父多派幾個侍衛來就好啦！幹嘛一定要我回娘家？況且丈夫出門做妻子的就回娘家，不是更容易招人非議嗎？」

「我若是請子逸常來照看妳們，可好？」

宋玉凝眼看著，見雨桐黑白的眸光閃動，到底是鎮定，還是震驚？於是再問：「妳在楚國舉目無親，除了義父與子逸，為夫不放心其他人。」

「你不是不喜歡他嗎？」雨桐低下頭，迴避與宋玉尷尬的直視。

「子逸位居楚國上大夫，官職雖然不及義父大人，但與我手足相稱。況且子逸常來家中也與麗姬熟識，我想他不至於拒絕。」

這丫頭有時精明，有時卻又單純得令人心疼，宋玉當然看得出雨桐的矛盾。

「可以嗎？」

雨桐雖然清楚景差一直在暗中保護她，但如此光明正大地請到家裡來，豈不等於暴露了景差的身分？她既然不想與景差再有任何瓜葛，自是不能因為宋玉的離開就出爾反爾。

只是，宋玉為何突然挑在此時提到景差，難道他發現什麼了嗎？

「我討厭他。再說，家裡除了靈兒都是女子，景差一個大男人來也不方便。」

顧左右而言他的雨桐，依偎在老公的懷裡，嬌嗔道：「如果擔心我的安全，就不要去太久。」

「好。」

宋玉閉上眼，有些不放心地輕吻妻子的額髮，希望這樣的溫情一直持續，永遠都在。

因著宋玉奉旨遠行，家裡又多了兩個侍衛，放心不下的莊夫人也時不時找幾個奴婢過來照看、侍候。莊辛每日要侍衛回報宋府的狀況，希望在重兵的監護之下，能令那深藏不露的敵人不敢輕舉妄動。

轉眼秋收即將到來，萍兒和小翠買到許多便宜又新鮮的蔬果，也使賦閒在家的雨桐高興得不得了。

雖然上回為了煮湯一事惹得麗姬不痛快，但宋玉為了避免雨桐在家閒得發慌，就讓小翠和蘭兒放手廚房的事，給雨桐一點樂趣玩玩。因此這幾日雨桐和兩個奴婢，都在廚房裡忙食譜、弄茶水，歡喜得不亦樂乎。

只是雨桐的這些舉動，看在整日因為思念丈夫而憂心不已的麗姬眼裡，簡直太過刺眼。

「虧得大人如此疼愛她，瞧瞧現下都什麼時候了，她竟然還有心思跟丫鬟們嘻嘻笑笑，一點都不擔心大人的安危，真是成何體統？」

當著蘭兒的面，鬱悶的麗姬不吐不快。

「夫人莫要見怪，姨娘說了，有大王的保護，大人不會有危險的。」

蘭兒雖然明白姨娘這樣的舉動不妥，但也不好在這個時候火上澆油，她只希望家裡人人都能平靜度日就好。

「話雖如此，但我還是不放心。」

猶疑的麗姬咬咬唇，向蘭兒說道：「午後妳去找景大人前來，就說我有事請教他。」

打從雨桐來後，大王便常常遣宋玉出陳郢，這是從未有過的事，讓麗姬不由得去想一切會不會和雨桐有關？

麗姬與莊辛不熟，況且就算問了，莊辛肯定也會袒護自己的義女，倒不如去問景差比較穩妥。

「這……」

上回麗姬找卜尹斬桃花的事，在陳郢鬧得沸沸揚揚，雖然不清楚是誰把消息透露出去，但卜尹確確實實是景大人介紹來的。所以蘭兒直覺麗姬此時再去找景差，似乎不太恰當。

見一旁的蘭兒猶豫不決，麗姬怒目而視，揚聲道：「怎麼，現今連我講的話妳也不聽了？難道，要我自個兒去請？」

近來夫人的脾氣不好，越發的疑神疑鬼，看來還是先請景大人來再說。

「蘭兒不敢，蘭兒馬上去辦。」

這日，雨桐本來在廚房教小翠和萍兒做桂花蓮藕，聽蘭兒說景差來了要奉茶，不禁瞪大眼問：「他怎麼跑來了？」

「夫人說有事請教景大人，遣蘭兒去請。」

小翠聽這語氣，直覺姨娘不太喜歡景大人，說話不甚客氣。

雨桐擰著眉，不解麗姬會有什麼事要問景差，難道跟宋玉有關？

思忖再三的雨桐，讓兩個丫鬟拿著點心和茶一起來到大廳，麗姬見雨桐到來，便親切地喊了聲「妹妹」，並把景差介紹給她認識。

先前聽聞景差也曾欲納雨桐為妾，麗姬雖然不太清楚兩人是如何結識的，但憑雨桐進門那日，景差連送份薄禮的情面都不給，足見他對宋玉搶妾一事有多惱怒。想當初，若是景差橫刀奪愛將雨桐給搶了去，那麗姬這個主母，也無須當得這般難堪。

雖然麗姬也不願見雨桐與景差交好，但雨桐畢竟是宋玉的心頭肉，景差入府這事若瞞著她，萬一讓雨桐去吹宋玉的枕頭風，麗姬又不知道要怎麼向宋玉說去。

為了避嫌，麗姬只好讓蘭兒也知會雨桐一聲，沒想到景差見雨桐主僕三人進來後，卻是一副目中無人的樣子，拿著摺扇端坐在大廳中央，看都不看雨桐一眼。

聽小翠說，是麗姬主動把景差找來的，雨桐不免有些訝異。宋玉說過麗姬與景差熟，但沒想到比自己跟景差更熟，麗姬能大剌剌得把人給找進家裡來。

「景大人安好。」

在麗姬面前裝作與景差互不認識的雨桐，恭敬地對著他欠身行禮。

聞言的景差點頭，算是還禮了。

「雨桐做了些點心，剛好給景大人嚐嚐。」

聞言的小翠和蘭兒，分別把桂花蓮藕放在景差和麗姬的桌案上。

「兩位慢慢聊，妹妹就不打擾了。」一心只想避嫌的雨桐，打算離開。

見好不容易盼到的人就要走，原本默不作聲的景差突然乾咳了一下，朗聲道：「既然是關於子淵的事，姨娘不妨也留下來聽聽吧！」

「宋玉的事？麗姬找景差來，果然是要談宋玉的事。」雨桐迅速看了麗姬一眼，但見麗姬極力避開自己質疑的眼神，似乎想刻意隱瞞些什麼。

雨桐揚了揚眉，便走至大廳的另一側坐下，「還請景大人明示。」

「雖然，大王的旨意是讓子淵遠去淮北勘察治水狀況，但實際上，此刻的子淵正前往上蔡，離陳郢不過幾十里之遙而已。」

景差喝了口熱茶，淡淡的橘香清甜，幾乎與雨桐身上的味道相似。

留雨桐下來只是為了多看她幾眼，若知曉雨桐一切安好，景差就覺得足夠。

然而，因著景差的這一番話，雨桐和麗姬頓時心頭一震。

景差見兩個人均是一副吃驚的模樣，就知道因著大王的叮囑，宋玉竟連自己的妻妾都不透露半點口風。

「令尹大人和昭氏視子淵如眼中釘、肉中刺，幾番加害不成，如今好不容易找到機會，無不摩拳擦掌等著子淵自投羅網。大王礙於令尹大人勢力不得不妥協，因此祕密安排子淵前往上蔡，好避人耳目。」

「上蔡距離淮北尚有百餘里，一來無須擔心秦軍的威脅，再者，當地縣尹對子淵推崇有加，自會好生照顧。大王除了派兵護送，另外還有御衛祕密隨行，弟妹和姨娘當可放心。」

話剛落下的景差，就見坐在對面的雨桐眉頭越鎖越緊，難道自己都如此言明了，還不能教雨桐放心嗎？

「大王安排得如此周全，麗姬自當安心許多。」頷首的麗姬向景差致謝。

朝政上的事，麗姬本來就不太懂，更不可能理解景差話裡的洶湧殺機，麗姬只是想著自己多疑了，宋玉的出行和雨桐並無關係。

然而原本對宋玉出差並不太在意的雨桐，卻因此感到擔憂。

原來除了景差和唐勒，想陷害宋玉的人居然還有這麼多，這是雨桐在電腦資料中完全沒有發現到的。

此時掌管楚國軍事的令尹大人，不就是先王的寵妃——鄭袖的兒子子蘭嗎？雨桐記得他正是楚王的親胞弟，也是害屈原被流放的人，沒想到子蘭的心眼這麼壞，連屈原的學生都不放過。

「大王雖然派了御衛祕密隨行，難道令尹大人就沒有殺手嗎？他掌管楚國的軍事並非一兩日，我們怎麼判定，跟著子淵出行的御衛中，就沒有他的人？」

防備心驟升的雨桐，連忙吩咐一旁的萍兒。

「妳即刻前往莊府，請義父儘快找武功高強的侍衛，從後頭偷偷保護大人。切記，這事絕對不能被大王的人發現，否則，後果難料。」

「唯。」

機警的萍兒，當然也聽出雨桐話裡的嚴重性，擰眉的她一個欠身，連忙出門。

見雨桐如此緊張，才剛放寬心的麗姬也跟著刷白了臉，「妹妹，妳這是……」

「螳螂捕蟬，焉知還有黃雀在後？就算令尹大人想要加害子淵，他也料不到還有義父的人馬隨後護著。」

雨桐把話說完後便對著景差欠身行禮。

「多謝景大人提醒，否則雨桐還傻傻以為我家大人只是去出個小差，根本不知道還有這麼多危險。」

景差見雨桐不慌不亂還能如此果斷行事，感覺有些吃驚，螳螂捕蟬這種兵家計謀，年紀輕輕的雨桐，是從哪裡聽來的？

大王和莊辛只知道要極力保住宋玉，裡裡外外分派許多侍衛防著。但即使是御衛，畢竟也是宮裡的人，令尹的人馬的確有可能參與其中，而雨桐竟能立即想到如此周全的計策，真是出乎景差的意料。

「姨娘的睿智令子逸佩服。」

景差斂下心神，淺淺一笑並拱手作揖。曾經他以為雨桐只是個調皮任性，不拘小節的丫頭，原來，她也有冷靜理智的一面。

「大人謬讚了。敢問大人，唐勒唐大人現今是什麼職位？」

既然要防，就應該把所有對宋玉有威脅的人的底細都摸清楚，雨桐要好好研究，這些人日後將會如何對付宋玉。

景差聽見雨桐講出唐勒這個人，心中反而升起一股疑惑，她是如何得知唐勒這個人的？

景差記得雨桐和宋玉分離達十年之久，又是最近才回到楚國，難道自己之前和唐勒聯手陷害宋玉的事，雨桐都知曉？那麼雨桐此刻問起，莫不是要……。

「唐大人在幾年前就已被分派至黔中郡駐守，離開陳郢許久了。」景差謹慎回道。

「那就好。雨桐想勞煩大人，若是唐大人回陳郢，請務必通知我。」

宋玉是因為被景差和唐勒陷害，才被楚考烈王放逐，雖然現在距離楚王崩逝還有一段時間，但雨桐依然得小心防著唐勒再次還朝。只是景差真會如歷史所言，繼續加害他的好友宋玉嗎？

景差見那一彎秀眉微擰，看著自己的眸光變得更為深沉，此刻的這丫頭正在心底琢磨些什麼呢？

「若沒有大王的旨意，想必唐大人無法輕易回陳郢。」

唐勒是當初景差用計遣走的，景差自然不會那麼容易就讓唐勒回陳郢。

而對於眼前的這個女子，景差知道雨桐聰穎，但沒想到她對政事的敏銳程度，竟比一個堂堂男子的心思還要縝密。

「姨娘如此在意唐勒，是想防患於未然嗎？」

景差向前趨近，想讀懂雨桐的心思，究竟還藏著多少自己不知道的事。

有些尷尬的雨桐靜默。

「雨桐不過想請大人提個醒，沒有別的意思。」

驟然垂首的雨桐，將桌案那碟放涼許久的桂花蓮藕，端到景差面前，笑逐顏開。

「雨桐新做的點心，請大人嚐嚐。」

如果能夠拉攏景差與宋玉和好，也許之後的遺憾都不會發生，即使知道歷史無法改變，但雨桐還是想盡力一試，或許，能有幾分轉機。

景差收回凝視的目光，瞧了眼那盤粉紅晶亮的東西，他向來不愛食甜，但若是雨桐親手做的，就另當別論了。

「姐姐也吃吧！」

雨桐在廚房弄了好久，才熬出這屬於她記憶中江南小吃的風味。雖然戰國時代沒有冰糖，但熬煮過後的蓮藕淋上蜂蜜和桂花釀的效果，出奇的棒。

麗姬狐疑地看了一眼，不就是蓮藕嗎？值得如此得意？

小小地吃下一口，瞬時濃郁的花香盈滿口鼻，綿軟的甜蜜充填至整個心，像極了一股蜜水化在心裡頭似的，細細嚼下，甜甜的曼妙滋味，與蓮藕的綿密口感糾纏在一起。以前也經常煮食的麗姬從不知，蓮藕竟然也可以做出這樣的美味！

見景差也露出一副難以置信的表情，雨桐得意地笑了，「好吃吧？」

那似有一層甜膩黏在嘴裡般，與口齒交融，但眼前的人更令景差迷醉，夢裡幾番痴想都無緣得見的一笑，終也讓景差見到了。

景差緩緩伸手，忘情似的輕喚：「雨桐……」

被景差這麼一喊的雨桐，莫名怔了一下，麗姬並不知道她和景差熟識的事，連宋玉也以為自己不待見他，景差可不能在這裡露了餡。

機警的雨桐趕緊拿起桌案上的茶，用杯子將景差的掌心推回，「大人覺得太甜了嗎？快喝口茶潤潤吧！」

雨桐繼而轉身避開與景差的眸光交會，並連忙吩咐小翠道：「去廚房再弄些桂花蓮藕給人人帶回去，想必景夫人也會喜歡。」

「唯。」站在一旁的小翠應聲，趕緊去廚房。

景差也意識到了自己的失態，連忙喝下杯裡的熱茶，瞥了眼坐在對面的麗姬，她應該沒瞧見才對。看樣子雨桐也不希望自己久留，他還是趕緊離開的好。

只是越想遮掩就越容易被察覺，麗姬輕呼著手裡的溫熱，若無其事地斂下眸，飲下方才那一幕的神祕。

因著雨桐的建議，莊辛花重金聘請江湖高手，緊跟上宋玉的隊伍，而且在不驚動御衛的情況下，隱密地監視著。

莊辛依稀記得，十年前第一次見雨桐時，還以為著軍裝的雨桐只是個村姑，然而十年後再次見面，即便雨桐看起來依舊是年紀輕輕的樣子，卻已一躍成了精明幹練的大姑娘。但莊辛再怎麼也料想不到，這段「螳螂捕蟬，黃雀在後」吳王伐荊的典故，雨桐竟也能運用自如，當真是令人刮目相看。

想來莊辛一直都小覷了雨桐，她不僅熟悉楚國和秦國文字，也能將成親之時，朝臣們的官職名稱和贈送的禮品集結成冊，整理得有條不紊。如今，就連朝臣間才懂的策略謀劃，雨桐都能指點一二，果然能讓宋玉看一眼的，絕非等閒之輩。

這日下朝後，莊辛沒有回自己的府邸，反倒興沖沖到宋府找雨桐來了。萍兒見自家大人親自上門，滿是欣喜地奉完茶後，樂得站在小姐身旁侍候。

「義父朝政繁忙，怎麼還有空來看女兒。」

雨桐料想是宋玉不在，莊辛也擔心自己的安危吧！

「女兒的救夫計策令老夫刮目相看，不得不來與妳討教幾番。」

莊辛撫鬚噙笑，也想趁機探探這丫頭的底。

「令尹大人在朝中的勢力不容小覷，這件事須得格外保密，除了家裡人，也唯有景大人知曉。」宋玉不說，連莊辛也瞞她們瞞得緊，雨桐不瞭解這些古人的愚忠，竟對自己的妻妾也要三緘其口？

「景差！妳、妳居然告訴他？」

呀然的莊辛豁然站起，「難道妳不知道他對宋玉不安好心嗎？」

「子淵出門只說是去淮北，根本沒有提及令尹和昭氏想陷害他的事，若不是麗姬姐姐把景大人給找來，女兒壓根不曉得子淵是冒險出行。」

景差和宋玉的糾結雨桐自是一清二楚，只是現下景差沒有對宋玉出手，興許事情還有轉圜的餘地。

「況且，景差若是真的想對子淵不利，也無須告訴我們這麼多啊！」

雨桐把真相說出，就是希望莊辛也能一起想辦法拉攏景差。

「或許，他並不知道妳能想出如此良策。」

景差斷然拒絕莊辛的求助，卻又跑來告訴雨桐和麗姬宋玉的去向，無非是想得到她們的信任，或者還有其他的打算。

「現下他已經得知我們的舉動，想必就算有心也不敢貿然行事。總之，妳這招禦敵妙計既能防得了令尹和昭氏，亦可擋住景差，一舉兩得，也無不可。」

「義父可曾想過要拉攏景大人？或許，他本意並不壞。」

其實雨桐是想：「子淵與莊辛即使有才，但比起三姓王族，他們兩人在楚國實在勢單力薄，倘若能將敵人化作朋友，豈不是有雙乘效果？」

「沒想到短短幾日，妳便與景差連成一氣，足見那廝對妳等之用心啊！」

莊辛搖頭笑道：「女兒雖然聰明，卻難以揣度小人之心，妳與宋玉成親之前，麗姬便請了卜尹到家裡斬桃花，而這卜尹是誰請來的？而後，宋玉又因為斬桃花一事，導致朝臣們上奏大王，將宋玉派到淮北治水，這事又是誰透露給群臣知曉的呢？」

居然發生過這樣的事，宋玉為什麼不曾對雨桐提過呢？完全不知情的雨桐搖頭。

「宋玉一昧袒護景差，卻教自己的妻妾為人所利用。」

莊辛嘆了口氣，說道：「麗姬稱病讓景差請來卜尹斬桃花，原本，這件事情沒有旁人知曉，最後卻鬧得陳郢無人不知，妳說，不會是麗姬自己說出去的吧？」

聞言的雨桐擰眉，莫不是這些事情另有玄機？

「再想想，數月前景差欲納妳為妾，若不是老夫用計，奏請大王將妳賜婚予宋玉，恐怕妳已難脫景差的魔掌。可是，大王才剛允諾賜妳與宋玉的婚事，轉眼殺手便至，而之後，又莫名其妙來了位武功高強的俠士出手相救，妳不覺得太湊巧了嗎？」

莊辛睨了雨桐一眼，聰穎如她，難道會想不到這層層關係？

「朝野上下，除了與景差一同長大的宋玉，沒有人知道景差會武功。這左手糖、右手棍的道理，女兒不會不懂吧？」

莊辛啜了口茶，講得還真有些渴了。

難怪那日任憑雨桐怎麼問他，景差都不說出幕後暗殺的人是誰，原來是一丘之貉！

「子淵為什麼都不肯向我們說清楚、道明白？麗姬甚至只相信景差。」

錦袖下的十指緊握，雨桐咬脣。

「景差那廝雖然不仁不義，宋玉卻不想對兄弟趕盡殺絕，畢竟他們兩人一起長大，如今又同朝為官，即使景差為了利益屢屢出賣兄弟，但宋玉還是視他為手足……女兒啊！景差之前對妳如何，現下轉變如此之大，圖的是什麼？還不是想從妳這裡得到更多打擊宋玉的籌碼，好在大王面前令宋玉難堪？」

果然是卑鄙小人，只會搞這些令人不齒的小動作煽風點火，真是可惡至極！千防萬防的雨桐，沒想到自己居然如此輕易就落入景差設的陷阱，還想視他為盟友，簡直是引狼入室。

看來自己還是把人性想得太過單純，羞愧不已的雨桐躬身向莊辛致歉。

「是女兒不懂事，差點錯認好人，還請義父見諒！」

「這事不怪妳，景差如此費心與令尹布下這張網，我和宋玉也是琢磨許久，才得以悟透。只是，宋玉顧及兄弟情誼，妳也別給他太難堪，許多事，女兒心裡有數便罷。」

「子淵也知道是景差救了我？」

雨桐訝然，自己的丈夫什麼時候變成腹黑的心機男，兩人朝夕相處這麼多天，宋玉都能忍住不說出口？

「這是你們夫妻間的事，老夫不好置喙。」

莊辛撫鬚，一副事不關己的樣子。

所以，宋玉要離開陳郢前的那一晚，對雨桐說要請景差到府相助，是故意要套雨桐的話？為什麼，為什麼宋玉不坦白地問她呢？

第五十一章

將計就計

夜黑風高，又氣又悶的雨桐絲毫沒有睡意，只能不斷在房裡踱步。

雖然雨桐知道宋玉在楚國的艱難，卻沒想到即使宋玉步步為營，加害他的人依舊不肯輕易罷手。子蘭、昭唐和景差，楚國的三大勢力一旦聯手，恐怕連莊辛這個陽陵君也無法與之抗衡。

不！若如莊辛所言，他們早就已經聯手了，因此，這件事情比雨桐料想的還要複雜，複雜許多。

雨桐怪宋玉是個悶葫蘆，如果他早一點和自己商量，興許還能想出些對策，如今宋玉人在上蔡，萬一真發生什麼危險，雨桐就算想救也鞭長莫及。

什麼暗殺、爾虞我詐，古代人就喜歡搞這些。雨桐好不容易才盼得一處安穩的所在，沒想到轉眼又踏進另一個深淵，教她這個單純的現代小女子，能想出什麼好方法？

雨桐打開房門，坐在迴廊下吹著風，努力回想曾經在電視劇裡看過的相關劇情，爭權、奪利，這些男子都是怎麼鬥的。

夜裡的晚風沁涼，些許秋意伴隨著院子裡的菊香，翩然入懷，緯度高的河南陳郢，果然比起湖北的郢都要冷上許多。夜空的點點星光，在黑幕下顯得格外的亮，白牆上的竹影搖曳，像極了手舞足蹈的曼妙。

迴廊邊的竹子窸窸窣窣，讓陷入沉思的雨桐有些分心，隨手折了竹枝的她想著：「這麼晚了，定是萍兒放不下心，待在那裡等著侍候。」

微微嘆了口氣，雨桐輕喊：「萍兒，妳別管我，先去睡吧！」目光注視之處卻沒有傳來應答的聲音，毫無防備的雨桐伸頭探了探，突然一個黑影從竹叢裡竄了出來，嚇得她連退好幾步，驚問：「你……你是誰？」

嚇極的雨桐正要大喊，誰知對方以更快的速度拿劍朝她殺來，雨桐反射性地把手上的竹枝甩向那名黑衣人，男子敏捷地將頭一閃，迅速伸手扣住雨桐的手腕。

「放開我！」

雨桐用力將手一扭，纖纖五指竟從寬大的袖袍下掙脫，她趕緊扯下衣帶子，將整件錦袍丟給黑衣人，拉起裙子拔腿就跑。

「救命、救命啊！」可惜顫抖著聲音的雨桐，連話都說不清楚。

府中的六個侍衛有兩名守在大門口，兩名在大廳，另兩名巡視各處，雨桐不曉得有沒有人聽得見自己的呼救，總之不管是誰，先來救命要緊啊。

一般女子看到劍都快嚇昏了，她居然還有力氣逃跑，果然不是好對付的角色，黑衣男子憤憤丟下手中的袍服，提劍再追。

雨桐即使拚盡跑百米的氣力，也跑不過訓練精良的殺手。身手矯健的黑衣男子形影一閃，已然站在雨桐面前，他狹長的鳳眼殺氣騰騰地盯著雨桐，像極了逮住獵物的黑豹。

「誰派你來的？」連連後退的雨桐，要逃也已經來不及。

深吸口氣的雨桐定下心，若真如莊辛所言，黑衣人不見得真的會殺死她，而景差此刻應該也埋伏在這附近，等著作戲吧！

思及此，被逼到絕路的雨桐竟是冷靜許多，不喊不叫，挺直了身子與殺手對峙。

「這小娘子生得有趣，看起來不會武功，但氣勢不小。」

黑衣男子冷笑了聲，慢慢舉起劍。

「就算要死，好歹也讓我知道，是誰要我的命，除非，你根本不想殺我。」

環顧四周的雨桐，不禁在心裡暗忖：「景差在哪裡？為何還不出來？」

見黑衣男子遲不動手，雨桐越發肯定他不會殺自己，嘴上更不饒人。

「原來會武功的都是啞巴、聾子，你該不會……還是個閹人吧？」

聞言的黑衣人擰眉，罵道：「臭丫頭，死到臨頭還嘴硬！」

青銅劍在盈盈的星光下，散發著陰沉的冷冽，男子手起劍落，轉眼已經向雨桐刺來。

「妳是傻瓜還是笨蛋，居然不跑。」

眨眼間「咯噹」一聲，又一蒙面男子替雨桐擋下一劍，並迅速將雨桐護在身後。

「你，果然來了！」雨桐當然認得這聲音，即使景差刻意掩飾。

「快跑啊！叫侍衛。」蒙著臉的景差揮劍擊向前方，還不忘回頭提醒雨桐。

可雨桐不動，她今天非要好好認清，景差這個男人的真面目不可。

經過兩次的刺殺失敗，此番派來的黑衣人武功不容小覷，奮力的景差雙手舉劍，招招致命，下手毫不留情。為救雨桐的他不敢有絲毫大意，集中全力應對，只見兩把青銅劍在暗夜中互擊，鏗鏘聲不斷，還激迸出青藍色的火光。

狹長的迴廊窄小，景差出招不便，又怕打鬥中不慎傷到一旁的雨桐，便想將黑衣人引至大廳讓侍衛幫忙，誰知那黑衣人緊咬著雨桐不放，一有空隙便要向雨桐襲去。情急之下，景差只好將身形一擺，伸長右腳向黑衣人的下盤掃去，但見他騰空一躍已然越過了數丈，景差雙手再次舉劍，猛地朝黑衣人的背脊刺下。

被逼到無路的黑衣人咬牙，轉身將劍格開，接著彎腰將雙臂一展，使利刃朝景差的腹部劃去。

蒙面下的景差神色一凜，左腳向後支撐住身體往後仰，右腳使力一抬，踢中黑衣人拿劍的手，而後身形忽閃，彎起的右肘已重重擊進黑衣人的胸口。

黑衣人早就猜到會有人插手，卻沒想到此人的武功如此了得，再打下去恐怕會驚動府中侍衛，到時就更麻煩了。

陰鬱的眸光瞬時一閃，黑衣人作勢從懷中拿出暗器，迅速向景差投去。見狀的景差一驚，躍身迴避數丈才知中計，就在電光石火的一瞬間，黑衣人又拉開了與景差的距離。

原以為應該逃走的雨桐卻神情異樣，雖然她應該知道自己是誰，卻立身不動站在廊下，也不叫救兵。

情急的景差只好抽出袖口的兩枚銀鏢，向黑衣人射去，黑衣人沒想到景差還有時間使暗器，連忙揮劍擊開。

「鏗鏘！」銀鏢被堅實的青銅劍彈開，紛紛刺進迴廊下的柱子裡。

看來黑衣人勢必要取雨桐性命，情況如此危急，景差但憑一己之力恐怕難以應敵。他再次用劍劃開一個通道，急切來到雨桐面前，並緊緊握住她的手說：「再不走，連我都護不了妳！」

但雨桐卻用一種漠然的神色回看景差，彷若未聞。

就在這短暫的分心中，黑衣人已一劍刺進景差的手臂裡，瞬時血流如注。乍然的椎心痛楚，讓景差差點驚喊出聲，他右手迅速揮開那把刺肉的劍，回眸再看雨桐一眼，見她還只是冷冷地瞧著自己，面無表情。

景差回過頭，現下他已經管不了那麼多了，只能再次舉起劍，將欺近的黑衣人格開後，高聲大喊：「來人，有刺客！」

聽聞景差大喊的黑衣人一驚，見情勢不利於自己，便不想再與景差糾纏，於是縱身躍過景差，再次拿劍襲向雨桐。

黑衣人若殺不了雨桐，自己的腦袋也會跟著不保，主子的命令不能不遵，今日勢必要取這小娘子的性命！

急切的步伐一如劃過的流星，雨桐見殺手來勢洶洶地衝向自己，這才真正開始感到害怕，她努力移動雙腳向後退了兩步，轉眼間大廳的兩名侍衛已然趕到。

「大膽狂賊，還不束手就擒！」

侍衛高喊，但見一個黑衣人和一個蒙面男子，以為他們都是刺客，紛紛舉劍擊向二人。景差左手受傷，又與黑衣人比試過一回，氣力大失，見侍衛又向自己打來，連忙伸手擋住，「先保護姨娘。」

正要抓人的侍衛一愣，認出這聲音正是呼救的人，又見黑衣人已迅速將另一名侍衛擊倒，連忙轉身相助，咬牙的景差忍痛提劍，也跟著一起助陣。

轉眼間，廊下又是一陣刀光劍影的廝殺，早早睡下的麗姬和丫鬟們都被驚動，嚇得躲在暗處不斷發抖。

大門前的侍衛，和巡視的另外兩名侍衛聞訊趕到，眾人合力圍攻黑衣男子，即使猛獸也不敵群猴，體力不支的黑衣人漸漸敗下陣來。

雨桐見幾個男子打得難分難解，當下退到院子裡觀戰。

亟欲取雨桐性命的黑衣人，幾次想要掙脫眾人的圍困，卻沒想到景差趁他分心之際，一劍刺進他的腰間。瞬時一股熱液湧出，黑衣人冷哼一聲，豁出性命一躍，再次來到雨桐面前。

「危險！」

見狀的景差也顧不得隱藏自己的身分，高聲大喊的他沒命似的撲向院子，右手再一劍，奮力刺進黑衣人的後背。

那黑衣人的劍梢，就抵在雨桐脖下一寸不到的地方，景差拔出劍，腥紅血液瞬間噴湧而出。雨桐只見殺手瞪大雙眼，像在訴說著心有不甘，而後便是雙腳一軟癱倒在地上。

「小姐！」

首先跑出來的是萍兒，她狠狠抱住雨桐，泣不成聲。

「都是萍兒不好，萍兒應該守著小姐，不讓小姐一個人……」

躲在暗處的小翠也跟著哭慘了，與麗姬、蘭兒嚇得沒了血色。

六名侍衛死了兩個，傷了兩個，餘下的兩個連忙確認死者的身分，但從黑衣人身上搜出一塊令牌，上面寫著「御」字。

「是宮裡的人。」機警的侍衛說。

雨桐顫抖著看向那倒在地上的人，猙獰的臉孔死不瞑目，然而再抬頭望向四周，救她的景差卻已不見蹤影。

經過一個多月的提心吊膽，雨桐終於找到暗殺者身分的證據。

得知消息的莊辛連忙趕到宋府，在拿到令牌後，立刻進宮奏請熊橫：「大王，昔日刺殺老臣義女的凶手，竟是宮中御衛，臣請大王務必將幕後主謀繩之以法。」

殿內的侍者，從莊辛手上接過令牌交與大王，見狀的熊橫怒不可遏，「給寡人擬旨，命衛馳將軍、參謀左史及御衛郎中三人，一起調查暗殺事件的始末，務必要查個水落石出。」

衛馳、參謀左史及御衛郎中同時站出，躬身一揖道：「臣，領命。」

「在此之前，衛馳再派幾個侍衛，加強守護宋愛卿的府邸，別讓愛卿的家眷再受任何要脅。」

為了讓宋玉對他這個大王感恩戴德，熊橫索性把人情做足些。

既然查出殺手是來自於宮中的御衛，身為令尹的子蘭也不能免責，便出聲道：「臣附議，臣請大王好好徹查此事，免得鬧得陳郢人心惶惶。」

見莊辛不再叨唸，熊橫便退朝了事。

鮮少見大王如此震怒，莊辛心下已是大喜，於是拉著衛馳走出大殿，得意道：「只要查出這起事件的幕後主使，大王定會好好挫殺令尹的氣焰，搞不好還可因此收回宮裡的兵權。」

「正是。即便是規模不大的御衛軍，卻是唯一最接近王權的軍隊，唯有徹底收回令尹的掌控權，大王的一舉一動才不至於受到監視，朝臣們也才有放膽諫言的機會。」

與莊辛有同樣想法的衛馳，也不禁為之興奮。

然而，莊辛還是隱隱覺得有些不對，緩緩說道：「奇怪的是，令尹不但神色漠然，還不露一絲驚慌，真教人不解。」

「興許令尹是故作鎮定？」衛馳擰眉。

「看來令尹是不見棺材不掉淚，屆時真相大白，看他還能不能笑得出來。」

下朝後的莊辛正要返家，這才突然想起，景差今日竟然沒有入宮。

記得雨桐說他可能受了傷，如此明日張膽地負傷在家，豈不啟人疑竇？難不成，景差為了得到雨桐的信任，故作可憐？

幸好，這樣的陰謀詭計早已經被他和宋玉給拆穿，哪怕景差再怎麼用盡心機討好雨桐，也是枉然了。

莊辛冷笑了聲，踏上馬車欣喜而行。

因為事態緊急，衛馳將軍不敢違逆大王旨意，伙同參謀左史及御衛郎中雷厲風行，不出幾日便將暗殺雨桐的幕後主使給揪了出來。朝堂上的熊横一臉怒容，朝臣們各個低頭相覷，就怕暗殺事件會牽連到他們身上。

「臣啟大王，經司敗查出，是昭唐欲打擊宋大人，這才暗中勾結宮中御衛，加害其親眷。」

衛馳拿出司敗審問其他宮中御衛的口供，呈給熊横。

「衛馳，你、你竟敢血口噴人，誣衊我！」

原本立在大殿一旁的昭唐衝出，對著王座上的熊横一躬。

「大王明鑒，臣根本不識得什麼御衛，大王切勿聽衛馳胡言亂語。」

「司敗還未用刑，宮中御衛就紛紛承認，昭大人經常在宮外宴請他們吃喝，怎麼現在又推說不識得呢？」衛馳提證道。

「誰知道那些人是不是想栽贓給本官，衛馳將軍怎可憑一面之詞，就妄加推斷。」昭唐反駁。

「昭唐，你的意思是，司敗聯合衛馳，要把暗殺一事栽贓給你嗎？」熊横怒指。

「不是的，大王，臣……臣不敢。」

司敗受熊横看重，昭唐自是不能疑心他，但御衛是守護大王的親衛，若昭唐承認與他們有私交，這與叛國無異，必死無疑啊！

惶惶不安的昭唐看向王座旁的令尹子蘭，誰知不動如山的子蘭，根本沒有替自己辯解的打算。

而另一邊，莊辛既然已知道凶手是誰，此時不趁熱打鐵更待何時？況且，要昭唐認罪不難，但定要連同昭唐背後的靠山，一併拉下水才行。

思及此的莊辛，立即奏請熊橫道：「御衛不能忠心於楚國國君，還妄想加害朝中重臣，臣認為，有絕對的必要重新整頓。」

莊辛此話一出，瞪大眼的子蘭這才驚覺事態不妙，怎麼暗殺宋玉家眷這髒水，也要潑到他身上嗎？子蘭面色一變，對著身旁的熊橫一揖，正色道：「王兄，臣弟與此事絕無關係，還請王兄明鑒。」

抓到令尹把柄的莊辛怎可能錯放這個好機會？見大王盛怒，更加地火上燒油，「令尹大人忙於軍務，恐怕無暇再顧及督導御衛這樣的重任，大王應該另擇一位將軍，好好治理宮中的紀律。」

「御衛既然承認了與外臣勾結，暗殺官眷又人證、物證俱在，昭唐，你還想抵賴不成？」

不由分說的熊橫下令，「將昭唐收入死牢，秋後處斬。」

「大王，昭唐絕不會做這樣的事，還請大王明鑒啊！」昭氏一族紛紛替昭唐求饒。

「昭唐之罪禍及三族，你們為他求情，是要與他同罪嗎？」熊橫大喝。

「大王，臣沒有，臣冤枉啊！」見當下無人敢再為他開脫，驚恐至極的昭唐大喊。

「來人，將這廝拖出去。」

王令一出，御衛立即動手，將莫名獲罪的昭唐拖出殿外。

子蘭見王兄不顧昭氏一族的反對再拿昭唐開刀，無非是要嚇阻貴族的勢力，倘若他不肯交出御衛的兵權，恐怕，王兄往後仍會想辦法再捉自己的錯處。

為保住自己一命，子蘭不得不先斷了昭氏這隻臂。

「大王，為了避免昭唐還有其他黨羽作亂，臣以為，應將昭氏所有在朝為官者，停職察看，待宋大人安然回宮後，再行定奪。」

聞言的昭氏一族，沒想到竟遭子蘭背叛，紛紛下跪求饒，「大王，冤枉！」

熊橫也沒有料到，子蘭竟然不顧與昭氏的情誼，不僅斬斷與他們的關係，還對昭氏一族落井下石，他當下勾起脣角笑道：「令尹既然都這麼說了，那就讓衛馳暫時接管御衛督導一職吧！」

子蘭細細一想，衛馳之前雖與宋玉交好，但畢竟是衛弘的親侄子，想必不會太為難自己。況且眼下也找不到更合適的人選，即使對熊橫的安排不算滿意，他也只能勉為其難地接受，於是恭敬道：「唯。」

昭氏經此一劫，要再翻身恐怕遙遙無期，莊辛縱使不能斬斷令尹的手足，至少削減了他的氣焰。加上大王對令尹已經有所警覺，短期內，令尹應該不敢再有什麼挑釁的動作，否則，難保他不會成為下一個昭唐。

本以為雨桐只是個妾室，大王願意親審已是不易，沒想到居然判決如此果斷、迅速，令莊辛不勝感激，「老臣，代宋玉謝過大王，大王聖明。」

接下來，雨桐就無須再擔驚受怕地過日子，只是，該如何處理為救雨桐而受傷的景差，恐怕還是得待宋玉回來再另謀對策了。

雖然受到驚嚇的雨桐一直待在家中不敢出門，但仍然從莊辛口中，確認了預謀殺害她的人。

只是除掉一個昭唐，令尹對宋玉的威脅仍在，況且，還有景差。雨桐雖然痛恨景差的惡行，但若與景差鬧翻，不知道還會生出多少事。尤其景差深得楚王信任，又有令尹當靠山，與其當面拆穿他的假面具，倒不如將計就計。

沒錯！無論景差對她是真心還是假意，逢場作戲誰不會，要玩，本姑娘就陪你玩到底。

然而景差不敢對外張揚受傷一事，僅用祖傳的金創藥自行療傷，只是，青銅劍刺下的傷口深且長，不僅癒合不易反而化膿出血，連日高燒不退。

為了避免被家裡的奴僕看出他受重傷，景差躲在自己的房裡，不讓任何人接近，唯有妻子旋玥每日給他送來三餐，並熬製退燒湯藥給他治療。

「大人……」

見丈夫的手臂腫如熱鐵，摀著嘴的旋玥幾乎淚下。敷上藥的傷口絲毫沒有變好，反而更嚴重，景差原本結實的手臂腫了一大圈，還散發著濃烈的噁心氣味。

「不許哭！一點小傷死不了人。」景差強作鎮定地說道。

旋玥向來是個養尊處優的貴族千金，就算嫁入景氏掌管大小家務，卻連隻螞蟻也沒踩過，手腳發軟的她根本幫不了什麼忙。

景差只好自己拿藥，灑在發炎的傷口上，蝕骨的刺痛瞬間深入骨髓，他咬著發白的下脣，低聲嘶吼著。

「大人，求求您，一定要請醫官，否則卜尹也行，您不能再這麼忍下去了。」

惶恐至極的旋玥泣不成聲，向來身強體壯的丈夫連個病都沒生過，如今一個小小的傷口，卻幾乎要了他的命，到底是為何？

「妳若是想昭告天下，儘管去找卜尹。」

景差一邊咬著布條，一邊努力繫緊，希望傷口能早些癒合，否則一旦被人發現，恐怕就要抄家滅族。

「可是再這麼下去，大人如何能撐得住？」

宋府姨娘遇刺的事被陳郢居民議論紛紛，自家大人又在此時受傷，旋玥當然知道旁人會如何聯想，但若因此而危及丈夫的性命，更是萬萬不能。

「撐不住也得撐。」

景差無力與旋玥再多說話，喝下湯藥後便要躺下休息，可此時丫鬟卻來敲門，說宋家姨娘到訪。

景差現下的身子不要說行走，就連多站一會兒都很困難，但想起那晚的雨桐，既不逃跑也不呼救，看著自己的神色又分外冰冷，似乎另有隱情。

景差好不容易才修復和雨桐的關係，且得到她的信任，若此時不見，那丫頭不曉得又會怎麼疑心自己。

思及此，景差當下就讓丫鬟請雨桐進書房相見。

「妳悄悄地扶我過去，不要讓人看見。」

景差一手撐著榻沿，勉強自己站起身，一手則搭在旋玥無力的肩膀上。

「大人還是不要出去吧！旋玥可以向宋家姨娘說，大人病了，不宜見客。」

瞧丈夫渾身氣力盡失，發熱的雙頰還冒著冷汗，萬一受風著了寒，要如何是好？再者，對方都已經嫁作人婦，旋玥不懂景差和她還有什麼關係好見。

「我有事需與她說清楚，妳不願意就算了，我自個兒去。」

景差軟軟推開旋玥的攙扶，可無力的雙腳卻不禁發軟踉蹌，幾乎就要跌下。

「大人……」

見丈夫堅持，身為妻子的旋玥沒有辦法，只好先開了房門，見四下無人後，趕緊扶著景差轉往書房。

第五十二章

娘子救命

雨桐將隨侍的萍兒和侍衛都留在廳外，不想讓他們看到自己與景差爾虞我詐的一面。

一位風姿綽約的丫鬟領著雨桐輾轉來到書房，向自家大人和夫人欠身說：「家主，人已帶到。」緊接著又進來個皮膚白皙的丫鬟，向景差、旋玥及雨桐奉茶後，兩個人才一起轉身離開。

這家人，連侍候的丫鬟都像妖姬。

「雨桐見過大人、夫人。」

立在桌案前的雨桐，向景差及旋玥微微欠身行禮。

書房裡，唯有一個女子緊緊貼著景差的身後站著，雨桐瞧她的裝扮端莊又貴氣，一點兒也不輸給盛裝的莊夫人，想必就是屈氏的嫡女，景差的正室。

此時的旋玥也回看雨桐，眼前這位自己丈夫費盡心機，卻依然撲了空的女子，果然長得花容月貌，清麗脫俗。難怪，連楚國的美男子宋玉，寧願不顧兄弟情誼，也要將她納進門。只是這女子既然回絕了景差的親事，現下又自己找上門來，究竟想做什麼？

「自家人，不必客氣。」

景差有氣無力地回話，抬頭細看，雨桐的面色還是有些蒼白，難道昨晚沒睡好嗎？

「聽聞大人多日未上朝，我家大人甚為掛念，只是他人在遠處無法前來，便遣雨桐先行探望。」

雨桐感覺景差的聲音不似往常精神，他的傷或許比自己想像的還更嚴重。

雨桐悄悄用餘光瞧著，但見坐在榻上的景差氣喘吁吁，不僅臉色微紅、雙唇泛白，就連額上也冒著汗，現下已是秋涼氣爽的時節，他竟還會熱得冒汗？再偷偷瞄了眼景差身邊的女子，不僅眼眶布滿紅絲，還腫得像核桃一樣，莫非剛才哭過了？

「子淵過慮了，子逸無事。旋玥，妳先下去吧！我與姨娘有事要談。」

景差本想揮手，才發現自己連抬起手的力氣都沒有，便轉而拉著妻子的袖子示意。

「大人？」

旋玥瞅了眼書房裡的另一個人，見聞言的宋家姨娘神色自若，似乎不以為意。

雖然說是在自己家裡，但孤男寡女共處一室，不免要落人口實。況且景差欲納雨桐為貴妾一事，在陳郢傳得人盡皆知，即使旋玥她這個妻子不介意，難道宋家姨娘也不怕教人傳了出去，讓宋大人生疑？

「雨桐只是代夫君探望大人，既然大人無事，雨桐也不便久留，就先行告辭了。」

雨桐見景差趕走老婆欲與自己獨處，怕於禮不合，她才不想蹚這個渾水。

「等等……」

景差見雨桐要走，心下一慌便猛地站起，卻又支撐不住虛弱的身子而頹然坐下，微喘著氣的他急道：「我，有話問妳。」

雨桐瞧景差這副病懨懨的樣子不像在作假，況且景差向來只會在她面前裝神氣，很少故作可憐。

雨桐轉眼又瞄了他老婆憂心忡忡的神情，像自己要了她老公的命一樣，這讓她有些猶豫，自己到底該不該留下？

看出雨桐的顧忌，景差就不趕旋玥走了，乾脆直言：「那一晚，為何妳不逃？」

景差的話一出口，雨桐只覺他老婆的眼睛立即瞪得老大，好似完全不知情。果然戰國的男子就是心機重，完全不信任自己的妻妾，景差跟宋玉也沒什麼兩樣。

既然景差都挑明了問，雨桐再扭扭捏捏就沒什麼意思了，倒不如打開天窗說亮話。

「雨桐受刺客驚嚇，一時慌了手腳，不知所以。」

這可不是景差所認識的那個天不怕、地不怕的女子，難道，她來就是為了向自己做這種不明不白的澄清？根本是滿口胡言！

景差不是笨蛋，當然沒有那麼容易被雨桐的藉口所矇騙，於是譏諷道：「想必莊大人又指點了妳不少。」

「義父關心女兒，自然會教雨桐如何趨吉避凶，此次幸虧大人相助，讓雨桐逃過一劫，雨桐感激不盡。」再一欠身，人情事故她又不是不懂，有什麼難的。

「感激為何還要對我說謊？」

顧不得旋玥在場，景差遙指著神色漠然的雨桐，憤憤咬牙，「妳總是願意相信旁人說的，卻始終不願意相信我。」

誰知景差的話才剛落下，就覺得口中隱隱有股濃烈的腥味蔓延，他舉袖一擦，竟滿口是血。

「大人！」

剛回神的旋玥見狀驚喊：「您、您這是怎麼了？」

旋玥撲向前去，連忙用帕子擦去丈夫唇角的血漬，卻怎麼都擦不完。

雨桐見到這景象也有些嚇到，原本好好說著話的景差，怎麼就吐血了？不，不是吐血，是……流血。

「叫大夫吧！」

雨桐見他老婆只顧著幫忙擦血，為何不趕緊找人來看看？

「不！不能……叫大夫。」

景差抖著手止住，不明所以的他也開始渾身發抖。

雨桐見他老婆只是一味地哭，卻什麼事都不會做，人都傷成這樣了哭有什麼用？難道是為了避嫌，所以才不敢叫大夫？

「小娘子救命！」

情急的旋玥轉而撲向雨桐，拉住她的雲袖哭道：「我家大人被青銅劍所傷，已經高燒不退好幾日，求小娘子想想辦法、救救我家大人，旋玥給妳跪下了。」

若依景差方才所言，他是為了救雨桐才被刺客所傷，雨桐有義務要救景差一命。雖然旋玥清楚雨桐和她一樣都只是個女子，但現下除了求助雨桐，旋玥已經無法可想了。

「夫人請別這樣，妳快起來。」

雨桐連忙伸手扶住旋玥，但見景差似有話要說卻又忍住，只好抬頭問道：「真是青銅劍嗎？」

見那原本漲紅的臉一下子刷得慘白，雨桐扶起跪地的旋玥，急著向前問道：「青銅劍有毒，難道你不知道嗎？」

雨桐曾在一本書看過，春秋戰國時代的青銅製品發達，很多達官貴人為了彰顯自己的身分，會以青銅製的器皿飲酒煮食，因而造成慢性中毒而不自知。如果景差真是被青銅劍刺入肌理，傷口必會因為鉛中毒而感染，甚至引發敗血症。那晚的刺客是真的要取自己的性命，才會用上如此極端的利器，只是沒想到傷著的卻是救她的景差。

莊辛曾對雨桐說，這一切都是令尹與景差設的局，但景差怎麼可能為了博取她的信任，拿自己的性命去開玩笑？況且若真是如此，受重傷的景差大可找大夫醫治，不用等到惡化成這個樣子，還躲在家裡避嫌。

也許，景差陷害宋玉的念想從未斷過，但畢竟沒有加害過自己，倘若真是為了救她而受傷，那害景差枉送一條性命的罪名，她要如何擔待得起？再說，戰國時代既沒有西醫可看，也不知道有什麼藥物可以解毒，這該如何是好？

「求小娘子救命！」

旋玥哭得全身癱軟，緊揪著雨桐這根浮木不肯放手，景差既然對她如此看重，甚至不顧自己的性命去救，雨桐也一定能說服丈夫看病。

同為女人，如果今天中毒的人是宋玉，雨桐也會如景夫人這般苦苦哀求。只是，雨桐若是救了景差，往後他仍會加害宋玉；但若是不救，難道要眼睜睜看著景差為她去死嗎？

景差唇上的血紅令雨桐驚心，但見他堅毅的神情，彷彿即將慷慨赴義，絲毫無所畏懼，雨桐又動搖了。景差這個人，對她究竟是怎樣的心思？

「夫人，可否麻煩妳，準備一些燒煮過的溫水和烈酒，幾條乾淨的白布和一把銳利的小刀？」

雨桐對著旋玥說出一連串所需的東西，即使她努力穩住語氣，但心卻仍怦怦跳得厲害。

雨桐在學生時期曾到醫院當過義工，在急診室裡見過傷口的緊急處理，後來在秦軍又跟著觀蒯學過不少外傷的急救方法，也許自己能夠一試。

「還有，請丫鬟準備幾顆生雞蛋，打散後用滾水沖泡放涼備用。」

鉛的解毒方法是必須服用大量的蛋白質，讓體內的毒性中和，但戰國時代沒有乾淨衛生的牛奶可喝，只能先用雞蛋頂替。

「妳……想做什麼？」

景差見旋玥瞠目結舌地轉頭看向自己，似乎極為恐懼，不得不向雨桐問個清楚。

雨桐微微向景差傾近，面色凝重問道：「你，相信我嗎？」

「……信！」

可即使旋玥都備好了雨桐所說的全部物品，她卻仍在猶豫，到底要不要動這個手術。再怎麼說，自己都只是個生手，在秦軍裡也只做過簡單的清創和包紮，萬一手術中途發生什麼危險，她豈不是成了殺人的罪魁禍首？

「妳真的敢動手嗎？」

見雨桐準備這些東西，景差心下已經明白了幾分，腐肉須得去除，上的藥才能見效。但瞧雨桐緊咬著唇沉默不語，她究竟是個小小女子，如何受得了剔肉刮骨這種可怕的血腥場面？

完全狀況外的旋玥嚇得花容失色，不曉得這位看似矜貴的宋家姨娘，究竟意欲何為？

旋玥一邊幫景差脫下厚重的袍服，一邊將單衣的袖子拉起，然後解開那層層纏繞的布條，一時濃郁的腥味撲鼻。

雨桐解下腰帶，將自己寬大的袖袍束好，綰起身後的長髮，並將自己的手洗淨，最後拿了塊白布捲成條狀遞給景差說道：「咬著。」

景差又看了雨桐一眼，低頭鄭重地跟妻子說：「待會無論發生什麼事，都不許驚喊，妳若不敢看，就出去吧！」

景差交代完話後，便張口咬下那塊白布。

顫抖個不停的旋玥扶著丈夫的手，兩行熱淚撲簌簌滾下，她只能選擇盡力忍住自己的情緒跟疑惑。這位宋家姨娘看起來年紀輕輕，難道也是位大夫嗎？否則，大人怎麼敢如此輕易就讓她做這麼危險的事？

雨桐將小刀拿在燭火上烤了一下，並用烈酒在景差的傷口皮膚周圍，做個簡單的消毒，她挺直腰桿深吸口氣，緩緩靠近那已近潰爛的腐肉。即使勉力屏住呼吸，手卻還是微微顫抖，雨桐一手握住景差的手臂，企圖將自己不斷發抖的身子穩住。

傷口周邊的紅腫熱得燙手，向來趾高氣揚的景差，竟能隱忍到這種地步都不求醫，實在令人不解。一想到這傷是為了自己而受，雨桐的心下一軟，拿刀的手竟是怎麼也動不了。

「我來吧！」景差見雨桐遲遲下不去手，不忍讓她為難，便要搶過她手中的小刀。

「對不起！請……請讓我再試一次。」

雨桐將景差的手和臉都推開，她不能再看那張臉，需要讓自己保持理智，不能心軟懼怕。

深吸口氣的雨桐，讓小刀再重新烤一次火，鉛中毒會有溶血的危險，熱鐵才能封住血液不再流，這是動漫裡頭教的，雨桐只希望劇情講的理論是真的，而不是忽悠她這種門外漢。

狠下心的雨桐這次不再猶豫，她一邊回想觀蒯教導自己的外傷處理法，一邊仔細辨別出景差的傷口位置在肌肉而不是血管，而後她對準傷口的邊緣，一刀除下令人作嘔的腐肉。在沒有使用任何麻藥的狀況下，止不住痛的景差幾乎要大喊，他奮起的手臂即使硬如鋼鐵，也耐不住這剮肉的椎心。

蹲在景差身邊的旋玥瞬時淚如泉湧，她緊緊握住丈夫的手，低頭不敢再看。

雨桐瞄了眼那蒼白的面容，知道景差還挺得住，於是加快動作清理。

鬢邊的汗珠，沿著火熱的臉頰落下，睜人眼睛的雨桐連眨都不敢眨一下，更不容許自己有絲毫的分心。

景差的十指關節因為過分使勁而泛白，手臂上的肌肉已經接近麻痺，可是那蝕骨的疼痛仍在步步進逼，景差知道雨桐怕他會撐不住，於是閉上眼別過臉，不再出聲。

時間像停滯般杳無聲息，唯有三人沉重的呼吸，迷漫在整個空間裡。

幸好這把小刀夠鋒利，在秦軍常拿小動物開刀的雨桐，像去豬肉筋般，很快把傷口清理乾淨。灑上金創藥，再用布使力纏緊，確定傷口不再有血溢出後，雨桐又用烈酒將景差手臂周邊的皮膚都擦了遍。

揮揮額上的汗，重重呼出氣的雨桐暗暗慶幸，終於好了。

經歷劇痛後的景差也鬆了口氣，並將緊咬的布條拿下，唇齒因血染紅的咬痕觸目驚心，旋玥則虛弱地癱坐在地上，還得靠雨桐的攙扶才站得起來。

「蛋白質可以緩解毒性，你多喝一點。」

雨桐舀了碗尚且溫熱的蛋湯，遞給景差。

雖然體力已屆極限，但景差還是忍不住要問：「妳……是如何學會為人治傷？那蛋白質又是何物？」

「我就是知道。」

就算雨桐說了，景差這個古人也聽不懂。

「以後每日都要喝蛋湯，直到牙齦不再出血為止。另外，還請夫人準備清淡的飲食和肉湯給大人，在傷好之前，早晚都要用烈酒擦拭傷口，並換洗包裹的布條。」

「嗯。」

緩緩吐出一口低吟，現下的旋玥腦筋一片空白，早已虛脫得說不出話。

「沒事的話，我先走了。」

雨桐為自己繫好腰帶，又用十指將一頭黑髮理好，宛若什麼事都沒發生。她本來沒打算耽擱這麼久，所以什麼都沒交代，在外頭等候的萍兒一定擔心死了。

「雨桐，妳……還來嗎？」

見到雨桐起身要走，景差喊住了她，難捨的情意，在心中緩緩綻開。高傲的他從未想過，自己竟也有讓雨桐救上一命的時候。

雨桐回首，見景差深情的眼神牢牢鎖住了自己，連忙將眸光移開。

「我家大人幾日後就會回來，我會請他過來看望大人的。」

雨桐將話說完便飛也似的逃離。

本來已呈放空狀態的旋玥，不知不覺將眼前男子的深情盡收眸底。

原來，景差這幾個月來不理穎兒，也不讓身為妻子的自己侍候，每晚總是夜半三更才回來，是因為她！難怪穎兒屢屢啼哭，自說丈大轉了心性不再寵愛她，還常在酒後胡言亂語，念叨什麼雨什麼桐的，不正是她嗎？

旋玥曾以為的風流才子不會眷戀任何女子，只喜歡青樓的鶯鶯燕燕和逢場作戲，原來都是錯覺。景差即使寵愛穎兒，也僅僅是任由她刁蠻撒潑，卻從未用如此信任的態度認真對待。

景差希望雨桐再來嗎？她是兄弟新納的寵妾，是手足眷戀情深的愛人，如何還能再來？

旋玥淚眼看著款款凝視的丈夫，希望雨桐就這樣遠遠離去，永遠都不要再出現。

除去昭氏、打壓子蘭之後，熊橫終於又將統領宮中御衛的實權掌握在自己手中。龍心大悅的他趕緊派人去上蔡接回宋玉，以後再也無須讓他的宋愛卿離開陳郢，離開自己了。

其實此次出行，宋玉也是抱著九死一生的念頭。雖說有熊橫的御衛隨行，還有上蔡縣尹的保護，然而敵暗我明，他又無一技可防身，若有萬一終究是防不勝防。

但沒想到連著十幾日，居然一丁點風吹草動都沒有，實在令宋玉費解。緊接著宮中便傳旨將他急速召回，宋玉只好草草拜別縣尹，急奔陳郢。

因著子蘭的失勢，終於真正當家做主的熊橫，在宋玉歸來當日，便藉口將他留在宮中，並且極盡奢華地宴請群臣直至夜半。一時美食珍饈、歌舞喧囂，舟車勞頓的宋玉不勝酒力，在受朝臣恭賀時不慎將酒灑了滿身，只好向大王告罪回家。

「無妨，讓侍者拿身袍服予愛卿，殿後更衣便是。」

好不容易有此機會與他的宋愛卿把酒言歡，熊橫怎麼能不盡興？

見狀的莊辛連忙謹慎回道：「大王有所不知，宋大人逢酒必醉，醉後又易犯頭疼，因此急需返家休息。」

「既然如此，寡人立即讓觀紹熬劑醒酒湯給愛卿喝。來人！觀紹在哪？快把他找來。」

熊橫對著司宮吩咐道，卻讓急著返家的翁婿兩人更為焦急。

大王賜宴，上醫官觀紹自然在場，倘若真讓他在宮裡熬製湯藥，宋玉怕是又要待在宮中一番折騰。

莊辛只好替女婿再次請罪，向熊橫解釋道：「大王，朝臣夜宿宮中容易招人議論，為了避免掃了大王雅興，還是讓宋大人早些返家為是。」

「莊愛卿擔心什麼？寡人這偌大的楚宮，難道容不下宋愛卿一個？」

熊橫耐不住性子，冷冷回絕了莊辛，又吩咐司宮和急急前來的觀紹，將酒醉的宋玉扶進殿後休息。

扶額的宋玉只好隱下心裡的焦急，讓莊辛先遣人給家裡報平安。

大紅與金色祥雲圖飾的羅帳滿布，耀眼至極。

楚人自古就認為自己是火神祝融的嫡嗣，向來崇拜鳳凰、喜歡赤紅，尤以熊橫更甚，因此整個楚宮放眼望去，皆是喜慶一片。

殿內兩側燭火的跳躍，一如熊橫怦然的心，因著過分的欣喜而顫抖個不停。

如狼似虎的眸光凝視著眼前的俊逸，清秀挺拔如初長成的青竹那般，仍是十幾年前，熊橫鍾愛的天仙絕色。熊橫緩緩靠近，就怕驚擾了宋玉的安睡，比起逝去的巫玉，如此真實的仰慕，讓熊橫只能遠觀而不敢輕易觸碰。

熊橫輕嘆了聲，上天果然是不公平的，即使宋玉的才華無人能及，卻還是不忍讓歲月奪去他謫仙般的容顏。

「愛卿，可知寡人想你。」

隔著仙人臉孔一寸距離的大手突然停下，熊橫渴望得到宋玉的心仍在掙扎，卻又不敢過分僭越。即使現在的宋玉已昏睡不醒，但熊橫仍能感覺得到，那翦翦如秋水的雙眸，正放肆地直視著他。

「寡人多希望此時的你是清醒的，可以對著寡人放開胸懷大笑，一如十三年前去高唐那時……」

熊橫猶記得十三年前的少年初試啼聲，作的一首〈高唐賦〉豔驚四座，當場博得眾朝臣無數的讚揚與喝彩。所以，當宋玉得知熊橫把「雲夢之田」作為首個封地賜給他時，不知有多欣喜。

熊橫喜歡宋玉真誠的開懷，沒有城府的接受，毫無做作的顯露才華，那是熊橫渴望卻不可及的自由，永遠都不能達到的境地。只是，經過神女峰那一晚的獨處後，熊橫再也沒見過宋玉對自己笑了。

因著過於顯耀的才情，宋玉開始顧忌朝臣們的耳語，怕流於諂媚而躲著熊橫這個國君。回朝後的宋玉不僅變得壓抑、變得刻意，變得謙虛也變得隱藏，變得不再是熊橫所認識的那個，情思洋溢的瀟灑少年。

都是可恨的子蘭、唐勒，和那些可惡的貴族跟流言蜚語害的。他們不是嫉妒宋玉的美貌，就是畏懼宋玉的才華，所以才會屢屢中傷宋玉，以至於宋玉離熊橫越來越遙遠。而今，熊橫的宋愛卿終於又回到他身邊了，這次子蘭也好，三姓王族也罷，再也沒有人可以阻止他。

在殿外候傳的司宮，見內殿許久都悄無聲息，不禁在心裡惱著：「大王等這一日可等得久了，但就算真把人等到了，又能怎麼樣呢？大王可是一國之君，踏錯一步，自個兒身敗名裂不打緊，那宋大人的小命，可就保不住了啊！」

忍不住好奇的司宮回身窺探，怎知才剛轉過頭，就聽到迴廊下急切的腳步聲，於是連忙整整衣服，裝作若無其事。

「大王呢？」跑得臉紅氣喘的侍者，顧不得禮節急聲問道。

「宮中嚴禁喧譁奔跑，況且大王還在裡頭，你這小子擺明了作死嗎？」

司宮用拂塵敲了一下這個不知道規矩的小笨蛋，而後謹慎問道：「到底何事這般急？」

被打得冤枉又十萬火急的侍者苦著臉，撫摸腫了個包的頭說：「黔中郡傳來緊急軍情，說秦兵打來啦！」

一波未平一波又起，淮北的水患剛解決，黔中郡又出了問題。唐勒修書快馬加鞭，派人回陳郢請示大王旨意，熊橫連夜與大臣商討議論都沒個結果，當下命侍者傳景差進宮議事。

「啟稟大王，此乃秦王受魏人范雎挑撥，意欲攻打我國去救魏國。而今，我軍除了聯合鄰近的趙國一起抵禦秦兵外，別無他法了啊！」

莊辛講得口乾舌燥，奈何想要息事寧人的熊橫，是一句話也聽不進去。

「臣有一計，不知可不可行。」甫進宮的景差獻策。

「愛卿快說、快說。」

熊橫迫不及待，安逸的日子才過沒幾年，他實在不想再跟秦國打下去了。

「魏國既然懂得利用范雎挑撥我國與秦國的交好，我們何不令黃歇就近籠絡秦王，大王甚至可以像兩年前一樣，聯合秦國攻打他們極想得到的趙國，順便一舉滅了我們的肉中刺……」

「大王，此計萬萬不可。趙國與我國脣齒相依，如果聯合趙國對抗秦國，我們尚有一絲勝算可言，若讓秦國滅了趙國，則我軍勢單力薄，日後秦兵攻楚將如探囊取物。虞公借道給晉國，脣亡齒寒的警示歷歷在目，大王不可不謹慎為之啊！」

忠言總是逆耳，莊辛氣惱大王為何就是不肯採納自己的意見。

「寡人不是虞公，秦王也不是晉侯，莊愛卿何以咒罵寡人？」

甚為不悅的熊橫甩袖，莊辛這個老頭子就是不給他面子，老是這麼直言不諱。

「兩位愛卿都言之有理，寡人再好好想想，時候不早了，都各自回去歇息吧！」

為了這突來的軍事要務煩了一整晚，疲憊的熊橫實在累極，卻還心繫那昏睡在殿裡的人，等不及要去瞧瞧。

「大王？如此緊急的軍國大事，身陷陣前的唐勒和將士們，還在等著大王旨意，怎能再想？」心焦的莊辛，不顧君臣禮儀向前攔住熊橫。

無心再議的熊橫被莊辛吵得煩悶，只好妥協道：「那就命衛弘率三萬兵馬先去黔中郡救急，再讓黃歇說服秦王和談。」

熊橫令司宮傳召後，不再理會莊辛的攔阻便急急返回後殿。

奉命服下醒酒湯的宋玉非但沒醒到酒，反而醉得更糊塗，莫名其妙昏睡了一整晚，直至晨光透進窗櫺才朦朧轉醒。一旁的侍者見大人醒了，便拿了套新袍服進來，宋玉見大王不在，趕緊更衣後便忙不迭地出宮。

雖然，莊辛已經先遣下人告知雨桐和麗姬，宋玉將留宿宮中一晚，但深知楚王為人的雨桐，仍是急得整宿未眠。

歷史上的楚襄王昏庸無能，除了膽小好色，更是嗜酒如命，雨桐想也知道，他把宋玉留在宮中不外乎就是看歌舞、飲酒作樂，偏偏這些都是宋玉最厭惡的。楚王與其把時間和力氣花在這種無謂的享樂上，倒不如好好整治一下子蘭那些小人，也省得宋玉整日提心吊膽過日子。

當宋玉安然無恙地踏進家中大門，望眼欲穿的雨桐和麗姬紛紛向前問候，就連剛起床的靈兒，也揉著惺忪睡眼，跑出來迎接爹爹。

原本，雨桐對宋玉隱瞞去上蔡的真相耿耿於懷，然而，經過十幾日的擔憂，見到丈夫平安回家的她也不禁潸然淚下。

初為人妻的雨桐，終於瞭解之前麗姬的依依不捨和牽腸掛肚，也終於明白在這個沒有公理、道義的世代，與自己過去觀念中那些以為的理所當然，截然不同。

蘭兒和小翠連忙將熱好的清粥遞給大人，誰知宋玉才剛暖好了身子，莊辛便已經趕來。他知道此時不宜讓女婿再入宮，只好直接在宋府中商議起秦軍攻黔的解決之道。

秦軍過去便三番兩次欲拿下黔中郡卻都沒能成功，最主要的原因是對地形不熟悉，但這次領軍的主帥是白起，他們定是準備充分了才敢再次犯境，楚國一定要趁秦軍還沒有完全攻陷黔中郡之前扭轉劣勢。

兩個人一直研究到午後，連一口水都沒喝過，雨桐送飯進去書房時，還見宋玉低頭振筆書寫，而莊辛正在一旁下指導棋。

唐勒是拿筆的文人，對軍事謀略不熟稔，三萬兵馬雖然有衛弘率隊，然而多年征戰的衛弘年事已高，即使有項江隨行左右，但項江的性格謹慎多慮，不但難以在陣前獨當一面，更無法與狠辣的白起以及果敢的司馬靳一較高下。

楚國即使派出目前勢均力敵的將士擋住，但只是盲目增兵下去，恐怕再多的士兵也只是送羊入虎口。莊辛為此擔憂不已，與宋玉研議許久仍找不到更好的辦法。

雨桐以前在秦軍做司馬靳的門客時，也會旁聽他們討論軍政要事，因此在得知秦軍欲再次攻打黔中郡時，心中便有了幾分主意。

「先耗著吧！為今之計，是要聯合其他國家一起對抗秦國，而不是單打獨鬥。」

雨桐見翁婿兩人茶飯不思，好似敵人已經要打到家門前了，但楚王不領情，現在他們兩人光是乾著急，有什麼用？

「丫頭也懂？」

聯合他國作戰的這個策略方向是莊辛力薦大王的計策，整日待在家中的雨桐，怎麼會知曉？

「秦王不是讓太子給魏國當人質嗎？兩國終會翻臉的。」雨桐輕鬆答道。

這段歷史，還得拜楚王給齊國當人質之賜，雨桐才認真研究起戰國時期，這種「拿兒子抵債」的技倆。加上雨桐在秦軍時，也從司馬靳那裡耳聞到秦國不少政事，自是比宋玉和莊辛多明瞭幾分。

如果歷史的軌跡不變，秦國太子再過不久就會死在魏國，當老爸的嬴稷就算不派兵把魏國給踏平，也絕對不會置之不理。因此，目前的楚國只要適當地防衛即可，無須耗費太多心力在戰事上，待秦、魏兩國交惡，秦王把白起大軍一調走，黔中郡自然會再次回到楚國的手裡。

聞言的莊辛忽然想起，秦國太子確實在魏國當人質，於是便舉手招來雨桐問道：「女兒說，秦國和魏國終會翻臉，何解呢？」

雨桐無法告訴莊辛她是從兩千多年後穿越來的，更不能告訴他秦國太子是因病死在魏國，才會挑起兩國戰爭，她只能儘量用分析的角度，讓莊辛相信自己的這一番理論。

「秦王用的這招叫『遠交近攻』，他雖然對楚國虎視眈眈，但礙於野心勃勃的白起連年征戰，兵疲馬困，所以只能用各個擊破的方法才能得逞。若是楚國願意和周邊幾個國家連成一線，秦王和白起即使再厲害，也難越雷池半步。」

雨桐說的這些莊辛自然懂得，但具體要如何做才是最困難的，撫鬚的莊辛揚眉再探：

「女兒認為楚國該與誰交好？」

「有地圖嗎？」

雨桐在書房裡張望，回憶起司馬靳向來都是習慣拿地圖講解的，也想找張地圖來說明會方便些。

莊辛會意，讓一旁納悶的宋玉拿出地圖，最終討論到入夜才回莊府。

累了一下午，雨桐早早就躺在床榻上準備就寢，但見宋玉站在窗前愁眉不展，有些擔心他生氣，便開口問道：「你是不是覺得我說太多了？」

雨桐想起之前曾跟宋玉提到秦王將一統天下，惹得他大為惱怒，而今日雨桐又和莊辛講了這麼多與秦國周旋的法子，宋玉會不會擔心她生出其他事端？

「妳不是已經無法預知世事了嗎？」

雖然宋玉對經常語出驚人的雨桐已經習以為常，但在親眼見識她軍事上的才能後，便更加難以理解，雨桐一個姑娘家為何也對秦軍在各國的布置如此瞭解？

「小事不知，但大事還是有點概念。」

雨桐曾對宋玉說過自己不知道刺客的事，全因是在她出現後才有的，歷史根本不會記錄到平民百姓身上發生的事情。但這次和莊辛談的是秦國遠交近攻的策略，讀過歷史的人都知道的啊！

聽著這麼簡略的答覆，宋玉便知道雨桐不願意再多說，眉心一鬆的宋玉轉而問道：「妳未進莊府之前，是否曾和旁人論起這些軍國大事？」

「當然沒有。」

可話剛出口的雨桐，這才想起曾對司馬靳說過白起的淒慘下場，不禁轉身吐了吐舌頭。

「那就好。妳的身分特殊，越少人知道越好，免得引起不必要的麻煩。」

若有不懷好意的人因為覬覦雨桐未卜先知的能力，而造成她的危險就不好了，宋玉不忘再次提醒。

「知道了、知道了，夜深了，快睡吧！」

為了避免自己話多了又說溜嘴，雨桐趕緊拉著宋玉一起鑽進被窩。

第五十三章

露了口風

宋玉說了雨桐四肢冰冷的毛病好幾回，但雨桐都不讓大夫看診，正巧此時去齊國辦事的秦沐剛好回到陳郢，宋玉便趕緊遣人將秦沐請到家中，和雨桐相聚。

秦沐一聽說宋玉已經找到雨桐，兩個人還成了親，高興得三步併作兩步跑來，「姐姐，真的是妳！」

十年不見，當初還只是個衝動不懂事的毛頭小子，如今都已經長成玉樹臨風的好男兒，雨桐看著比她高出一個頭的小狗子，驚呼出聲。

「小狗子！我也想不到，還能再見到你。」

喜極而泣的雨桐，一手緊緊抓住秦沐的臂膀，一手直抹淚。

「當年若不是姐姐捨命相救，早沒了小狗子這個人了。」

每每回想起千鈞一髮的恐懼，秦沐就忍不住打起冷顫。

「平安就好，平安就好。」

雨桐拍拍秦沐健壯的手臂，心裡有著說不出的欣喜和安慰，她冒險進入楚軍的決定，也算值得了。

亂世裡，還能活著並得以重逢的兩個人，自是有許多話要說，宋玉讓萍兒去準備茶水，留他們姐弟倆在書房單獨說話。

為了避免橫生枝節，宋玉並未讓麗姬、蘭兒和小翠知曉秦沐和雨桐的關係，所以麗姬也僅以為，秦沐是宋玉請來為雨桐看病的大夫而已。

雨桐和秦沐直聊到日落西山，宋玉才跟秦沐提到了正事。

「姐姐以前似乎落水受過寒？」

習醫多年的秦沐，雖然還不到妙手回春的程度，但雨桐的脈象他一把便知。

經秦沐這麼一提，雨桐才想起之前跳下巫山時，確實落水受了寒，那時若不是巫琅渡了口氣救了她，恐怕她已經沒命了。只是後來發燒的她，也曾在現代設備先進的醫院裡躺了好幾天，難道是有後遺症嗎？

「當時我為了逃出秦兵的掌控，不得已只好跳水。」

雖然雨桐是因為聽到宋玉娶妻生子的消息，才絕望地跳了水。但如今事過境遷，雨桐也不願意讓宋玉為此事自責，因而避重就輕一語帶過。

「可惜，那時大夫沒把姐姐的身子給調理好，拖到現下，恐怕湯藥得服上一陣子了。」

秦沐的神色變得凝重，不過一會兒又對著雨桐笑道：「幸好師父有留下一帖良方給我，待我開個方子抓藥，姐姐只要按時服用即可。」

「有那麼嚴重嗎？」

雨桐翻看自己的兩隻手，並不覺得自己的身體有那麼虛啊！

「大夫說的話要聽。」難得嚴肅了口氣的宋玉，不忘叮囑。

雨桐見宋玉發重話，當下就不反抗了，反正，就當是給小狗子練功力也好。

宋玉又留秦沐在家裡一起用過晚膳後，才獨自送他出門。一路上見秦沐對著他欲言又止的，宋玉終於發聲：「有話但說無妨，是不是跟雨桐的身子有關？」

低頭的秦沐看了宋玉一眼，有些難過道：「姐姐定是落水許久才被人救上來，再加上那時沒有仔細調理，如今寒氣在體內積累，短期內恐怕……」

「恐怕什麼？」情急的宋玉問道。

「恐怕無法懷上孩子。」

秦沐知曉宋玉的難處，若想要穩固雨桐在宋家的地位，早日生下孩子比什麼都重要。再加上，回到陳郢的秦沐也耳聞兩人在成親之前，景差欲納雨桐為貴妾之事，若雨桐一直沒有孩子，便難以了斷景差對她的遐想。

「服藥能好嗎？」孩子本就是上天給予的，既然如此，宋玉也無法強求。

「當然能，只是需要些時日，短則一年、長則需時三、五年，不管如何，在下一定盡力治好姐姐。」

其實，秦沐說有良方是安慰雨桐的，什麼時候可以治好，還得看雨桐服藥後的狀況而定。

只是現在的雨桐與十年前的長相幾乎一樣，行醫多年的秦沐，從未見過如此奇異的現象。即便如此，秦沐還是認為雨桐真正的歲數應當也不小，這個年紀懷孩子本來就不容易，秦沐也就無法給宋玉一個確切的答案。

「那就好。」瞧秦沐一臉的激憤，宋玉相信他定會努力醫治雨桐。

為了避免雨桐煩心，宋玉和秦沐約定將這件事情暫時保密，待日後雨桐養好了身子再說。

既然秦沐的醫術如此高明，宋玉便將他舉薦給觀紹，希望秦沐也能入宮貢獻心力。擔任上醫官的觀紹樂得做這種順水人情，便給了秦沐一個下醫官的職位，讓他跟著自己好好學習。

熊横雖然讓衛弘領了三萬兵馬去黔中郡支援，但秦軍在司馬靳勇猛的帶領之下，幾乎勢如破竹一路挺進。雨桐見前線戰況不佳，掛心的宋玉又幾日幾夜難以成眠，只好再跟他提一些司馬靳的弱點。

雖然，雨桐認識的是十年前的司馬靳，但江山易改，本性難移，從項江回報的訊息來看，司馬靳的疑心病依舊很重，過於自信的他，也常忽略身邊異於自己的諫言。

即便司馬靳有性格沉穩的李季當左右手，然而李季過於在意司馬靳的看法，就算有好的建議，也不敢直接提出來。雨桐針對司馬靳的這些弱點，一一和宋玉討論應變的對策。

只是雨桐為何會對這位秦國突然崛起的新秀將軍瞭若指掌，反而引起宋玉的好奇。

「你還記得我在郢都城外被秦軍擄走一事嗎？當時，擄走我的那個人，就是司馬靳。」為了讓宋玉更瞭解司馬靳的為人，雨桐勢必要把自己知道的一切都告訴他，只好照實說了當時的情況。即便已經是許久前的舊事，但在秦軍裡時時與司馬靳針鋒相對的景象，雨桐至今仍歷歷在目。

「原來是他！那司馬家的少主與妳有何冤仇，為何獨獨要擄走妳呢？」擰眉的宋玉不解。

記得郢都城破之時，秦軍所有的兵力都集中在西城門，司馬靳是如何得知雨桐會在東城外出現的？再者，莊辛的馬隊為救項江停了下來，身為敵軍將領的司馬靳，非但沒有想要跟蹤或追擊莊辛這個陽陵君，反而冒險去抓個不起眼的楚國小兵，豈不教人生疑？

「唉！此事說來話長。當年為了救小狗子，我女扮男裝混進楚軍裡，恰巧遇見潛伏在軍營當奸細的司馬靳。雖然因為他的相助，我得以把小狗子安全救了出來，但也因為言語間冒犯了他，才導致司馬靳對我窮追不捨。」

雨桐至今仍後悔沒有早些猜到司馬靳的真實身分，否則，宋玉也不用白白浪費十年的光陰等她，楚國的歷史和如今眾人的命運，說不定還會因為她而改變。

宋玉明白雨桐說的一半是真，當年本就是項江拿了戎裝，欲讓雨桐假扮成士兵進城相聚，可惜兩個人沒有遇到。

後來秦沐也對宋玉提及，是雨桐冒死進入軍營將他救了出來，但沒想到，居然是司馬靳幫的忙。

只是，以司馬靳如此精明的性格，竟會因為雨桐的一句話，大膽闖進楚國士大夫的馬隊中擄走她，似乎不太合常理，疑惑的宋玉不禁問道：「既然是同袍，又怎麼會因為一句話結仇？莫不是，妳也預知了他的未來？」

宋玉不輕不重說出的最後幾個字，讓一旁呀然的雨桐啞口。的確，就是因為她預知了司馬靳和白起的生死，司馬靳才會發了瘋似的想抓走她，可就只是聽自己簡短聊了幾句的宋玉，居然如此輕易就猜到前因後果，讓雨桐一時之間有點難以解釋。

自從與宋玉成親之後，雨桐已鮮少洩露歷史。

一方面，是雨桐懊惱自己無端提了鄢、郢兩城將被白起攻破的歷史事實，導致為救國家的宋玉丟下自己離去；另一方面，就是雨桐說了司馬靳會為白起陪葬的事，讓她自己無故被困在秦軍半年，過著思念宋玉而欲哭無淚的日子。

因此，再次回到古代的雨桐，鄭重告誡自己，除非萬不得已，否則她絕對不再洩露歷史給任何人。

但如今，宋玉若是發現她把如此重要的機密，告訴了敵軍將領，他會怎麼想呢？宋玉會不會追問，她和司馬靳兩個人，究竟是什麼關係？

見皺眉的雨桐眸光閃爍，似乎對自己的提問避而不答，宋玉便知道他料中了。可即便是景差和莊辛，雨桐也不曾向他們透露過自己能夠預知未來之事，反而是這個司馬靳，竟能讓雨桐毫不隱諱地暴露自己的能力，原因為何呢？

「若司馬靳不是謀害幾十萬楚軍將士的秦國人，我又何須對他說出那種詛咒的話？」雨桐刻意將宋玉的「預知」，解釋成「詛咒」，好轉移宋玉對自己與司馬靳的揣測。

「況且，他跟著白起那個人屠，殺盡全天下的百姓，難道就不怕有報應嗎？」沉思的宋玉聞言，瞬時眉頭一鬆，伸手將身邊的雨桐攬進自己懷裡，並輕輕貼著她的臉，笑了開來。

「為夫自是認為愛妻無所不知，方才有此一問。」

見宋玉對自己如此撒嬌討好，雨桐在心裡暗舒了口氣。

「其實，在秦軍多虧了一個楚人醫官幫我，否則我假扮身分的事，真的會瞞不住。」

無論如何，雨桐都不能讓宋玉知道司馬靳對自己的心思，免得再旁生枝節。

「那個人姓甚名誰？」

宋玉心想，既然對方是楚國的醫官，又怎麼會淪落到秦國的軍營裡？

「他是早年跟在衛弘將軍身邊的醫官觀蒯，因為被攻打黔中郡的秦兵所俘，陰錯陽差救了他們的大將軍司馬錯，後來又跟著司馬靳來到了楚國。可惜，最終觀蒯還是沒能回到自己的家鄉。」

經過了這麼多年，也不知道觀蒯現在怎麼樣了，雨桐還真有點想念他。

「觀蒯？這個名字甚是熟悉！」

宋玉細想起多年前，衛馳曾經跟自己提到司馬靳身邊有一個楚國人，正是觀蒯沒錯，而且司馬靳還有兩個特別信任的人，一個名叫李季，另一個則是……。

「那妳可識得牧童這個人？」收起笑的宋玉問道。

「木同，那個人就是我啊！」

興奮的雨桐下意識回答，完全沒猜到宋玉心底更深一層的意思。

「既然扮了男裝，自然要改個帥氣一點的名字，你覺得木同這個名字怎麼樣？」

「是很特別的名字。」斂下眸的宋玉，淡淡回道。

當年項江跟著司馬靳一行人上巫山，就是為了打聽雨桐的下落，沒想到被司馬靳的人發現，鎩羽而歸。

正當衛馳打算派人至巫山擒拿司馬靳時，突然聽得探子回報，說司馬靳的門客牧童不小心落下巫山之臺，而司馬靳則像發瘋了一樣，命令所有軍士製作了數十條藤索，欲下山谷去尋人。

要知道，那巫山之臺崖高谷深，溪水冷冽徹骨，人一旦落下，哪裡還有活下來的可能？司馬靳身為秦軍的將士表率，怎麼會放棄重要的軍事要務不顧，只為救一個幾乎不可能生還的門客。

秦國的軍法嚴明，但凡有延誤軍情者，就算不砍頭也會被打個半死，逐出軍營。司馬靳為白起愛將，斷不可能不明白花時間找人的後果，除非，這個牧童對司馬靳而言，比他自己的性命還重要。

剛剛舒展的眉心又為之一擰，思及此的宋玉，竟不知不覺將抱著雨桐的雙手收緊。他的這個小妻子，無論扮男扮女，總是吸引許多人目光的注意，不但十年前有一個司馬靳，就連現在的景差，也絲毫沒有對雨桐斷過心思。

宋玉開始擔心，擔心不知道哪一日還會有更多人發現，雨桐這個不屬於凡間的女子，然後將她帶離自己的身邊。

隔日早朝，宋玉便把和雨桐商量的結果呈報給熊橫，順便推行自己之前想整頓黔中郡的政策。

秦軍幾次欲攻下黔中郡，無非是因其礦產及戰略地理的重要性，楚國若是想斬斷秦軍的攻擊，徹底治理好黔中郡才是根本之道。

聞言的熊橫大喜，隨即召集莊辛與眾朝臣一起廷議，將宋玉所言提出來細細研究，這才發現，許久未曾好好經營的黔中郡仍有許多待改進的地方。

於是熊橫當下命人擬旨，按宋玉提的方法，交與黔中郡守唐勒照實辦理，並要求每隔十日將處理的結果上呈給宋玉知曉。

遠在南方的唐勒，因著突來的這道旨意，又勾起與宋玉的前仇舊恨。

想當初，若非大王對宋玉的執著與偏愛，他又何須離開國都，流落到如此偏僻的黔中郡來當個小官。

如今，秦軍的攻勢已叫唐勒難以招架，宋玉還要挑在此時推行什麼新政，宋玉連黔中郡這個小小的立足之地都要干涉，莫不是要置他為無用武之地嗎？

「可恨！真是太可恨了！」

咬牙的唐勒痛罵，並揚言這筆帳遲早要回陳郢找宋玉算。

由於唐勒的偏見，以至於宋玉富國強兵的構想在執行幾個月後，結果不如料想中的好。

即便司馬靳因此未能再深入楚國腹地，但此番改造若不能讓黔中郡穩固根基，他日秦軍若換個將領再來，恐怕就不是那麼容易對付的了。

因此，宋玉只好再次面呈熊橫，希望能比照淮北水患，讓他親自到黔中郡實地勘察，以瞭解唐勒施行新政的難處。

這件事不提則已，一提熊橫就生氣，唐勒辦事不力，居然還要自己的宋愛卿大老遠跑去黔中郡督導，這是何道理？於是熊橫當下又擬了道旨意，將唐勒貶去更偏遠的麻陽看守製銅廠。

雖然宋玉直覺大王對唐勒懲罰太過，但畢竟是自己提的構想，實際運作的難度唯有唐勒知曉，大王不讓他去黔中郡也就罷了，連唐勒的解釋也拒之千里似乎極為不妥。

這日，雨桐剛採了些小橘子正要烤來吃，卻瞥見丈夫站在大樟樹下若有所思，便知道他又在憂愁國事。

「唐勒被貶得越遠越好，以後你可省下許多事。」知道前因後果的雨桐勸道，宋玉就是人太好，居然替仇人操那不該操的心。

「畢竟曾經同朝為官，如今他因我而受難，不免要擔憂幾分。」宋玉嘆了口氣，想著終究是自己思慮得不夠周全。

「國家付俸祿給他還辦事不力，當然要處罰啊！如果人人都像唐勒整天搬弄是非、混水摸魚，那楚國不被吞了才怪。」

雨桐想到現代的貪官汙吏也如過江之鯽，看來這種尸位素餐的例子，即便經過幾千年也都沒有減少。

「妳的這張小嘴，還真是得理不饒人。」

宋玉捏了捏愛妻的小鼻子，她這一竿子可打翻不少人，「秦沐的藥可都喝了？」

「我又沒病，幹嘛要吃藥？」

雨桐不解，自己目前身強體壯，不過是有些怕冷，吃藥根本是浪費錢。

「秦沐說妳氣虛體寒，趁冬日大寒需補補，該喝的湯藥一口都不許剩，知道嗎？」

宋玉將愛妻摟近，他心底還是渴望能和雨桐生個孩子的。

「是，大叔。」

不以為意的雨桐，將手上的那些橘子丟給宋玉，穿得一身毛絨絨的她，轉身去廚房拿炭火、炭盆，順便吆喝大伙一起來烤橘子。

家裡人全不知道雨桐要玩什麼把戲，直楞楞地看著她生炭火、架陶盤，然後把那些黃澄澄的酸橘子，一股腦兒全丟進陶盤裡。

立在一旁的宋玉也看傻了眼，記得初認識雨桐時，她也曾這麼烤過果子，可那時的他和雨桐各有心事，結果把果子給烤爛了，一口都沒吃到。

第一次參與的靈兒覺得有趣，因著娘親歇在房裡沒過來，他大膽地靠近火盆聞了聞，橘子酸酸甜甜的味道更濃郁了些。萍兒、小翠和蘭兒，也都好奇地湊在一起七嘴八舌地討論，這橘子被火烤了後，會是個什麼樣呢？

笑咪咪的雨桐不多做解釋，直到一刻後，香噴噴又熱騰騰的小橘子開始冒汗，雨桐才忙不迭地丟給一人一顆。

瞬時，院子裡的大家，都讓這股火熱燙得驚呼聲不斷。

小翠和蘭兒被又酸又甜的橘汁，噴得滿臉都是，而靈兒則是剝著軟軟的橘皮直哈氣，只有宋玉這個老古板冷眼瞧著，不動聲色。

「橘子含有豐富的維他命C，吃了對皮膚很好哦！」

嘻皮笑臉的雨桐，剝好一顆遞給丈夫，笑道：「雖說你的姿色動人，但年紀大了還是要保養啊！」

「又胡說。」

宋玉睨了小妻子一眼，知道她又在調侃自己。

輕輕咬下一口果肉，又熱又酸的汁液瞬時占滿口中，宋玉忍不住身子一哆嗦，正要喊酸，誰知道，話都還來不及說出口，那極酸卻轉化為一股濃甜，滑入喉間滾動。

「這真是……平時吃的酸橘子嗎？」

宋玉狐疑地瞧了手上的果子一眼，確實是雨桐剛從樹上摘下來的，如假包換。轉頭又看著和大家嘻笑成一團的雨桐，心想她真是個神女，竟能把凡間俗物變幻成如此特異的風味。

宋玉又吃下一口，微微笑了笑，如同食下仙境美味般，這股味道在心中迷戀良久。究竟是他得了上天眷顧，能娶到這位來自上天的神仙，只是，雨桐能否成為真正的「凡人」，與自己白頭到老，仍是宋玉心中最深沉的掛慮。

第五十四章

窺探軍情

春去秋來，轉眼又經過了數個寒暑。

在過去幾年裡，楚國雖然和秦國打打殺殺，但在雨桐和宋玉的巧妙對應之下，一直都維持著輸贏各半的局勢。此時，質押在魏國的秦太子突然病死，盛怒之下的秦王嬴稷，親自率領數十萬精兵攻打魏國。

莊辛沒想到多年前雨桐的預言竟然一語成讖，因此又獻計熊橫聯合齊國一起攻打魏國，以報當年魏人范雎慫恿嬴稷攻打楚國之仇。與此同時，黔中郡因為宋玉的新政推行，製銅的成效頗為精進，也為楚兵增強了不少軍力，熊橫終於肯一鼓作氣，發兵伐魏。

其實，宋玉並不認同莊辛主動攻打魏國一事。楚國的財政本來就很艱難，發兵征戰只會讓國庫更加空虛，再加上楚國的武將不足，對他國投奔而來的將領不是疑心，就是瞧不起，如此長久下去，日後又有幾個人能挑起護衛百姓的重責？

只是，宋玉的猶豫再三，在莊辛眼裡看來，終究是不夠長遠、積極的表現，因為莊辛要恢復的是過往那個盛世的戰國強權，絕非是現在這個孱弱又處處挨打的楚國。所以莊辛才會一直鼓動熊橫興兵，為的就是打服諸國，讓楚國再次成為戰國之中的霸主。

然而男人在朝政上的綿延戰火，卻絲毫沒有影響到小女子的快活。初嫁給宋玉時的雨桐，還覺得三人行的日子不知道要如何才能過得下去，然而時日一久，反而覺得古代的生活更隨性自在。

生性靈巧的雨桐，當然不可能像莊夫人或麗姬那樣久居一室。摸熟陳郢巷弄的雨桐，經常到城外的鄉野河邊跟村民買他們種的時令蔬果，有時換以銅貝，有時則把抄寫下來的《詩三百》送給鄉下的孩子們習字。

因著宋玉的盛名，那些窮苦的村夫、村婦，都非常喜愛這位平易近人又熱心行善的宋家娘子，連孩子們一見到雨桐，也紛紛把採來的野果都送給她。

「今日的果子可真多，估計是那些孩子知道小姐要來，趕著去採的吧！」

萍兒笑著將手一抬，果子將整個籃子裝得滿滿都是。

「是想著妳做的甜糕太好吃，才這麼討妳歡心的吧！」雨桐也笑道。

以前，宋玉曾送桂花糕給小狗子和她，當作勤勉讀書的獎勵，雨桐覺得這個方法很不錯，遂跟著一起仿效。

農家的生活困苦，孩子白日要下田幫忙幹活已經夠辛苦了，能利用時間練字的機會真的不多，雨桐便讓萍兒做些甜糕送給字寫得好的孩子，當作嘉獎。

「多虧小姐懂得這些孩子愛食甜的心思，讓他們的字也越發練得勤了，大人知道了一定很高興。」

想到小姐的善行也有她的一份，萍兒不禁樂在心底，不愧是夫人收的義女，母女倆助人為樂的善念，如出一轍呢。

聊得開心的主僕二人正打算進城，但見守城門的士兵，用兵器指向那些等著入城的百姓，不曉得發生了什麼事。

「別吵了！一個個都把進城的牌子給本官拿好，誰也別想趁亂摸進城。」手持青銅劍的侍衛長，對著亂哄哄的一群人吆喝，面露不善。

這幾年，駐守陳郢的將士，在衛馳的統領下盡忠職守不敢稍有懈怠，已經很少發生這種亂成一團的場面。

萍兒不想讓小姐受到驚嚇，故而先行前去打探情況，雨桐見天色尚早，太陽又晒得她發昏，便想到路邊的亭子小坐一下。沒想到她人還未走到亭子，一道冰冷的劍鋒便抵上自己的脖子。

「在下無意傷害娘子，只要小娘子把進城的牌子拿出來，在下馬上就走。」帶著威嚇的低沉嗓音從雨桐的身後傳來，顯得既冰冷又嚇人。

「……你是誰？既然沒有牌子，又為何要進城？」

此時的楚國正與魏國交戰，那些想要窺探軍情的奸細，當然不會放過國都這麼重要的地方。此時若是換作普通婦人，肯定要嚇得將進城的牌子丟給對方，可惜這個人的運氣不好，碰到雨桐這種天不怕、地不怕的。

「既然娘子不肯，那在下就得罪了。」

男子也懶得和雨桐多說，伸手就往她的腰際上探去。

進城的牌子雖不在雨桐身上，但她也不能讓這個男人有機會再尋找下一個目標，萬一對方真的是奸細，豈不等於給宋玉找麻煩？於是，雨桐故意趁閃躲時撞開那個人，並打算大聲呼救，好讓守城的士兵來抓人。

男子沒想到這女子竟有膽子敢衝撞他，情急之下便一手拉住雨桐的臂膀，正想再搜一次身，沒想到……。

「是妳！」兩眼發直的男子，像看到鬼一樣驚喊。

「你……你是李季！」錯愕的雨桐，也跟著差點大喊出聲。

雖然當年雨桐是以女扮男裝的身分待在秦軍裡，但在巫山那次李季對著一頭長髮，在如夢似幻的山谷中吹著木葉的牧童仍印象深刻。只是，眼前的女子即使打扮有如少婦，面容卻與十餘年前的樣子沒有任何區別。這，怎麼可能？

原本還以為認錯人的李季，在聽到牧童喊出自己的名字後，更加確信眼前女子就是自己認識的那個人，驚訝說道：「妳，竟然沒有死？」

當年，司馬靳為了斬斷雨桐對宋玉的念想，殘忍說出宋玉早已娶妻生子的事實，也使得心灰意冷的雨桐跳下巫山之臺，以死尋求解脫。

雖然司馬靳事後拋下所有軍務，動員軍士到山谷下找人，可惜山中溪水湍急，秦軍即便找了十幾日，卻連雨桐的屍骨都尋不著。

當時的李季，曾懊悔自己沒能阻止少主的衝動，以至於讓牧童枉送一條性命，連司馬靳也挨了白起五十軍棍的責罰，沒想到十幾年後，李季竟還能再遇見牧童。

即便雨桐的驚嚇也不小於李季，但腦筋動得快的她，隨即聯想到李季在此敏感時刻出現於陳郢城外，那就表示司馬靳極有可能也來了。

「是啊！許久不見，你居然還認得我。」

淺淺一笑的雨桐故意轉身，迅速環顧四周，萬一司馬靳人在附近，那可就非常不妙了。如今的陳郢不但是楚國的國都，亦是各國政治、經商往來的重要據點，能住在這裡的人非富即貴。就算出城下鄉的雨桐打扮簡樸，但李季仍可看得出，現在的她絕非是普通人家的婦人。

李季是個謹慎的人，牧童既然回到了楚國，自是嫁給楚國人。一想到當年牧童不惜以死表示對宋玉的堅貞，那麼此刻除了宋玉，她還會嫁給誰？

「楚國堂堂議政大夫的娘子，誰人不知，誰人不曉？只是，夫人如此尊貴的身分不好好待在宋府裡相夫教子，還像姑娘時到處亂跑，可不是一件好事情。」

李季大膽揣測，倘若牧童真成了宋玉的人，必會將見到自己的事透露給宋玉知曉，那他想進城探查軍情一事就露餡了。

雨桐當然看得出李季是瞎猜的，就他剛剛一副見到鬼的表情，擺明了認定自己已經死了。如今，他稱自己為宋玉的娘子，不外乎是想打探她真實的身分罷了。可惜她不是笨蛋，若她承認自己和宋玉的關係，豈不是再一次成了司馬靳要脅宋玉的籌碼？

「李季，你未免太小看我了，想當年我是為了什麼跳下巫山之臺的？宋玉仗著自己貌美，用花言巧語將我矇騙，讓我以為他是個得以託付終身的人，可是他卻欺我、負我，傷透了我的心，這樣狼心狗肺的男子，還值得我嫁給他嗎？」

為了取得李季的信任，雨桐極盡所能把宋玉狠罵一通。

雖然見到聞言的李季皺眉深思，但雨桐知道他是個心思縝密的人，斷然不會憑這幾句話就輕易相信自己，於是加重力道。

「當年我抱著求死的心跳崖，就想著來生再也不要相信什麼真情真愛，但可能連上天都垂憐我吧！讓一個路過的齊國商人救了我。為了報恩，我嫁給了他，而後又隨著做生意的商旅來到了楚國，定居在陳郢。為了不讓宋玉那個負心漢認出來，我處處小心，過著有如驚弓之鳥的日子，這才只好往城外跑。」

說得激動的雨桐，還低頭委屈得落下兩滴清淚，熟知李季性格的雨桐，看得出李季心軟了，便又抖了抖肩，更顯得自己楚楚可憐。

「既然過得如此辛苦，為何還要留在這裡？」

沒等李季反應過來，另一個男子的聲音，已經從雨桐的正面迎來。有些措手不及的雨桐頓時不知道該如何應答。

「將軍。」

恭敬的李季對著來人，拱手一揖。

雨桐果然猜得沒錯，李季與司馬靳向來形影不離，李季又怎麼可能會獨自一人來到陳郢。只是，打扮猶如普通武夫的司馬靳，墨髮僅用粗布繫成一束，原本白淨的臉上沒了年少的張揚，反倒多了些凜然的將士之風。

手握配劍的司馬靳，緩緩走到牧童面前，不可思議地打量著眼前的女子，暗暗心驚：

「這真是……十幾年前，我所認識的那個牧童嗎？」

即便方才李季已經確認了牧童的身分，但司馬靳仍在懷疑，穿了女裝的牧童，不但膚若凝脂、齒如瓠犀，就連凝著淚的那一雙美目都勝過天上星辰無數。

司馬靳從未見過這樣的牧童，他一直以為牧童就是個任性又孩子氣的村姑，可現在的她，怎麼還能美得更勝從前？

瞧司馬靳看自己的目光太過灼熱，雨桐有些不由自主地向後退。雖說她否認了自己和宋玉的關係，但也不想讓司馬靳誤以為，他還有什麼機會。

「自古女子出嫁便要隨夫，夫君既然要留在陳郢，身為女子的我，又哪有不從的道理？」

低著頭的雨桐急著用眼角餘光掃望各處，想必萍兒就快回來了，希望她不要被這兩個人發現才好。

「這可不像妳。」

擰眉的司馬靳向前一步，高大的身形讓心驚的雨桐又退了兩步。

「以前的妳是那樣的高傲，盛氣凌人，連司馬家的貴妾都不放在眼裡，如今卻為一個上不了臺面的商賈處處委屈，為什麼？」

「還能為什麼？當年若不是你把我擄走，我能和宋玉分隔兩地嗎？若不是你把宋玉娶妻生子的事實說了出來，我能被逼著跳下山崖嗎？老天既然留我一條小命，我自當安分守己過日子，難道要學你們這些男子，整日想著與誰去爭什麼、搶什麼嗎？」

想到過去幾經生死，顛沛流離的種種，雨桐索性把氣都出在司馬靳身上。

「這幾年，為了揚國威，白起斬殺了三晉的十幾萬軍士，隨後又在韓國的陘城殺了五萬多人，如果加上之前在鄢、郢屠殺的數十萬將士，這近百萬條人命的委屈，要向誰討去？秦國是因為白起壯大了，現在各個國家的老百姓，只要聽到那個人屠要來，無不聞之喪膽，我想再用不了多久，趙國就會成為你們的囊中之物，是不是啊？」

怒目的雨桐直視司馬靳，而司馬靳卻被這驚人之語給嚇住。

「想想看你的祖父司馬錯，當年滅了巴蜀之後廣施仁政，才得以為東進中原打下堅實的基礎。但試問，自從你率軍跟著白起征戰四處，除了殺人，你們可曾為百姓做過些什麼？我雖然跟著上不了臺面的商賈過日子，但總比嫁給一個雙手血腥的屠夫，要來得心安理得。」

見司馬靳的面色鐵青，雨桐也擔心自己說得太過，又會激怒他，於是藉機轉身欲走。

「妳到底……是人？還是神？」瞠目的司馬靳拉住她。

祖父司馬錯拿下巴蜀之時，司馬靳都還沒有出生，更何況是與他同年齡的牧童？然而，牧童竟然對整起事件瞭若指掌，甚至比他這個親孫子還要清楚。

遠交近攻是秦相國范雎的主張，秦國這兩年都將主力用在攻打近鄰的韓國身上，會發兵魏國則是因質押的太子突然病死，秦國順便攻打魏國的藉口而已，白起真正的目標，其實是趙國。

只要拿下三晉中最大的趙國，勢單力薄的楚國任憑軍備再怎麼精良，也無法用聯軍的方式與秦國相抗衡。可是，這唯有幾個秦國人將才知道的軍事機密，牧童居然能夠知曉，與十幾年前，預知司馬靳與白起生死的口吻，如出一轍。

「是人如何？是神又如何？」

回首凝視的雨桐說道：「十幾年前我受你恩惠，不願見你受那個人屠牽累，故而坦言相告，但信與不信僅在你的一念之間，我是人、是神，又有何區別？」

「難道離開白將軍，我就能免於一死？」

近來，范雎與白起的意見總是相左，兩人又屢屢在朝堂爭執不下。而今大王寵信范雎多過白起，興許有一日，白將軍真會如牧童所言，因功高震主而被大王賜死，自己這個白起的得意女婿，又怎麼能逃得過這場劫難？

雨桐見司馬靳的語調放軟，或許他終於也聽得進自己的話了，欣慰道：「正所謂『天作孽，猶可違；自作孽，不可活』阿靳，做個像你祖父一樣，令後人傳誦千古的軍事家，而不是人神共憤的屠夫。」

初夏的正午，鳥兒在樹上吱吱喳喳吵嚷著，亭子裡的三個人，卻沒有再多說上一句話，彷彿怕叨擾了司馬靳關鍵的沉思。

司馬靳變了，變得不像年少時那樣衝動，那樣固執己見，雨桐從他的問話中發現，他學會了接納不同的意見，反覆評估、再三斟酌。這也表示自己不能再用過往的想法，去推斷司馬靳未來的行為，因為他已經是個可以獨立分析前因後果的大將了。

然而一旁的李季，在聽到牧童這麼多的驚人之語後，即使臉上充滿了擔憂與驚惶，卻依然等著司馬靳的下一步指示，絲毫沒有自己的主見，這就是李季與司馬靳之間最大的差別，有如一條永遠無法跨越的鴻溝。

白起因為司馬靳如虎添翼，但只要司馬靳離開白起，逐漸年邁的白起就將後繼無人。司馬靳雖然與白起有翁婿關係，但野心勃勃的秦國，不可能斬了所有武將，所以雨桐希望司馬靳可以因為白起的死，反而留得一線生機。

但對現在的楚國來說，司馬靳仍是個難以應付的角色，衛弘年老力衰，衛馳又要守護國都，項江雖然可以獨當一面，但遠遠不是司馬靳的對手。雨桐細細想著，要如何說服司馬靳放棄攻打楚國，讓宋玉在有生之年免受喪國之痛。

只是，此時的司馬靳並不知道，牧童全部的心思都已經回到了宋玉的身上，他還天真地以為牧童只為他一個人著想。就在見到牧童的短短時間裡，司馬靳的內心已經從呀然到驚喜，又從驚喜到難以置信，千迴百轉了好幾次。

當年因為嫉妒，失控的司馬靳逼著牧童跳崖尋死，可是懊惱、悔恨，日日糾纏著他的心。這十幾年來，司馬靳不許任何人提起牧童，也不願意想起在巫山的種種，他要將那一段痛苦的記憶，徹底從心裡抹去。

雖然每次在朝廷議事時只要一提到楚國或木玉，司馬靳都有如椎心般的難受，但他知道這就是報應，是他逼死牧童的報應。

司馬靳本以為自己此生都要在這種永無止境的煎熬中度過，沒想到竟然還有再見到牧童的一天！

「牧童，倘若我接受了妳的建議，妳願意隨我到秦國嗎？」

司馬靳凝眼看著牧童，握著配劍的力道，不自覺地加重。

「方才說了，我早已嫁作人婦，怎麼可能再隨他人而去？」雨桐坦言道。

「商賈重利不重義，以妳的才能與機智，何苦委屈待在這裡，做個無足輕重的商人婦？況且，妳不是一直嚮往安定的住處嗎？我王廣招賢能，若妳願意，我當可舉薦妳任我軍的軍師，如何？」

雖然司馬靳很清楚牧童不可能接受自己，但她既然對宋玉死了心，就表示與楚國再無瓜葛。再者，她能預知別人的生死，又能揣測秦軍的動向，這樣的人留在楚國始終大不利於秦，於公於私，司馬靳都不能讓雨桐留在陳郢。

「如果我不願意呢？難道，你還要再擄走我一次？」

以司馬靳強勢的個性，是極有可能這麼做的。加上現在四下無人，雨桐就算想呼救都來不及，一想到這裡，她的掌心就頻頻出汗。

「以前是我莽撞不懂事，總是不瞭解妳的用心，現在的我明白了，收服人心才是治國、強國的道理。但我的身邊除了李季，還少了個時時提點的人，妳既然心懷天下百姓，不如就跟著我一起輔佐大王吧！」

司馬靳深知牧童吃軟不吃硬的道理，於是耐下性子，好言相勸。

只是，向來趾高氣昂的司馬將軍，突然跟自己低聲下氣，還真讓雨桐有點不習慣。不僅如此，就連站在一旁的李季也開始搞不清楚，司馬靳為何像變了個人似的，對牧童極力地討好。

「阿靳，我知道你胸懷大志，但這件事對我的影響甚遠，這一時半會我也下不了決定，能否讓我回去想想再告訴你？」

看來司馬靳是認真的，雨桐不趕緊想個辦法脫身，恐怕逃不了。

「將軍，我們的行蹤已經曝露了，絕不能放她回去。」

擔心司馬靳一時心軟的李季，橫身擋住了牧童的去路。

「牧姑娘，將軍對妳的痴心至今不變，為何妳仍要拒將軍於千里之外？」

「李季，你嫌我們以前吵得還不夠嗎？我和阿靳就是兩個世界的人，如果要勉強或委屈自己兩個人才能在一起，那又何必呢？」

雨桐隻手揮開他，沒料想李季將劍一拔，硬是伸手攔住她的去路。

雨桐料想他二人絕對不會輕易放自己回去，但沒想到一向溫文有禮的李季，竟會先出手對自己拔刀相向。

心下一驚的雨桐轉身回眸，她就想看看，司馬靳是不是還要再逼死自己一次？

「你們是何人？光天化日之下，居然敢在陳郢城外打劫良家婦女？」

大喝出聲的是一位身披鎧甲的武將，騎在馬上的他手持青銅長劍，威嚇的語氣十足。隨之而來的，是十幾名持長槍和長矛的軍士，甚至還派出兩名弓箭手，他們各個神情嚴肅，正等著武將的命令，蓄勢待發。

李季沒想到自己過於專注在牧童身上，以至於周圍一下子來了這麼多人，居然一點都沒察覺。情急的李季，旋即舉劍欲上前殊死一戰，誰知站在身後的司馬靳及時拉住了他。

「大人誤會了，在下只是路過，恰巧遇見舊識，這位娘子見在下的護衛功夫不錯，在下便讓他隨性使了幾招，並非是打劫。」

司馬靳對著前方的武將恭敬一揖，解釋道。

「哦！真是這樣嗎？」那名武將轉頭，問向雨桐。

「回大人，民婦與他們二位的確是舊識，方才聊得興起，這才失了分寸，還請大人莫要見怪。」

雨桐一見來人竟然是衛馳，差點沒嚇掉了魂，不過也因此安了心。

「既然娘子都這麼說，本將就不多事了。」

衛馳朝後看向面色發白的萍兒，大喊道：「還不趕緊將妳家娘子帶回，下次再敢胡亂通報，小心挨板子。」

「唯……唯。」

聞言的萍兒，從那群軍士身後奔了出來，急忙扶住雨桐的手，低頭顫顫巍巍地說：「小姐，我們快回去吧！」

方才還想著要如何說服讓李季放她走，沒料到衛馳來得及時，化解了雨桐的危機。

雨桐回首看了司馬靳一眼，見他似乎還有話要對自己說，但她該說的都說了，餘下的，唯有司馬靳自己去領會了。

「大人，請多保重！」

雨桐對著司馬靳躬身一鞠，而後轉身離去。

衛馳見雨桐平安無事，心裡的大石總算放下，臨去之時，還不忘對著司馬靳和李季說道：「現今各國戰事紛亂，勸你二人還是少來都城走動，若被人當成奸細抓了起來，豈不是誤會大了？」

衛馳說完話，便騎著馬率著眾軍士揚長而去。

焦慮至極的李季明知不能放走牧童，可司馬靳竟然一點反抗的意思都沒有，實在令他不解。

「將軍，牧童知道的太多了，我們不能放她走。」

「你可知，方才發話的那名武將是誰嗎？」

遙望著漸行漸遠的纖纖倩影，司馬靳不禁苦笑。

「將軍識得？」李季明白司馬靳的心裡苦，即使司馬靳從不承認。

「當然，堂堂守衛楚國都城，統領數萬御衛保護楚王的衛馳大將軍，我又怎麼會不識得？」

原來，司馬靳幾年前曾在黔中郡與衛馳交過手，兩個人本來就互相認識。

「那，他還放我們走？」

李季雖然也參加過那場戰役，但他負責的是後方補給，自然是沒機會見到陣前衝鋒的衛馳了。

「他若不放我們走，我倆勢必與他們殊死一戰，雙方一旦動起手來，難保不會傷到牧童。再者，楚國現在正與魏國交戰，若他把我們殺了，白大將軍絕對不會輕易善罷甘休，屆時前狼後虎，幾十萬的楚軍定是應付不來的。」

其實，司馬靳也在心中暗自慶幸衛馳與他的想法一致，否則單憑那兩個弓箭手，就足以置他和李季死地。

「可牧童明明只是個商賈婦人，怎麼喚得動衛馳這樣的大將軍，親自前來救援？」

單純的李季越想越糊塗。

「你以為，牧童方才說的都是真話嗎？」

司馬搖著頭靳轉身，斷然放棄進城的念頭。

「衛馳是護衛楚王的重要將士，能讓他出城來救人的，也唯有楚王身邊的那位寵臣而已。」

「將軍的意思是……」思緒一轉的李季，豁然領悟。

「倘若牧童承認自己是宋玉的人，我們早就將她抓起來當人質了，不是嗎？」

嘆了口氣的司馬靳停下腳步。

「牧童一直都是那樣聰慧、果敢，即使面對你我二人，也沒有一絲一毫的畏怯和恐懼。而這樣的奇女子，卻一心向著她的情郎，就算宋玉欺她、負她，還傷透了她的心，牧童仍舊處處為宋玉著想。」

「興許，將軍早些認識牧童，結果就不是這樣了。」

李季承認，牧童的確是個難得的好姑娘，若她能與司馬靳在一起，肯定對秦國大有助益。

「興許？可惜沒有興許了，當我把她逼下巫山之臺時，與牧童的緣分就已經斷了。而今，牧童願意把我當作朋友，再三勸誡，也算是仁至義盡。」

年少的熱烈情愫，早在無數的悔恨、煎熬中燒成灰燼，現下的司馬靳對牧童只有感激，感激她還活著，感激她沒有因為過去種種，而怨恨於他。

只是當司馬靳提到這裡時，聞言的李季猛然一震，急問道：「難道，將軍真信牧童所言，您會因為大將軍而……」

「如今朝中局勢不若往年，無論文官武將，依附相國之人越來越多，妒恨大將軍的臣子自然也少不了，大王為穩定朝局，指不定真會對大將軍下殺手。牧童要我遠離大將軍，無非是想讓大王念及司馬家的功績，放我一條生路。」

思及此，司馬靳深吸了口氣，「只可惜牧童的用意雖好，但憑我與大將軍的姻親關係，恐怕也是在劫難逃。」

即便是生死攸關的大事，但司馬靳一時也想不出什麼好辦法應付。

「既然牧姑娘能通曉未來之事，不如末將再去找她，讓她替將軍想想辦法。」

看來此事已是迫在眉睫，一心忠於司馬靳的李季真的急了。

「辦法牧童已經說了，難道你沒聽明白嗎？她要我效法先祖父，對百姓廣施仁政，而非一味殘殺殆盡。但若大將軍也能想通這一點，不以武力懾人，給自己和他人留些餘地，指不定相國也不能拿大將軍怎麼辦。」

既然司馬靳的劫難是因為白起而生，或許司馬靳該替白起想想，如何為他免去這場災禍。

「那是。待將軍回去與夫人好好說說，想必夫人會幫著勸勸大將軍的。」

白起的女兒賢良淑德，對長輩也十分孝順，雖然嫁給司馬靳後鮮少回娘家，但如果知道自己的父親有難，肯定也會著急的。

走到隱密處的二人，將預備好的馬匹拉了出來，打算先返回秦軍駐紮的據點再作商議。翻身上馬的司馬靳不禁回頭，望向陳郢高聳的城牆。

「今日遇見牧童一事不許向任何人提起，包括你妹妹。」

李季的妹妹在幾年前不但嫁給司馬靳為妾，也與白起的女兒交好，李季自是明白司馬靳不欲讓他的妻妾知曉牧童的事，於是當下點頭回道：「諾！」

轉眼，各懷心事的兩個人策馬急奔，離開這只能深藏於心底的偶遇。

衛馳率隊將雨桐救回後，直護送到宋玉家門前，才敢放心讓她主僕二人單獨進門。一路上提心吊膽的萍兒，待雨桐一進房後，立即把門給關上，追問她城外男子的身分。

「那妳又是怎麼通知衛馳將軍前來的？」雨桐反問。

「我在城門口碰巧遇見抓到奸細的項將軍，就把攔住小姐那兩人的長相，與項將軍說了，誰知項將軍一聽臉色馬上就變了，還趕緊派人進宮把衛將軍請了過來。小姐，那兩個人到底是誰？他們攔著妳究竟想做什麼？」

跟著雨桐多年的萍兒機警，一見苗頭不對，就曉得趕緊搬救兵，否則要是像個普通女子那般亂喊、亂叫，估計現在也跟雨桐一起被司馬靳抓了。

「他們是秦國來的奸細，也是以前把我抓到秦國去的人。」

這要是換作別人，司馬靳和李季肯定輕易就混進陳郢了，雨桐不但成功攔下他們，還得以安然脫身，真是幸運。

「什麼？」瞪大眼的萍兒，嚇得眼珠子都快掉出來了。

衛馳和項江既然都知道了這件事，想必宋玉那裡也瞞不住，見萍兒這一驚一乍，說不定晚點也會嚇到麗姬她們。因此，雨桐索性把當年被司馬靳擄到秦軍一事一五一十全都跟萍兒說了。

「想不到小姐年紀輕輕，居然就遭了這麼多罪……」

聽完雨桐的細述，眼圈發紅的萍兒不禁握向她的手，「幸好，夫人救了小姐。」

「我也想不到，還會在陳郢遇見他們。」

「可是，小姐為什麼不告訴衛將軍他們倆是奸細？還讓衛將軍放他們走？」

雨桐知道項江肯定是猜出了司馬靳的身分，才會找衛馳調動人馬來救。但衛馳和司馬靳兩人相遇時卻都裝作互相不認識，那她何不順水推舟，先讓自己脫困再說。況且，司馬靳的行蹤已然曝露，就沒有再進城送死的理由，阻攔司馬靳探查機密的目的既然已經達到，也無須再挑起更多爭端。

「衛將軍自然有衛將軍的打算，反正我現在能平安回家，就已經是萬幸了。」

雨桐倒茶喝了一口，其實當下她心裡也是慌得直打鼓。

「那是，幸好衛將軍來得及時，否則小姐要是出了什麼差錯，萍兒真不知道要如何向大人交代。」

鬆了口氣的萍兒轉身，拿了件乾淨的衣服給雨桐換上。離宋玉下朝的時間近了，要是他知道雨桐出了這麼大的事，還不知道臉色會多難看呢。

跟著嘆了口氣的雨桐，也在心裡嘀咕，好不容易止住了秦國的進犯，可如今才與魏國一戰，就連司馬靳都想要趁亂摸進陳郢，晚上宋玉肯定又要惱得難以入眠了。

雨桐猜想得沒錯，才剛下朝的宋玉，一聽衛馳說起司馬靳的事後，隨即急奔入府。不曾想愛妻只是到城外走一圈，就遇上如此凶險的事，真是教人為她捏把冷汗。

宋玉踏進家門時，雨桐正在書房裡抄寫《天文》，她今日答應過一個孩子，要將部分記載送給他，那孩子聰明又對天文學有興趣，雨桐希望能給孩子打好基礎，再讓熟讀《天文》的靈兒去教他。

只是，衝進房的宋玉，見愛妻還能這般悠然淡定地抄寫書籍，全然沒把自己的安危放在心上，不禁氣道：「興許，此刻那個司馬靳正埋伏在城外守株待兔，妳居然還想給孩子送書，不要命了嗎？」

宋玉收起《天文》竹簡，連雨桐桌案上的筆墨都收走，再嚴肅道：「近日都不許再出城了，要乖乖待在府中，知道嗎？」

聞言的雨桐噗哧一聲，對著緊張兮兮的丈夫笑道：「我沒說要自己送去啊！」

瞧宋玉急得面色發紅又一頭汗，雨桐拿出帕子幫他擦了擦。

「我讓侍衛們去送，行了吧？」

見雨桐笑容滿面，絲毫沒有受過驚嚇的樣子，宋玉實在有些來氣。

「真不知妳是哪裡來的膽量，敢單獨與那司馬靳較量，要是今日衛將軍……」

「要是今日衛將軍沒有來救我，難道，我就會笨得讓他再抓去一次嗎？」

雨桐拉著宋玉的手，知道丈夫心裡急，只好出言安撫。

「十幾年不見，他們根本就不瞭解我的底細，若不是衛將軍帶著大隊人馬來救，司馬靳可能還以為我不過就是個普通婦人呢！」

宋玉明白雨桐聰慧又機警，不至於白白讓人抓走，可他還是對妻子這種大膽行為不以為然。

「聽說，司馬靳欲招攬妳去秦國當軍師？」

「是啊！我以前在司馬靳跟前當過差，他要擴充自己的人馬，再找我回鍋是自然不過的事。」

雨桐心下一驚，一邊裝沒事回答，一邊心想衛馳對於她跟司馬靳的對話到底聽到了多少，又跟宋玉說了多少，不曉得李季後頭說的那些話，衛馳是否也一併跟宋玉說了。

心虛的雨桐，不想與宋玉在這件事情上再糾結，於是轉移話題陪笑。

「今日孩子送的果子可多了，晚些我讓萍兒熬煮成果醬，給大家塗薄餅吃。」

戰國時代還沒有土司和饅頭，雨桐把煮好的果醬塗在烤餅上吃，這個作法意外受到大家歡迎。

宋玉也聽出來雨桐不願意再談論司馬靳的事，索性將愛妻往懷裡一抱，嚴正道：「這麼喜歡孩子，不如我們再努力些？」

雨桐明白宋玉只有靈兒一個孩子，人丁實在太單薄，可秦沐給的藥她都有按時吃，但總不見喜，隨著日子一天天過去，雨桐自己也開始著急。

「若是我真懷不了孩子，不如……你找姐姐生吧！」

比起麗姬一次就懷上，獨占宋玉多年的雨桐真的好愧疚。

雖然秦沐曾說三、五年能治好雨桐，但按古代的時間推論，此時雨桐的年歲確實不小了，即使要懷孩子也不容易。

「又說什麼傻話。」

宋玉安慰，「我子淵有愛妻隨侍在旁，此生足矣，若能再得一子，我幸；不能得，我命。

我怎麼會因為沒有孩子，就背棄於妳呢？」

如此的款款深情，真摯流露，怎能令人不動容？雨桐知道宋玉愛她，此生只當她一個人是妻子，可為什麼偏偏他們之間就這麼不順利呢？會不會因為自己是穿越來的，所以才懷不了孩子呢？

想到這裡，一種莫名的恐懼，悄然爬上雨桐的心底。她這個無端闖進時空的穿越者，能改變宋玉一個人孤老到死的命運嗎？如果能，那老天就趕緊賜她一個孩子吧！如果不能，那麼宋玉年老之時，自己又會在哪裡呢？

有些害怕的雨桐，伸手環住宋玉，緊緊偎進這個心愛男子的懷裡。

雨桐不要歷史，不要未來，她只希望時間能永遠停在此刻，讓她和宋玉永生永世都不分離。

第五十五章

生死一線

自從令尹子蘭在宮中的權力式微之後，掌控朝政的景差和守衛國都的衛馳幾乎同時取而代之，但欲重振楚國國力，當務之急是要招攬更多有才學之人，在朝政與軍務上效力。尤其與魏國一戰後，楚國自己損兵折將不說，就連昔日往來的各國商旅也隨之銳減，讓楚國戰後的財政困境，更加雪上加霜。

只是，少了子蘭和貴族牽制的熊橫，不但日漸倦怠朝堂之事，還越發地蠻橫專政，甚至比從前更加沉迷女色，後宮也早已不再獨尊王后一人，寵妾更是一個換過一個。

據侍者、宮女傳出的耳語，那些不得幸的美人娘娘，動輒打入冷宮，因為失寵口出怨言而被殺者也是多不勝數，後宮姬妾人人自危，終日惶恐不安。

姬妾、美人均是貴族、士大夫的女兒，有的更是與他國和親的公主，熊橫只因自己的慾望就對她們降下處罰或隨意斬殺，不僅會惡化君王與貴族之間的關係，還可能會給其他國家更多進攻的藉口。再說，熊橫龍體漸漸不如盛年，可此時的太子和黃歇都被軟禁於秦國，長此以往，楚國必然會發生更大的動亂，不能不防患於未然。

為著這件事，宋玉聯合莊辛找令尹商議，希望王后藉由整頓後宮之名，儘量把那些不得寵，或行事不討大王歡心的姬妾都送出宮，免得遭池魚之殃。

然而，現下王后嬴樂已是自身難保，又怎麼敢在這件事上惹得熊橫不高興？況且，就算嬴樂將那些姬妾都遣出宮，熊橫還是會再納更多的美人進宮，根本不是解決之道。

就在宋玉和莊辛為了平靜後宮而傷透腦筋時，景差卻因著熟識的衛馳在宮中地位的拔升，反而對熊橫的一舉一動瞭若指掌。

衛馳早年雖然與宋玉交好，但也曾經因為替宋玉求情而被令尹子蘭貶官，此後，他與宋玉便不在明面上公開表示彼此的交情或為對方說話。再加上，衛馳在執掌宮中御衛之後，叔父衛弘就經常拉攏他與景差的關係，景差也樂與衛馳交朋友，於是，旁人自是將他二人視為志同道合的一伙了。

不僅如此，就連當年被宋玉舉薦給觀紹，現在任職下醫官的秦沐，宋玉也刻意與他疏遠，因此，沒人清楚他們真正的關係為何。

秦沐則在自己的努力下，意外得到其他醫官的賞識，推舉他到各縣巡醫，以增長醫學知識。

這日，因酷夏而顯得神思倦怠的雨桐，正懶懶地趴在桌案上塗鴉，萍兒見自家小姐近日總是吃不香也睡不好，便想到街上去買些好吃的給雨桐提提神。誰知，雨桐一聽說要去逛街，馬上就有了精神。

「可大人說，小姐不許出門。」

打從遇見司馬靳後，宋玉就不准雨桐再出城，萍兒謹記在心。

「大人是說不能出城，沒有說不許出門，妳聽錯了。」

整日關在家裡，好動的雨桐都快悶壞了，況且，她近來總覺得自己身子怪怪的，秦沐又不曉得何時才會回來，於是就想找個大夫證實一下。

萍兒想想也對，那兩個秦國人沒有進城的牌子，只要她們不出城，雨桐就不會有危險，於是兩人樂得一起出門採買。

雨桐先去了街上最有名的藥鋪抓藥，又順便給那裡的李大夫看診，而後又滿面春風地拉著萍兒去買雞。

樂滋滋的雨桐像個孩子，一路上哼著小曲，還買了不少甜食，萍兒見小姐的心情大好，這才放寬了點心。

買好東西的主僕二人正打算回府，剛來到市集的一處轉角，見前方似有人在吵架，好奇的雨桐趨前去瞧個究竟，卻見一個披頭散髮的孩子，莽莽撞撞向她跑來。

情急的雨桐正想閃開，誰知緊跟著她的萍兒擋在身後，雨桐擔心萍兒被孩子撞著，欲伸手攔下孩子，那孩子卻像是故意般突然加快速度撞向她的肚子。

雨桐雖然已經小心提防，卻依然和那孩子撞個正著，更沒想到那孩子力氣如此之大，像頭牛似的撞得她們主僕二人一起跌倒在地上。

「啊！……」

驟然摔倒在地上的雨桐，捂著肚子慘叫。

「小姐！」

全然沒有防備的萍兒，雖然在雨桐的身後當了墊背，可聽到小姐大叫仍連忙將她扶起。

「肚子好痛！」

突來的劇痛，讓雨桐渾身打顫，「快……快扶我回去。」

突如其來的意外讓萍兒急得一身汗，而此時的雨桐已是痛得連身子都起不來，萍兒一個嬌弱的女子，哪還能扶得動？

心急如焚的萍兒，正欲開口向路過的人求救，誰知，一個高大人影已經颯然而至。

「我來。」

餘光忽然掃到一個熟悉身影，萍兒還來不及道謝，那身形魁偉的男子，已經將倒在地上的人抱起，急奔而去。

宋玉聽到雨桐受傷的消息後，連忙從宮裡趕回家。

房裡的小翠，端著滿盆的血水往外走，正好撞見大汗淋漓的大人，才剛止住的淚又潸然落下，「姨娘她……」

宋玉白玉般的臉瞬時變得鐵青，薄薄的雙唇抿成一線，急推開房門。

麗姬也在，咬著帕子直看著宋玉不敢吭聲，萍兒坐在榻沿在替雨桐擦汗，一旁的產婆見大人進門，也只是朝宋玉嘆口氣，搖搖頭。

「怎麼樣了？」

「孩子是沒了，幸好，娘子的身子還挺得住。」

孩子！這麼多年都沒有消息，宋玉壓根兒想不到，雨桐會在此時有孕，而有了身孕的她，居然還到處亂跑？

「勞煩了。」

強迫自己保持鎮定的宋玉，讓萍兒帶產婆下去，見一旁的麗姬已嚇得臉色慘白，宋玉知道她素來膽小，怎麼禁得起這血淋淋的場面，於是對蘭兒開口道：「先扶夫人回房休息吧！」

聞言的麗姬欠身，正欲隨蘭兒離去，又像想到什麼似的，便回頭看了一眼，只是見到宋玉的整個人、整顆心，都在榻上的那個人身上，不免心酸，就不多言了。

向來活脫的一個人，突然面無血色地躺在榻上，宋玉想到方才小翠端出去的那盆血，心就不禁揪得疼。

拿起臉巾擦了擦愛妻額上的汗，宋玉將雨桐散亂在鬢邊的青絲理了理，那落入深淵裡的雙眸，終於疙顫顫地睜開了。

「為夫回來了，沒事。」

宋玉緊緊握住那微微發涼的小手，他卻像哽了塊苦澀，竟是連句安慰的話，都說不出口。

「孩子……」

雨桐想起方才發生的事情，那樣的撞擊力道，深入骨髓的痛，她知道，孩子肯定是保不住了。

「孩子會再有的，妳別想太多。」

宋玉撫去雨桐偌大的淚，他知道愛妻心痛，畢竟這是他們多年來，好不容易盼來的孩子。

「對不起……」

雨桐本要給宋玉一個驚喜，沒想到竟然會變成這樣。

宋玉見雨桐哭得厲害，更是心痛難捨，他環抱起愛妻輕輕拍著，「別自責，這只是意外。」

「這真的只是場意外嗎？」雨桐也很想認為是意外，可是怎麼會來得這樣巧？她不過是兩個多月沒來月事，身子懶又犯睏，因為秦沐被派到外地巡診，所以才臨時起意去找別的大夫幫自己確認。

當時除了那個李大夫，沒有第三者知道她懷孕。她和萍兒不過是去市集逛一個時辰，就碰上一名來歷不明的孩子，又碰巧撞在自己的肚子上，那力道怎麼也不像是個孩子該有的力氣。到底是誰，是誰想害她和肚子裡的孩子？

雨桐並不是個脆弱的人，也知道自己這麼哭下去，不過是讓宋玉更難過而已。見平日淡然如水的丈夫也紅了眼眶，雨桐有些不捨地摸摸他。

「我沒事，嚇到你了。」

「是嚇著為夫了，若不是子逸派人到宮裡通知，恐怕，我這會兒還什麼都不知道。」

宋玉緩緩將虛弱的雨桐放下，怕碰壞寶貝似的，這丫頭方才還哭得止不住，現下居然還有力氣顧著別人？

「景差通知你的？他是怎麼知道的？」

這幾年來雨桐已鮮少與景差碰面，怎麼自己才剛出事他就知道消息了？

「是子逸救了妳，妳不記得了嗎？」

聞言的雨桐愣住了，當時自己一心只想著肚子裡的孩子，痛得幾乎要昏過去，根本沒留意是誰救她回來的。如此說來，景差怎麼又剛好在現場？

「妳先好好休息吧，為夫在這裡陪著妳。」

宋玉幫雨桐蓋好被子，心中卻也覺得事有蹊蹺。自幾年前暗殺雨桐的凶手伏法後，家裡一直相安無事，為何雨桐才剛得知有孕就又出事了？

正思量景差之事的雨桐，思緒又被宋玉拉了回來，想到那來不及出世就莫名失去的孩子，她又想哭，但怕宋玉太過擔心自己，只好勉強閉上眼，趕緊入睡。

經歷方才可怕的一幕，麗姬身心俱疲。雖然說，自己並不樂見雨桐有孩子，但畢竟是宋玉的親骨肉，活生生就這麼沒了，在她這個當娘的眼裡，還是殘忍的。

麗姬本來想回房休息，但聽小翠說景差還在大廳裡候著，心下一涼，便走了出來。

「我家大人怕是擔心妹妹身子，一時不得空，麗姬在此替妹妹謝過大人的救命之恩。」

麗姬對著景差微微欠身，並示意一旁的蘭兒，再去幫景差換一杯熱茶，也好支開蘭兒。

「雨桐要緊嗎？」

景差已巴巴地等了良久，只見萍兒帶著一位婦人匆匆離去，卻未見大夫進門來，他一個外人又不好攔下家僕細問，只能等麗姬出來說明詳情。

「雨桐？就算是一家人，麗姬也得稱她一聲妹妹，景大人即使與我家大人情同手足，也該稱她姨娘，怎麼好直呼妹妹閨名呢？」

緩緩坐下的麗姬，見平時嘻笑的景差也有耐不住性子的時候，不知著了什麼魔。

「是……子逸一時情急，失言了。」

景差抹了抹額上的冷汗，怪自己不僅唐突，還失了分寸。

「產婆說妹妹身子安好，只是，孩子沒能保住。」

「孩子！雨……姨娘有孩子了？」

雨桐嫁給宋玉多年都沒動靜，以至於景差根本沒防到這一點，難怪他要下重手！

「是啊！說也奇怪，這幾年妹妹喝的湯藥不比我少，但是總不見喜，我還以為我家大人受那醫官矇騙了呢。沒想到那醫官一離開陳郢，妹妹就懷上了，只是，怎麼會剛巧遇到這等禍事？」

其實麗姬也一直在心裡琢磨，究竟雨桐喝藥是為了治病，還是因為懷不上孩子？

「姨娘有什麼病？子淵請的又是哪一位醫官？」

除了觀紹，景差從未聽過宋玉和哪位醫官熟識，況且，宋玉哪裡的大夫不好找，為何偏偏找了個宮裡的。萬一，那個大夫受人要脅欲對雨桐不利，那宋玉豈不等於引狼入室？

「什麼病麗姬不清楚，只知道那位醫官姓秦。」

即便是生活在同一個屋簷下，但麗姬和雨桐很少往來，加上萍兒的口風緊，麗姬又不願意嘴碎去打聽這些事，才會對秦沐的事一無所知。

「姓秦的醫官？」

景差迅速在腦海中把宮裡的醫官都搜了個遍，終於想起秦沐這一號人物。

只是，印象中秦沐這個人喜歡研讀醫書，偶爾替侍者、宮女們看看病，鮮少與官員們往來，宋玉為何會找上他呢？再者，秦沐在宮裡一直都跟著觀紹學習，難道，雨桐這麼多年沒懷上孩子，是因為這個秦沐的關係？

不瞭解來龍去脈的景差，逕自將事情往壞的方面去想，但擺在眼前的事實中確實有太多巧合，都印證了景差的揣測，例如秦沐一離開陳郢，雨桐就有孕這件事。

「既然妹妹無事，麗姬也不好再留大人，只是有一言，麗姬不得不提醒。」

見景差臉色一陣青、一陣白，似乎在心底揣度著什麼事，麗姬就更不能不明說了。

「弟妹但說無妨。」

「大人今日雖說救了妹妹一命，可男女有別，大人這麼一路抱著妹妹回來，知道內情的銘感五內，而那些不知道的，還以為大人與妹妹，有什麼牽扯不清的關係。」

見景差緊抿著脣不語，麗姬又道：「景大人與我家大人同朝為官，這樣的閒言碎語，若是教他人傳了出去，恐怕又是一場風波……」

「是子逸一時大意疏忽了，只是人命關天，在下不能見死不救。」

見麗姬欲言又止，景差急站起作揖，「今日若有什麼不對，都是子逸一人所為，無關姨娘，還得勞煩弟妹代為轉告子淵。」

景差臨去前，不忘補上一句：「這兩日，我會代子淵向大王告假，就讓子淵好好待在家裡照顧……」

景差一咬牙，體貼的話終究還是沒能說得出口，有宋玉在，他能用什麼立場去關心兄弟的妾室？索性留下說了一半的話，轉頭便走。

麗姬見景差急得甩袖而去，低聲冷笑道：「妹妹，妳當真是妖魅，不知還要害了誰？」

巡診的秦沐離開陳郢到別的縣城去了，無法為雨桐調理身子，宋玉雖然派了侍衛去通知，但事出突然，就算找到秦沐，恐怕他也沒有辦法立即趕回來。

雨桐自小產後一直體虛，宋玉連著幾日都告假在家裡照顧她，熊橫得知此事後，便好意遣宮裡的觀紹替雨桐把脈、開藥方。

誰知雨桐服了湯藥不見好轉，反而出血不止，宋玉急得不知如何是好，連忙叫府裡的侍衛再去請觀紹來看。

雨桐整日腰酸腹痛，感覺全身血液都在快速流失，雖然已經停服了湯藥，頭腦卻依然整日昏沉。

曾在醫官觀蒯身邊待過一陣子的雨桐，也和他學過一些藥理知識，若是有病服了藥不見好轉反而更糟，那肯定是方子出了問題。

本來，她還希望在停服湯藥之後，出血能自行止住，所以一直勉強自己集中意志力撐著，免得一睡不醒，但許久未想起的那樁暗殺事件，又重新爬上心頭。

雖然觀紹是熊横指派來的，但防人之心不可無，因此雨桐一聽到宋玉要再去找觀紹，直覺不妥，便喊住了丈夫：「去找秦沐，一定要秦沐……其他人開的藥……我都不吃。」

「這是什麼意思？難道，妳認為觀大夫的醫術不佳？」情急的宋玉，不瞭解雨桐在疑心什麼，觀紹可是楚國有名的上醫官啊！

「別問那麼多，去找……就是了。」

雨桐摀著肚子，額冒冷汗，宋玉再不趕緊把秦沐找回來救命，恐怕她真的會死得很難看。

「為夫知道了。」

宋玉握緊雨桐冰冷的小手，凝重了語氣，「等我，一定要等我回來。」

宋玉起身跟萍兒交代了兩句，扯了衣襬便幾乎是跑著出去。

「小姐……」

一旁嚇極的萍兒摀著嘴，就怕自己難受得哭出聲，幾日幾夜都沒敢闔眼的小丫鬟，眼睛腫得像核桃似的，完全沒了以往的精神。

「別怕，我沒事，一定會沒事的……」

雨桐緊抓著萍兒的手，強笑著。

宋玉帶著秦沐再次回到家裡時，失血過多的雨桐已經昏睡多時，萍兒、小翠和蘭兒跪在榻前直哭，被褥上大片的血漬怎麼都止不住，更顯得觸目驚心。

嚇壞了的宋玉，對著愛妻失心大喊，「雨桐？雨桐！」

秦沐見情況危急，連忙將宋玉請開，他翻開雨桐的衣服，在她臍下一寸半的位置扎下一針，又在至陰、少商兩穴各扎下針，並用兩指在雨桐的人中部位用力一掐。

「啊！」昏迷的雨桐皺眉痛醒。

「雨桐！」情急的宋玉差點就要撲上去，秦沐卻伸手將他止住。

「大人莫急，待下官為姐姐好好診脈。」

眾人屏氣凝神，一雙雙眼珠子直瞪著秦沐的手，時間似乎已過了幾千年那麼久。好一會兒才見秦沐舒展眉心，開口道：「姐姐失血過多，再晚可能就要喪命。」

秦沐見聞言的宋玉臉色大變，想必是嚇著了他，便放軟了語調。

「幸好大人即時找到下官，止住了血崩。」

聞言的眾人，這才把緊繃的一顆心給放下，可是萍兒卻哭得更厲害了。

「都是萍兒不好，萍兒沒有照顧好小姐，讓小姐丟了孩子，又差點沒了性命。」

萍兒抽抽噎噎在一旁哭個沒完，惹得蘭兒和小翠也跟著一起落淚。這幾年，除了麗姬偶爾的病痛，何時出現過這樣生離死別的場面，難怪嚇得她們都沒了魂。

「大人，想必姐姐現下累了，留一個人照顧即可，下官這就去開方子，讓人趕緊抓藥去。」

女子一多就容易哭哭啼啼，習醫多年的秦沐也算司空見慣，只想趕快請她們離開現場，好讓雨桐清靜些。

宋玉當下差了小翠跟秦沐一起去拿藥，萍兒則是趕緊替雨桐換下滿是血跡的衣物。宋玉心疼地抱著動也不動的愛妻，難過不捨的淚，緊緊地凝在眼裡。

「我以為……見不到你了。」

閉著眼的雨桐，依偎在宋玉溫暖的懷抱裡，細如蚊蚋的聲音，幾不可聞。

「秦沐說沒事，妳沒事了。」

宋玉吻了吻愛妻溼冷的額頭，不禁懷抱得更緊。

雨桐本來還想跟宋玉說些什麼，但實在連開口的力氣也沒有了，她喃喃唸了兩聲，待宋玉正要聽仔細時，才發現愛妻已經睡著了。

隱忍的情緒終於崩塌，落下兩行男兒淚的宋玉，仰天低喊：「天上的神靈啊！是子淵有錯，子淵不該妄想把神女留在身邊，倘若神靈要懲罰，就請懲罰子淵一人，莫教雨桐受這樣的苦，祈求您！」

接下來的幾日，宋玉足不出戶，只待在房裡給雨桐餵食湯藥。麗姬每每見端進去的膳食，有大半都原封不動再被端出來，她實在不放心，只好進房勸慰。

但見丈夫呆坐在榻沿，凝眼看著熟睡的人，眼睛眨都不眨，就連素日白淨的臉都瘦上一圈，憔悴得令人心疼。這讓從未見過丈夫如此頹喪的麗姬，不禁眼眶發紅。

「大人。」

出神的宋玉似乎沒有聽見，麗姬只好靠近再喊了聲，「大人！」

「……何事？」

宋玉猛一抬頭，見眸光閃爍的麗姬直瞧著自己，不免疑惑。

「大人日以繼夜照顧妹妹，不思飲食也不休息，這樣的身子怎麼受得住……」話都還沒說完，兩滴清淚便已悄然落下，麗姬用帕子摀住口，輕泣著。

「我沒事，妳不用擔心。」

宋玉給予麗姬一個安心的眼神，隨即又將目光，鎖在雨桐面無血色的臉上。

「麗姬知道現下怎麼勸也無用，但大人要替妹妹想想，若是大人有什麼萬一，就算妹妹好了也不會安心。況且，靈兒年紀還小，不能沒有父親……」

傷心的麗姬終於說不下去了。

「靈兒！」宋玉想起來了，他還有一個靈兒。

似乎有些回魂的宋玉，再次將目光投到麗姬臉上，想想她的身子本就弱，為了照顧靈兒，又擔心自己，每每都哭得淚眼婆娑，也是不忍。

見宋玉的神情略緩，麗姬發覺自己的話奏效了，不免有些開心。擦乾眼淚的她，連忙將桌案上的飯菜都拿到丈夫面前，溫婉道：「今日秦大夫不是說了，妹妹只是血虛才未能轉醒，待休息幾日便無礙了。」

欣喜的麗姬本想餵丈夫吃食，誰知宋玉遲疑了下，伸手接過碗後，挑著幾顆飯粒往嘴裡送，並問道：「好幾日不見靈兒了，孩子可好？」

麗姬又夾了些菜放到碗裡，宋玉也吃了。

「靈兒很好，只是想念大人。」

麗姬盈盈的目光閃爍，宋玉終於也想起，他還有這唯一的兒子。

「妳帶靈兒過來吧！我與他說說話。」

孩子大了，書讀得勤，宋玉不希望因為家裡的事讓孩子分心。

畢竟是親骨肉，即使意志再怎麼消沉，父子親情仍是斷不了。

欣喜萬分的麗姬，趕緊吩咐蘭兒把孩子叫來，父子二人敘了一會兒天倫，直盯著雨桐的靈兒才難捨退下。

當初雨桐堅持要找秦沐回來診治，可人至今仍昏迷不醒，宋玉記得產婆離開之時，還說雨桐的身子挺得住，怎麼一喝觀紹的湯藥就血崩了？

「人為何還是不醒？」

即使每次看診宋玉都會問，秦沐卻始終沒給過一個確切的答案。

「姐姐的狀況，似乎有些複雜。」

新開的湯藥已經服了兩日，但雨桐的脈象依然虛無飄渺，若有似無，令秦沐異常擔心。

「怎麼說？」宋玉急得掌心都出汗了。

「姐姐的身子骨雖然帶了點寒氣，但在這幾年的調養下，已經好了許多，因此即使小產，也不至於失血至此。」

秦沐看著宋玉的眼神有些疑惑，卻又不知道該如何解釋。

宋玉也瞧出秦沐的猶豫，主動開口道：「你也疑心觀大夫？」

擰眉的秦沐不發一語，觀紹的醫術深得大王信任，這次又是大王主動要觀紹替雨桐看診，若秦沐說觀紹有問題，豈不是直接懷疑大王對雨桐別有用心？

宋玉見秦沐為難，便從櫃子裡拿出一包藥，放在桌案上打開。

「這是觀大夫給雨桐開的藥，你瞧瞧有什麼不妥？」

聞言的秦沐振作起精神，他挽起寬袖伸手將藥材一一撥開，從裡面捻起幾根細細的紅鬚和碎果。

「這是什麼？」

宋玉見秦沐微瞇著眼，又將紅鬚和碎果放到口中，咀嚼了幾下，便猜秦沐找到證物了。

「是紅花和白果。」

這兩樣東西在這一大包的藥材裡，極不顯眼，但配藥的人，刻意將晒乾的紅花瓣一根根分開，又將整顆的生白果壓碎，足見是有心為之。

「這有什麼不對嗎？」

「紅花是活血去瘀的良藥，比當歸效用更大，但不宜在小產後使用。尤其楚國並不產紅花，這肯定是由他國進貢而來，數量既稀少又珍貴，普通醫官根本不敢隨意拿來使用。再者，這壓碎後的白果……」

秦沐將餘光掃向宋玉，見他肅冷的臉孔正等著自己的未盡之語，只好接著說：「生白果性涼有毒，若是活血後又食用性涼的東西，必然是血流不止。」

聞言的宋玉驚惶不已，他竟不知，早就有人要雨桐的命，而且還算得這樣仔細。

「這種害人的方式不易察覺，幸好姐姐機警，即時停服了湯藥，否則，後果不堪設想。人命關天，這不是一件小事，大人可要告知大王？」

雨桐早就猜到觀紹的方子有問題，宋玉卻等到這時才拿出來向他求證，秦沐不得不懷疑，宋玉是否會為了顧及大王的臉面，打算瞞下觀紹的惡行。

「你有把握治得好雨桐嗎？」

然而，宋玉卻沒有直接回答秦沐的問題。

「下官雖然開了止血的方子，但姐姐過於虛弱，就算要補血行氣，恐怕還得將養個十幾二十日才能見效。」

雨桐救過秦沐一命，就算傾盡一生醫術，他也一定要保雨桐安然無恙。只是，現下宮裡有人欲取雨桐性命，宋玉要如何避過他人耳目，換雨桐平安？

「既然有人容不下雨桐，我們只好遂了他們的心意。」

即便知道是誰動的手腳，然而對方是宮裡的人，但憑宋玉和秦沐抓到證據，也未必能讓真凶伏法。宋玉不想讓他和雨桐的孩子死得不明不白，更不想讓愛妻一直活在被暗殺的陰影之下。

如今看來，只有將計就計。

「大人的意思是……」

「觀大夫開的藥我仍叫小翠去拿，所以，觀大夫不會知道雨桐停服了湯藥。」

嘆了口氣的宋玉瞬時凝重了語調，彷彿下定決心般，「看來，你需讓雨桐先走，而我，隨後就到。」

宋玉因為雨桐小產向熊橫告了假，可景差也跟著多日沒有上朝，令朝臣們議論紛紛，熊橫遣了侍者宣景差進宮候傳，直至早朝過後，才至偏殿見他。

「景差，你可知罪？」

剛換下朝服的熊橫還沒坐下，就對著眼前的臣子問罪。

景差雖然不太明白大王的意思，但見面色不善的大王似有怒意便連忙跪下。

「臣愚蠢，還請大王示下。」

「你是蠢，居然敢壞寡人的好事！」

坐在王座上的熊橫揮袖屏退左右，怒瞪著這個表裡不一的臣子。

景差終於明白大王話裡的意思，只是沒想到他會直說出口。

「大王若認為是臣的錯，臣認錯就是。」

「難道你不認為自己有錯嗎？敢覬覦兄弟的妾室。」

熊橫想起多年前，屢屢救雨桐性命的蒙面男子，肯定也是景差。

「大王指的若是那日之事，臣是為救弟妹性命，情非得已才失了男女之禮，大王切莫聽信他人謠言，誤會臣下。」

「情非得已？好一個情非得已。」

狡笑的熊橫走到景差身邊，冷眼瞧著這個口是心非的傢伙，「情之所鍾故而由不得自己，景差，騙得了別人，你還想騙寡人嗎？」

聞言的景差咬咬牙，無話可說，只是大王這般言明，是否意味著——打算要脅他呢？

多年前，屢次暗殺雨桐的幕後主使者，根本不是昭唐，那不過是熊橫安排御衛說的代罪羔羊，真正想要置雨桐於死地的，其實是熊橫自己。

但當時的熊橫，為了避免莊辛和宋玉得知是他下的毒手，在接連失敗幾次後，便不敢明目張膽地取雨桐性命。

景差雖然知道這一切均是大王所為，但為了保住雨桐，也僅能睜一隻眼、閉一隻眼，只是沒想到雨桐才剛有孕，就惹來大王下此重手。幸好，宮裡的衛馳及時提醒景差宮中御衛的動向，讓他能有所警覺，才得以救下雨桐一命，否則後果真是不堪設想。

然而，景差豁出性命救了雨桐，即是見罪於大王，如今他的項上人頭能否保得住，景差自己都不敢想。

「反正現在有觀紹在打點，寡人倒是要看看，那個把兩位愛卿迷得神魂顛倒的妖女，還怎麼活？」

得意的熊橫向後一軟，歪歪地靠在金碧輝煌的王座上，他熊橫得不到的，誰也別想要占有。

「大王！這根本不關雨桐的事，明明是子淵……」

收緊十指的景差額冒冷汗，忍不住要替雨桐辯駁。

「那又如何？景差，寡人未降罪於你，是念在你景氏一族向來安分守己，但並不代表，你就可以在寡人面前任意妄為。寡人要那個妖女死，而且死無葬身之地，若還有誰再敢阻撓，寡人定要誅他九族，決不輕饒。」

面色發紫的熊橫咳得厲害，一旁的司宮趕緊遞上蔘茶，好給盛怒的大王緩緩氣。

景差見大王冷凝的語調中，透著一股濃濃的肅殺之氣，心下明白若是再敢違逆大王的意思，無疑就要白白賠上自己的性命。

雨桐現如今還在生死關頭，景差得先保住自己才行。

「臣，謹遵大王旨意。」

無可奈何的景差，恭敬一拜。

「真是寡人的好愛卿，相信你明白第三者知道的後果。」

冷哼的熊橫揮袖，示意景差可以退下了。

景差揮揮汗，步出偏殿後的他仰首嘆息。

「雨桐啊雨桐，我究竟要怎麼做，才能救妳逃出生天？」

第五十六章

事有蹊蹺

宋玉在告假多日後，終於得以還朝，只是原本憔悴的面容依舊沒有恢復，看來，是為了朝政不得不振作起精神。

剛下朝的景差，正急著去找宋玉打聽雨桐的病況，同時也想暗示宋玉，要多多注意觀紹的舉動。沒想到遠遠見宋玉與一名醫官講了好一會兒話後便匆匆離去。景差定睛一看，那名醫官正是麗姬所說的秦沐，難道，雨桐的狀況有變化了嗎？

思及此的景差心下一凜，趕緊朝著秦沐走過去。

「在下景差，你是醫官秦大夫嗎？」

面露微笑的景差舉起雙手作揖，想給對方一個好印象。

「下官正是秦沐，見過景大人。」

秦沐也躬身還禮。

景差跟隨熊橫多年，雖不若宋玉受寵，但貴族身分讓他頗受熊橫的看重，秦沐當然識得。

「方才見宋大人匆匆離去，可是有什麼要事？」

見秦沐眼裡閃過一絲質疑，景差連忙再補了句，「本官正想與他一同回去，誰知，宋大人竟走得那樣急。」

「宋大人剛問了下官幾味珍貴的藥材，似乎正為病中的妾室，煩憂不已。」

「宋家姨娘的病……未有好轉嗎？」

寬袖下的十指緊了又鬆、鬆了又緊，景差不禁緊張得出汗。

「這……下官也不太清楚，只是若依宋大人所言，恐怕已是藥石罔效。唉！生死有命，可憐了紅顏薄命。」

秦沐再揖，正打算離去。

「等等，秦大夫！」

情急的景差伸手叫住秦沐。

「本官近日身子略有不適，秦大夫可否為本官把個脈？」

「醫病乃是下官的職責，大人客氣了，請！」

神色一凜的秦沐讓景差在前面引路，自己則隨他而去。

觀紹是大王派去給雨桐看病的大夫，若是質疑他的醫術有誤，那觀紹如何能受熊橫信任？只是，觀紹診完脈後，還得由隨行的侍者拿著方子去御藥房抓藥，這中間若是有人刻意下手，根本防不勝防。

觀紹是秦沐的上司，秦沐自是清楚他的醫術不會有錯，況且，雨桐不過是一般的小產，治療用藥並不困難。但侍者是宮裡的人，是否受人指使在藥裡動了手腳，則很難追查了。

秦沐本在憂心觀紹這唯一的線索就要斷了，沒想到，景差卻自己撞了上來。

依宋玉日前所言，景差單憑御衛的異常調動，就能猜出是雨桐出了事，由此判斷，景差應該是最可能知道幕後主使者的人。

可即使景差貴為楚國的上大夫，又如此在意雨桐的生死，卻依舊不敢暴露出幕後的真凶，這表示要取雨桐性命的人，也能直接威脅到景差的性命。

就在秦沐百般思索之際，景差已經領著他來到了一間僻靜的茶樓，秦沐未開口詢問，默默跟著景差進了廂房。

「大人如此小心。」

等小二送來茶水離開後，秦沐淺笑，自動替景差倒了杯茶。

「秦大夫不問理由嗎？」

這個人一路隨行到這裡，卻還能沉得住氣，想必也不是簡單的人物，景差得小心應對。

「大人帶下官來這裡，不正是打算告訴下官嗎？」

景差揚揚眉，從懷裡拿出一塊餅金，放在秦沐面前。

「除了這個，本官還能讓你升任上醫官，事成之後，再給一箱金子。」

「下官學藝不精，恐怕收受不起。」

想要釣到大魚還得放長線，秦沐作勢將那塊餅金推回，卻被景差伸手擋下。

「收也得做，不收也得做。」

臉色驟變的景差厲聲道：「我要你在一個人的藥裡下毒，不管用什麼方法，一定得馬上死！」

見秦沐面有難色，景差用力扯住他的衣襟，肅穆的語氣乍然冰冷。

「這件事你知、我知，否則，這塊餅金就是你全家的陪葬。」

不日，宋玉喪妾的消息很快便傳了出來，莊辛偕同夫人趕到時，雨桐已經被收入棺中，連最後一面也不得見。

因為正值鬼月，天氣又悶熱，不到兩日便匆匆下葬。

熊橫體恤宋玉痛失愛妾，准許他不用上朝，整個宋府則籠罩在一片悽苦的哀悼裡。

景差亦藉口向大王告假，沒想到熊橫冷笑一聲後，也准了。

景差回到家後便將自己關在書房裡，誰也不見，燭火通夜明亮，妻妾無人敢去打擾。

雨桐殯後的第三天，宋玉便向大王辭官，要求到雲夢賜地歸隱，意想不到的熊橫大駭，怒斥了宋玉並不准他再晉見。

退朝後，莊辛風塵僕僕趕來，宋玉料他定是受大王所託前來勸阻自己，便稱身子不適，閉門不見。

誰知那莊辛推開門，怒氣沖沖直闖進內室，見宋玉坐在書房裡沉思，大手一抓，就把他整個人提了起來。

「為了一個小小女子，竟連國家社稷都不要，這樣的你活著何用？」

莊辛本來就不甚和善的一張臉，因怒而更顯威嚴。

不慌不亂的宋玉斂下眸，淒然道：「沒有了子淵，楚國還有大人相助，定有收復河山的一日。」

聞言的莊辛嘆道：「老夫知道你深愛雨桐，只能說紅顏薄命、造化弄人，將你們這對鴛鴦生生給拆散了。但人死不能復生，就算你為她傷心，也不能丟下國家政事不管啊！」

莊辛見宋玉面不改色，神情依舊黯然，又說：「楚國近年受秦王的要脅不斷，若不是你我堅持力抗秦軍，三姓王族早把楚國城池，雙手奉送予秦王。大王雖然昏庸，但還聽得進你我的些許諫言，倘若連你都要撒手離去，老夫豈不是要孤軍奮戰？……大王說了，你此刻意志消沉，難免會有辭官退隱的念頭，因此准你在家休養幾日，暫且不用上朝。」

莊辛走近，伸手拍拍宋玉的肩膀，安慰道：「雨桐若是見你今日模樣，九泉之下恐怕也難以安心，你……還是好自為之吧！」

苦苦相勸的莊辛見宋玉仍是閉口不言，又嘆了口氣，才轉身離開。走到廊下，見麗姬端著茶水正要進書房，莊辛嚴正道：「此刻宋玉心灰意冷，夫人可要好好的勸慰勸慰。」

「麗姬自當盡力，只是我家大人整日關在房裡，不言不語，麗姬就怕他一時想不開……」話還未說完，麗姬就紅了眼眶。

「宋玉不是個易輕生之人，否則就不會要求歸隱。但雨桐的死對他打擊確實太大，宋玉年紀輕，很多事情看不遠，還望夫人能多多留心費神。」

「麗姬謹記就是。還請莊大人與景大人時常來，興許，能為我家大人排憂解鬱。」

「那是自然。只是，景差這幾日也稱病沒有上朝，這小子，躲懶去了。」

搞不懂這兩個人的莊辛甩袖，向麗姬點頭致意後，疾行而去。

麗姬回身看了眼匆匆離去的莊辛，又想起他方才說的話，不自覺咬咬脣。

自雨桐死後，景差連一步都沒有踏進家裡，以他對雨桐的用心，怎麼可能連最後一面都不見？再者，秦沐一直都在為雨桐調理身子，就算是小產，應該也不至於丟失了性命，加上還有宮裡的觀大夫一起醫治，人怎麼可能說沒就沒了呢？

打從雨桐出事以來，秦沐與宋玉的行事，就讓人感到異常的低調和詭異，卻又教人看不出哪裡有問題。

如今宋玉痛失愛妾，不僅沒有對醫治不力的觀紹及秦沐多加責難，也未派人調查意外的真相，還因此打算辭官歸隱，遠離陳郢。難道，宋玉要眼睜睜讓心愛的女子白丟了性命，還賠掉自己的孩子？

蹙眉的麗姬，怎麼想都覺得事有蹊蹺，她抬頭望了眼書房，竟對這個守了十幾年的丈夫感到分外的陌生。究竟，雨桐的死，是謀殺？還是真的意外？

雨桐再次醒來時，驚覺自己處在一個極度陌生的環境，雲霓般的翡帷翠帳，在燭火的照耀下散發著淺色微光，如夢似幻。環視左右，房裡的裝飾鮮活豔麗，像是極為富有的人家，這裡是天堂嗎？

她咬咬脣，幸好會痛，她還沒死，不過瞧這屋裡的布置還是戰國時的樣子，幸好自己也沒有回到現代。

不知道昏迷了多久，僵硬的肌肉關節還有些微的不適應，虛軟的雨桐用力吸進幾口空氣，好證明自己還活著，可喉間隱隱的乾澀，讓她覺得很不舒服，猛然咳了起來。

就在雨桐還搞不清楚狀況的同時，身後突然有人將無力的她扶了起來，還伸手遞來一杯熱茶，溫柔道：「先喝口茶潤潤吧！」

熟悉的男聲令雨桐呀然，她連忙轉頭一看，驚喊道：「怎麼是你？」

惶惶不安的雨桐，推開景差好意的攙扶卻虛弱得差點跌下，再次審視房裡陌生的一切，雨桐問道：「子淵呢？他去哪裡了？」

「眼下除了我，還有誰能保住妳的命？」

見雨桐疑惑的眸光裡盡是防備，景差只好站起身，和她保持一點距離。

雨桐依稀記得自己小產昏迷後，宋玉還找了秦沐將她救醒，而後……不甚清醒的雨桐搖搖頭，不明白自己怎麼一轉眼，就來到了這裡？

「你胡說什麼？子淵明明找了大夫來幫我看病。」

雨桐不想透露秦沐和她的關係，故而不指名道姓說出是哪位醫官，卻讓景差誤會了。

「觀紹嗎？他只會害死妳。」

見雨桐反應不若想像中的激烈，有些呀然的景差看向她，「妳早猜到了？」

一聽景差說是觀紹要害死自己，雨桐心裡便鬆了一口氣，至少她現在知道敵人是誰，要防範也容易些。況且，景差沒有提到秦沐，估計他還不曉得是秦沐即時救了自己一命。

「你說觀大夫會害死我，可有證據？要知道，觀大夫可是大王指派來幫我看診醫病的，如此明目張膽地在家裡對我下手，難道，就不怕大王治他謀殺的罪名？」

雨桐不願讓景差瞧出自己心中所想，便刻意質疑他的話。

「可惜聰慧如妳，還是把事情想得太過單純。」

搖頭淺笑的景差放下茶水，走近床榻，「『因愛生恨』可曾聽過？子淵是楚國上下夢寐以求的美男子，難道，妳從來沒想過有朝一日，會因他而傷了妳自己嗎？」

「不！麗姬的性情柔弱，她絕對做不了這樣傷天害理的事。」

雖然，莊辛曾提過多年前，麗姬為反對宋玉納她為妾，還請了卜尹到家裡斬桃花，但若說是深居簡出的麗姬，勾結觀紹做出這樣違背天良的事，雨桐絕不相信。

「心生愛慕的又豈止麗姬一人？難道，唯有女子才可以喜歡上男子嗎？」

景差說這話，是什麼意思？喜歡宋玉的人不是女子，那又會是什麼？

難道——是男的？

「但妳也說得沒錯，縱觀陳郢城內，誰敢這麼明目張膽在堂堂議政大夫的府上下手，害的還是他最心愛的寵妾。而且，就算觀紹真敢用藥毒死了妳，難道，子淵就不會向寵愛他的大王，要求查辦治罪？」

見雨桐靈動的眸光閃爍，景差料她也想不到這一層。

「那妳以為，以子淵的才華，為官多年的他為何在朝中始終無法施展抱負？妳以為，寵愛他的大王為何不重用他，而只讓子淵任職一個小小的議政大夫？」

景差說的這些事，雖然雨桐都曾在心裡質疑過，也曾深覺這些事情皆與邏輯不合，宋玉屢屢立下奇功，即使有令尹和眾臣的反對，楚王也沒有道理將自己喜歡的臣子，冷凍起來不用。

「義父說，大王不願讓子淵風頭太健，總擔心有一日，他會離開楚國為他人所用，因此……」難道，是楚王！

「怎麼可能，他可是一國之君！」思及此的雨桐怔住。

原本惘然的黑色眸光一變，雨桐怎麼也想不到，自己的情敵竟然是——楚國國君，那麼，從頭到尾所有的暗殺行動，甚至是讓觀紹用湯藥加害於她的幕後主使者，都是楚王？

雨桐知道情思奔放的楚國人，不排斥同性之愛，許多高官貴族甚至還會包養男寵，即使宋玉的美貌足以迷倒眾生，但擁有後宮無數佳麗的楚王，怎麼能對自己的臣子……還使上如此卑劣的手段。

雨桐又想起過往楚王屢次將宋玉留宿宮中，難道都是為了對宋玉……。

太可怕了！此番若不是景差的暗喻，她怎麼都想不到這一層，而景差是因為知道這一切，才總是能及時出手救她嗎？

「你早知道大王對子淵的心思？」

這句話像把尖銳的利刃，深深刺進雨桐的胸口。如果，連景差都看得出楚王的私心，那宋玉這個當事人呢？他跟著楚王這麼多年，不可能沒有感覺吧？

「朝廷之上，大王對子淵的私心昭然若揭，有誰看不出？子淵既然在朝為官，卻還想自命清高，那是痴人說夢。這世上沒有人可以遺世獨立，弱者只能為人魚肉，任人宰割，唯有強者才能為自己占有一席之地。子淵滿口倫理道德，還不是仗著大王的寵愛，踩著三姓王族的屍首往上爬？」

景差見雨桐眉頭鎖得死緊，對宋玉與大王的關係竟無一絲察覺，與從前施計救夫的聰慧全然不同。興許，這就是當局者迷吧！

雨桐明白景差和宋玉之間的心結，所以就算景差把宋玉批評得一文不值，雨桐仍相信自己的丈夫是清白的。

「就算是這樣，你救得了我一時也救不了我一世，我畢竟是子淵的妾室，總不能一直躲在這裡不出去。」

追根究底，雨桐就是不願意欠景差人情，只要跟宋玉講清楚害她的人是誰，宋玉一定能想出辦法解決的。

「只要妳願意，子逸願帶妳遠離楚國，離開這個是非之地。」

這是景差夢寐以求的念想，就只等著雨桐的答覆。

「那子淵呢？」

雨桐當然知道，以景氏的財力，景差即使周遊六國也不用擔心沒飯吃。

「我讓秦沐給妳喝了假死的藥，子淵和大王都以為妳已經死了，只要離開陳郢，沒有人會知道妳是誰。」

景差再靠近雨桐一步，如今把話說明白了，他心底竟湧起一股莫名的興奮。

「你怎麼可以……怎麼可以，用如此下作的手段？我是子淵的妾室，是個有夫之婦啊！」

氣極的雨桐高聲強調。

「我不介意。只要妳願意，我們可以離開楚國重新過日子，就我們兩個，無人會知曉妳的過去……」

「你瘋了！」

雨桐阻斷景差的妄念。

「朋友妻不可欺，更何況，你這是奪人所愛！」

現在到底是什麼情況？雨桐實在想不到，假死這種電視劇裡才看得到的荒謬戲碼，居然就被自己遇到了。

慌亂的雨桐要逃，她急著穿衣下榻尋找出口，可手腕卻被一旁的景差給牢牢抓住。

「我早瘋了！可知我第一次見妳，心就已經被妳奪走，只是沒料到，妳竟是子淵藏在心裡多年的那個人。」

景差狠狠扣住雨桐欲掙扎卻虛軟無力的雙手，再也不放開。

「子淵有屈太傅的賞識和大王的寵愛，出身貧賤的他享有一切不該有的，包括妳。喜歡他的男女有如過江之鯽，但憎恨他的人也多了去，妳待在他身邊只會成為眾矢之的，唯有我可以……」

「就算會死，我也要跟著他！」雨桐制止景差繼續說下去。

「你根本不瞭解我和子淵之間的感情，不管隔了幾千年都不會改變，我是因為他才來到楚國，來到這個時代，全都是因為子淵。」

「夠了！」

失控的景差大吼，沒想到自己的真心表白，卻得到雨桐如此殘忍的拒絕，難道她忘了這幾次的生死徘徊，全都是他豁出性命才救她生還的嗎？

「就算會死也要跟著子淵是嗎？好啊！我替大王成全妳。」

景差伸手用力掐住雨桐纖細的脖子，掌心的力道瞬間加重，怒不可遏的他雙眼布滿血絲，凝視著眼前因為呼吸困難而漲紅的臉。

這張曾令景差神魂顛倒，廢寢忘食的小臉，終於也有只看著他的一刻。

有些功夫底子的景差氣力之大，根本不是雨桐這病弱之軀可以承受的，他現在就像是一頭惱羞成怒的猛獸，怕是雨桐無論如何，也掙脫不出這隻魔爪。

既然無法與宋玉長相廝守，雨桐也不願為了苟延殘喘，和一個不喜歡的人在一起。

思及此，心如死灰的雨桐驟然放棄反抗，任由景差緊緊勒住她的脖子。

在缺氧狀態下的意識很快變得模糊，雨桐垂下手，再也無力控制自己的身體，但覺得乾涸的唇上忽然一熱，雙腳發軟便昏了過去。

第五十七章

執著深情

景差日夜都將自己關在書房，不許家裡的人來打擾，每日除了讓自己信任的丫鬟送來三餐外，也只有向秦沐取用雨桐要喝的湯藥時才會外出。畢竟雨桐假死的事，越少人知道越好，否則，景差有十個腦袋也不夠砍。

再次回到地窖，雨桐依然在昏睡，懊惱的景差怪自己下手太重，直教病弱的她醒不過來。伸手撫上那張清麗的臉，不知道這丫頭是怎樣使的巫蠱，竟讓閱女無數的他，如此放不下。

指尖輕觸柔嫩的脖子，細膩如瓷，即使沒有傾城的美貌，也有魅惑人心的慧黠。雨桐像個仙子，總在景差的心裡來來去去，撩撥深沉的一池春水，卻從不施捨給他一絲情意。

在雨桐面前，景差卑微得無法與她平視，景差想要的，雨桐不給，他想恨，卻只會更愛她！

臉上傳來的麻癢讓雨桐反射性地擰眉，羽睫微顫，雨桐勉力使自己睜開眼睛，卻見那個卑鄙小人近在眼前。

羞憤的雨桐正要揮手打下景差的手，卻被對方牢牢抓住，景差對紅著一張臉的丫頭訕笑道：「還有力氣？」

憤憤的雨桐咬牙。的確，自己打從小產昏迷後至今，都只有服用湯藥，未曾進過米食，現下竟是連舉手的力道都軟若棉絮。可如今的她哪裡還有心情顧肚子，景差已經挑明了對她的企圖，肯定是因為下不了手才沒有殺她，但雨桐若是繼續待在這裡，恐怕也難以逃出景差的手掌心。

雨桐自是看得出景差真的對她有情，否則也無須冒這麼多次險，救她出熊橫的魔掌。況且，景差提到是秦沐用假死藥，讓自己瞞過熊橫的耳目，但雨桐相信，秦沐絕不可能和景差同流合汙，相反的，興許秦沐是為了救她，不得已才配合景差的計畫。

若真是如此，那秦沐肯定會告訴宋玉她還活著，而他們此刻，也一定在等機會救自己出去。

思及此，漸漸冷靜下來的雨桐覺得自己太衝動，秦沐和宋玉不可能眼睜睜看著她被景差帶離楚國，只要留得性命在，就不怕沒有機會和宋玉相聚，自己應該要好好保留體力，等待最佳時機逃跑。

倘若自己這時又惹惱了景差，難保下次不會被他失手給掐死。所以她得好好想想，該如何與奸詐的景差周旋。

「是沒力氣了，你可以餓死我，然後予取予求。」

雨桐收起掌中的憤怒，在沒有十足把握之前，她還是不要激怒景差的好。

「這可不像妳。」

狡笑的景差更加大膽欺近，炙熱的氣息在雨桐的耳鬢吹吐，「我不是不懂得憐香惜玉的人，更不可能餓著妳。」

想聞她身上慣有的甜香，卻只吸到濃濃的藥草味，憐惜如今的雨桐體弱，戀慕許久的景差貼近她的臉、她的髮，驚覺現下的雨桐，竟與初識時無半分差異，更加渴望得到她原來的所有。

別過臉的雨桐明白，反抗只會讓景差更失控，就像當初的司馬靳一樣。

歷史上的景差似忠似奸，一如現在處於眼前的他，態度跟作風教雨桐怎麼都看不明白，自己此刻又身處在什麼地方？該用什麼方法，才能讓景差放棄對自己的堅持？

「別打鬼主意。」

景差掐住雨桐的下顎，讓沉思的她面對自己，心中突然感到興奮，自己也有凌駕她的一日。

他再扣住雨桐的手腕，扶起那虛軟的上身後，將置於榻邊的肉粥拿來，舀起一口正要餵下，卻見雨桐緊閉著雙唇，狐疑地睨著他，於是勸道：「我不是觀紹，不會下毒。」

「你打算……帶我去哪裡？」

雨桐暗忖，也許她可以想辦法留下訊息給宋玉他們。

「好讓子淵來找妳嗎？」

反應比雨桐還要快的景差搖頭輕笑著，「妳真的很聰明，聰明得令人要隨時防著妳。」

景差畢竟是在朝為官的大夫，所謂的攻心術或諜對諜的技巧，懂得比她這個小女子還要透澈。

景差見雨桐怒瞪著自己不發一言，便知道料中了她的詭計。原來，雨桐並非景差想像中的莫測高深，只要得知她目的為何，就不難判斷她要走的下一步。

景差正打算再舀起一勺肉湯，誰知惱羞成怒的雨桐竟扭頭不吃。

「妳要想逃跑，光這兩口飯，恐怕連景府的大門都踏不出去，在我還沒有改變主意之前，妳最好再多吃一點。」

「原來，是被關在他家！」心有未甘的雨桐咬牙，恨恨地將景差手上的碗搶走，自顧自地大口吃起來。

雨桐從來都與一般女子迥異，有見識、有膽量，嫉惡如仇又不趨炎附勢，若說她有哪一點吸引著景差，那就是她的與眾不同。見雨桐吃得差不多，耐不住戀慕的景差伸手，順著雨桐的髮絲綹起一束，與她的眸光一樣烏亮耀眼，如果可以這麼安靜地看著，自己會不會就此滿足？

「妳聽話的樣子很討人喜歡。」

這丫頭顯然想破壞她在自己心目中的形象，可在景差眼裡，這樣的豪邁，卻別有一番男兒灑脫的風情。

「你諂媚的樣子卻惹人討厭。」

放下碗的雨桐再次揮開景差的手，忽然覺得認識景差這麼久，也總逃避他對自己的心意，結果依然落入他手。

「吃了飯，果然就有力氣罵人了。」

景差收掉雨桐手裡的碗筷，他可不能留下什麼能成為武器的東西，這丫頭搞得景差也跟著神經緊繃。

「你該不會，連什麼時候帶我走都不敢講吧？」

雨桐再試，期望能在景差的話裡套出些蛛絲馬跡。

「不會太久。等我打點好一切，就立即帶妳離開楚國。」

「那你的妻妾、孩子呢？一家數十口人招搖過市，大王能不知道嗎？」

或許，雨桐還有機會向景府裡的其他人求救。

「為了不讓大王疑心我背叛楚國，她們全都得留下。」

說得夠多了，景差收拾碗筷轉身。

「這麼做值得嗎？她們都是你的妻兒，難道，你忍心丟下她們在楚國當人質？倘若大王一怒殺了你全家，你連後悔都來不及。」

熊橫殘暴，雨桐不敢相信景差竟拿全家人的性命開玩笑。

「為了妳，即使賠上我自己的命都值得。可惜妳從不知，每一次救妳都是在搏命，我這幾年，何嘗不是提心吊膽過日子？」

停下腳步的景差情深回眸，再道：「子淵失去妳，大王會滿足他更多，可我失去的，是在楚國所有的榮華富貴與權勢名利。或許妳對這些嗤之以鼻，然而在現今的世道，沒有功名利祿就意味著一無所有，可是我不介意，因為——我只要妳。」

瞠目的雨桐竟不知，景差居然為她陷得這樣深。

「放心，以我的才能不至於讓妳清粥拌菜，即使離開楚國，我依然能東山再起，妳就安心等著做景夫人吧！」

有錢就是不一樣，只要對雨桐的病體有益，什麼奇珍海味、稀世藥材，景差都會想辦法弄到手。所以在景差每日好吃好喝的威逼下，雨桐不僅體力恢復得快，人也跟著橫長了一圈。

雨桐精神養足了，腦筋就動得勤，她趁著景差白日上朝，努力在房裡尋找可以逃出去的機關開關。可恨的是不管雨桐怎麼翻找、怎麼敲打，都無法順利將房裡的門打開。

興許機關必須從外面開啟，這裡既然是用來關人的，必定會防著裡頭的人逃跑。皺眉的雨桐心想：「倘若這個房間，真是在景差的府邸裡，那一定會有奴僕經過，可是要怎麼樣才能讓外頭的人發現，找人來救呢？」

正值雨桐左思右想之際，「咿呀」一聲，房門已經被打開。。

「今日可有安分點？」

景差放下手中的飯菜，見雨桐好好端坐在桌案前，不免感到狐疑，他仔細檢查著房裡四處，就怕有所遺漏。

「我現在就是頭待宰的羔羊，任你予取予求，還能不安分嗎？」

雨桐自顧自地寫字，頭也不抬，懶懶地應和。

「又在寫些什麼？」

自從雨桐的身子好點後，就開始埋頭苦寫，可寫的卻不是楚國的鳥蟲書，年少時的景差雖也曾去各國遊學，卻不曾見過筆法如此繁複的文字。

「不用你管。」

雨桐知道景差看不懂繁體字，才寫來打發時間，也不想和他多作解釋。

肚子早已餓得咕咕叫的雨桐，把竹簡堆到一旁，拿起飯菜就吃了起來，今日有她喜歡的桂花蓮藕，她夾起一塊蓮藕準備咬下，卻聽一旁的景差說道：「蓮藕裡塞的是糯米，不是普通的白米，妳慢點吃。」

雨桐睨了景差一眼，這傢伙還敢跟自己炫耀，距離上次請他吃桂花蓮藕已經過那麼多年，景差居然吃一次就記得了味道，甚至還理解了作法。

「可惜，桂花釀用的是八月開的桂花，丹桂肉厚，吃起來味道太重，都嚐不到蓮藕香了……」雨桐不屑地回應。

有些呀然的景差微微勾起唇角，這丫頭的嘴真挑，連桂花的不同都吃得出來。原以為赤色的桂花香味濃郁，更適合淋在藕片上，看來府裡的廚娘嘴笨，連這點差別都分不出來。

「再忍些時日吧！不久妳就可以親自下廚，做妳喜歡的膳食。」

眸光微動的景差，想著和雨桐一起生活的日子就快到了，不禁動容。

「你……真的打算只帶我走嗎？」

放下碗筷的雨桐凝眼，心臟猛地跳動。

「路途雖然有些遙遠，但相信此時妳的身子，應該可以受得住，沿途需要打點的客棧也都處理好了，不至於教妳餐風露宿。」

即使有些等不及，景差還是要按下心中的念想，因為他要讓雨桐在眾人的祝福下，成為堂堂正正的景夫人，他景差的正室。

默默喝著碗裡的湯藥，雨桐更覺得苦澀難咽。

景差每日都會送來秦沐親自熬煮的湯藥，雨桐仔細觀察過幾回，卻沒能看出秦沐留下的蛛絲馬跡。盛藥的碗是景府的，就算秦沐有心要留下線索也很難，更別說是在景差監視下的雨桐。

雨桐待在景府已經有好些日子了，雖然現下的景差仍然對她待之以禮，也不曾踰矩，然而孤男寡女共處一室，就算宋玉願意相信自己的清白，可日後也很難禁得住別人的蜚短流長。

時間剩下不多了，接下來的日子會越來越關鍵，雨桐要如何才能安然地脫離景府，又要如何才能通知宋玉和秦沐來救她呢？眼前的重重難關都得要靠自己，再也沒有人可以幫她了。

雖然旋玥也知道，此刻的丈夫正為宋家娘子的亡故傷心傷神，但事情都過了這麼久，景差既不要穎兒侍候，也不睡她這個妻子的房，難不成，丈夫真要為兄弟的愛妾一直這麼堅守下去嗎？

想起多年前，景差遙望宋家娘子背影的那一幕，旋玥的心就不禁揪得緊。但無論那個女子有多伶俐、多聰慧，景差對她又是如何看重，那終究是別人的妾室，景差怎麼可以為此冷落自己的家人？

旋玥身為景府的主母，景差的正室，理應讓丈夫振作，而不是任由景差繼續這麼委靡下去。

苦思的旋玥細想起，昭氏淑媛的孩子再過幾日便要滿十四歲了，是應該為景氏這個庶長子的生辰好好慶賀慶賀。或許家裡多些歡喜熱鬧，丈夫就能將那些不愉快的事給拋諸腦後。

為了儘快處理好這些生辰所需的事物，旋玥不得不到書房來找景差商議，只是旋玥人還站在門外，便聞到房裡傳來的一陣誘人甜香，旋玥心中雖然升起一股疑惑，但也不便直接開門進房，遂伸出手敲門。

「大人？……大人！」

敲了許久都沒有人來應門，旋玥有些擔心書房裡的丈夫會不會出了什麼狀況，急著大喊。

正當旋玥準備伸手推門時，「大呼小叫做什麼？」

遲遲出現的景差滿臉不悅，見旋玥神色倉皇地打量著自己，冷眼道：「不是說了，不准來打擾的嗎？」

旋玥隨著面色不善的丈夫進屋，瞧見桌案上擺滿了成堆的竹簡，可見還在為國事繁忙，只是不見任何甜食，旋玥也知道丈夫不愛食甜，應是她錯想了。

「大人憂心朝政，也要小心自己的身子。」

旋玥為自己的多心虛應了下，轉而倒了杯茶端給景差，順便把打算為景氏庶長子慶祝生辰一事說清楚。但見丈夫的神色淡然，並不為孩兒生辰的到來感到欣喜。

「忘了告訴妳，王后遣我過兩日出使秦國，商議讓太子殿下返楚之事，我可能會在秦國多待些時日，府中大大小小該打理的事物，還望妳能多擔待。」

景差牽起旋玥的手，看著這陪他近二十載的妻子始終溫柔賢淑，是自己對不住她。

「過兩日？如此急嗎？」

聞言的旋玥有些慌。雖說景差偶爾也會奉命出使其他國家，但這一次實在有點趕。

「打算去多久呢？我好備下……」

景差向來習慣把珍貴的寶物放在書房，因此，聞言的旋玥直接走到收藏寶物的木櫃前，打算拿幾件上品給丈夫挑選。

景差見旋玥往密室的入口處走去，為了避免讓室內的雨桐聽到外頭的聲響，景差連忙伸手攔住妻子。

「不用了，禮品的事，我已經交代給管事打理，這次出使無需家僕跟著，但要帶幾件珍貴的玉器和青銅鼎，秦王素來愛炫耀，想必會喜歡。」

「出使各國的禮品，向來都是宮裡備下的，怎麼這會兒……」

「大王的龍體抱恙許久，王后甚為著急，便趕著讓太子殿下回國，宮裡才會來不及準備。況且，我帶的這些東西，留在我們府裡也沒有什麼用處，倒不如拿去向秦王借花獻佛一番。」

見旋玥還想再問，景差打發她道：「我讓廚房做了些桂花蓮藕，是很特別的異國風味，妳去嚐嚐吧！」

「好。」

原本懸著的一顆心，因著丈夫的這句體貼而暖了一下，旋玥微笑點頭，轉身關上門。

見妻子離去，景差喃唸：「別怨我，旋玥。我相信，唯有妳可以將景府的一切，打理得很好，妳我只有來生再見了。」

難得景差會命廚房做些新口味，旋玥也迫不及待到廚房嚐個鮮，順便命丫鬟多備一份送去給淑媛。

雖然景府這位矜貴的大姨娘深居簡出，但身為景差正室的旋玥，還是有義務要照顧好這位替景家傳宗接代的淑媛。旋玥只生了個女兒寧兒，便沒有再為丈夫誕下一男半女，寧兒那孩子縱使得景差疼愛，但終有一日也要嫁作人婦，保不了旋玥在景氏一輩子。

只是回頭細想，幸好淑媛並不是個愛爭風吃醋的妾室，對旋玥這個正室也算尊重，即使生下兩個兒子，卻始終與景差相敬如賓，保持著若即若離的關係。但更令旋玥不解的是，向來虛榮於女子對他頂禮膜拜的丈夫，對淑媛這種不討好、不諂媚的態度，也從不以為忤。

即使嫁到景府多年，旋玥依舊不瞭解自己丈夫的心思，不瞭解同個屋簷下姐妹的冷漠，甚至不瞭解景差為何突然讓廚娘做起這種異國風味的美食。

行進間的旋玥忽然停下腳步，定睛看著丫鬟手上的粉紅蓮藕，躊躇的身姿在迴廊裡裹足不前。她想起多年前，自己似乎也曾吃過這樣的美味，那時……記得是景差拿回來的，宋家娘子的手藝。

楚國並沒有人會做這樣的甜食，唯有異國來的宋家娘子會做，可廚娘卻說這是景差教她們做的，還拿去食了不少。

然而方才旋玥在書房裡，只聞到甜香，並沒有看到桂花蓮藕，況且，向來不愛食甜的景差，怎麼可能讓那一整盤的甜食無故消失？

旋玥一想到在書房外敲門敲了許久，丈夫才遲遲來開門，連書房收藏寶物的地方都不讓她靠近，言談間似乎也急著趕她出去。難不成，書房裡藏著什麼她不能知道的事？

多年前的景差就曾為了救那個宋家娘子，差點賠上自己的命，莫非這次又做出什麼驚世駭俗的事？又或者，那些被丈夫拿走的桂花蓮藕，根本就是給……。

惶恐的旋玥瞬時倒退了兩步，嚇得丫鬟連忙喊住她。

「夫人，您怎麼了？」

「怎麼可能？怎麼可以，她不是死了嗎？死了嗎？死了嗎！」

倉皇無措的旋玥喃喃唸著，不斷在腦海裡搜尋著丈夫方才的異常舉動，就盼能探出點蛛絲馬跡。

不一會兒，頓足的旋玥驚喊，而後，留下一臉錯愕的丫鬟急奔而去。

景差以為把雨桐關在書房裡的密室就不會被任何人發現，但他不知道，自己的正妻旋玥也知道這間密室的所在。

二十年前，旋玥剛嫁進景府，偶然在整理景差書房時，誤觸到木櫃上的機關才發現了這個祕密。那時猶是新婦的旋玥擔心被新婚夫婿責罵，故而未敢將這件事告知景差。

所以當旋玥發現丈夫種種的異樣後，為了證實自己所想，她便趁景差上朝之際偷偷進入書房，並將密室之門給打開。

就在旋玥看見那個端坐在屋裡，正埋頭書寫的雨桐時，震驚、憤怒，隱隱爆發的恨意，瞬間轉化為無止境的悲哀。

沒想到自己的丈夫真的為了這個女子，瘋狂到連景氏的名聲跟全族上下性命都不顧的地步。

「妳……妳是景夫人！」

原以為進來的是提早下朝的景差，沒料想是他的妻子，大喜過望的雨桐幾乎跳了起來。

「妳怎麼會知道我在這裡！拜託！快救救我！」

丟下筆的雨桐，向站在入口處的旋玥急奔，卻被旋玥伸手止住。

「姨娘莫要再向前。」

眼中的淚讓旋玥的視線模糊，但這位眼前的人一如多年前的相貌與聲音，教旋玥死了都不會忘記。

「我是被景差抓來關在這裡的，我是人，不是鬼。」

雨桐分不清此時阻止自己向前的旋玥是驚恐還是害怕，擔心把自己逃跑的唯一希望嚇走的雨桐，連忙解釋自己出現在此的原因。

「……姨娘是死、是活，對旋玥而言，有何區別呢？」

旋玥哽咽，身為女子最大的悲哀，就是失去丈夫的心，更何況旋玥從未深刻得到過。

但旋玥的這句話，卻教聽不明白的雨桐愣在原地。

「我家大人對姨娘的心思，是即便妳死了，都會想盡辦法將妳救活，不是嗎？」

旋玥不由自主地笑了，所謂哀莫大於心死，應該就是如此吧！

「景夫人，我……」

雨桐自是瞭解旋玥此刻的心情，可現在不是向旋玥詳細解釋的時候，景差就快離開楚國了，旋玥是助雨桐逃出景府的最後一根救命稻草啊！

「只要妳助我離開這裡，我保證，絕不再與景差有半分交集。」

雨桐向前一步並舉手發誓。

「我會離開陳郢，找個隱密的地方躲起來，也絕不會向任何人透露是妳救了我。」

可落淚的旋玥卻低下頭久久不語，直視著她的雨桐心裡不禁急得發慌。

「景夫人，看在我曾救過景差一命的份上……」

「失去妳，大人或許會比死還不如。」

滾燙的兩串淚落在了前襟，也落進了碎成片片的心坎裡，旋玥將那把曾救過丈夫性命的利刃，放在入口的燭臺上。

「這是旋玥唯一能做的，此後是福是禍，端看姨娘自個兒的造化了。」

語畢，旋玥迅速推開密室之門，而後再次將門鎖上。

「不，景夫人，妳聽我說，景差就要離開楚國了，難道妳忍心眼睜睜看著他走嗎？景夫人！……」

大驚失色的雨桐，沒想到旋玥竟然見死不救，而後無論雨桐怎麼拍打、呼救，都沒有人再把門打開了。

景差向王后請旨出使秦國，明面上是說大王病重，要與黃歇商議早日讓太子殿下返朝

一事，但事實上是打算帶雨桐離開楚國，

如今，熊橫的狀態每況愈下，若景差能將繼承王位的太子迎回楚國，興許還可為景氏一族求一道救命的旨意。若不能迎回太子，屆時朝中也會因大王的情況而大亂，那麼自己和雨桐私逃的事也就能夠避過風頭，而旋玥和孩子們憑著景氏家族的勢力，應不至於有什麼性命危險。

為了避免暴露出行真正的目的，景差吩咐府中上下不可聲張，大大小小的木箱，裝滿管家備下的物品，也都要一一經自己檢視過後才能抬上馬車。

一家大小依依不捨聚集在廳前送行，穎兒雖然氣惱景差疏遠她，但丈夫遠行在即，她也只能扭著纖纖玉指，咬著唇把所有委屈都吞進肚子裡。

難得出房門的昭氏淑媛，也帶著兩個兒子來為父親送行，站在眾人之前的旋玥領著女兒，卻怔怔看著指揮若定的丈夫，靜默不語。

該處理的事情皆已吩咐妥當，臨行前的景差將兒子摟在懷裡，深吸口氣後，才緩緩放開。

「你們娘親的身子不好，得仔細照顧，要聽大娘子的話，用功讀書才得以進宮侍候大王。」

「知道了，爹。」

鮮少得到父親如此關愛的孩子，開心地猛點頭。每回爹爹出使他國，都會帶很多新奇的東西回來，兩個孩子期待收到新禮物的一刻，無不大聲應允。

「寧兒年紀不小了，和衛家長公子的婚事既然已經談妥，就趕緊找個時間置辦，以免生變。」

景差雖然與衛弘交好，但他離開楚國的事跡一旦敗露，難保不會對婚事造成影響，景差也不希望女兒的幸福斷送在他這個無情父親的手裡。

語畢，見旋玥目光盈盈看著他，景差安慰道：「女兒大了，終究是要嫁人的。」

「大人，您捨得嗎？」

話剛出口，兩行清淚便已落下，激動的旋玥即使用帕子捂住口，仍哭得泣不成聲。

孝順的寧兒見娘親哭泣，身子一軟跪求道：「爹，寧兒不嫁，寧兒願陪爹爹和娘親一起終老。」

一旁的景差卻不明白，向來溫順的旋玥何故在眾人面前失儀，女兒嫁人是先前就談好的事，那時的旋玥不是還挺高興，能把寧兒嫁與將門之後的嗎？

兩個人這一哭，惹得穎兒也跟著瞎鬧，急於出門的景差不禁有些不耐煩，便揮袖道：「好了好了，時辰不早了，眾人都各自忙去吧！」

景差扶起淚眼婆娑的寧兒，這孩子跟旋玥一個心性，性子太軟弱，於是叮囑：「以後從夫、從子都是妳的命，要好生過日子，明白嗎？」

「爹爹何時回來？難道，爹爹不為寧兒主持婚禮了嗎？」

寧兒問得直白，倒教景差這個當父親的一時回不出話來。

「無論爹離開家多遠，心裡都永遠有寧兒。」景差苦笑道。摸摸孩子的長髮，景差最後掃了眾妻妾一眼，便回身急去，泣極的旋玥再也無力支撐，雙腳一軟跪倒在地上。

馬車順利通過城門的守衛後，景差便拿錢打發那些侍候的家僕們離開，只帶著幾個信任的隨身侍衛同行。

城外的碎石子路顛簸難行，景差擔心馬車裡的人撐不住，只好放慢腳步前進。幸好，這一路上沒有遇到什麼麻煩，經過的士兵認得這是上大夫的馬車，也知道景差是奉旨出行，都極盡阿諛示好。

一行幾人到驛站時已經過了中午時分，景差留下兩名侍衛看守馬車，逕自交代官員們煮好熱食後，忙不迭地親自端了出來，就怕把馬車裡嬌貴的人給餓著了。

誰知，心下歡喜的景差才剛走出驛站外一看，居然……！

「不！」

第五十八章

抗旨不遵

宋玉不出房門已經有好幾日，除了讓靈兒進去問問功課，小翠送送三餐外，餘的誰都不見。

麗姬在得知宋玉要辭官去雲夢的消息時，是寬慰欣喜的。

興許丈夫離開這個傷心地就會忘記雨桐，很快又和以前一樣，只與她這個正室朝夕相對，那才是真正屬於麗姬與宋玉、靈兒的三口之家，天倫之樂。於是，麗姬急於讓蘭兒把雨桐的陪嫁和這幾年存下的金銀、玉器，還有銅錢、貨幣都拿出來清點打包，待大王旨意一下，麗姬便可與丈夫海角天涯。

可惜，事情並不如麗姬所想的順利。

「臣，拜見大王。」

辭官告假的宋玉遲不入宮，熊橫只好命莊辛將宋玉帶來。

「兩位愛卿免禮，起身吧！」

斜靠在王座上的熊橫，對著低頭斂目的宋玉打量了一番，見昔日謹守禮教的宋玉，退守在莊辛身後，似乎連見都不願見他這個大王一面，不禁有些來氣。

「老臣與宋大人聽聞大王聖體有恙，特別進宮請大王保重龍體，以安我楚國社稷。」

莊辛拱手一揖。

宋玉見莊辛如此慎重其事，也跟著彎下身子。

「寡人老啦！未來的楚國社稷，只能靠兩位愛卿了……」

故作虛弱的熊橫知道宋玉心中只有楚國，於是感傷道：「昔日有屈原和昭睢兩位愛卿，才能護著寡人回到楚國繼位，可惜，現下完兒孤身一人質於秦，朝中卻已無人可為他作主。」

聞言的莊辛信誓旦旦，「大王儘管放心，王后已託景大人前去秦國，相信此行定能將公子完順利接回，老臣與宋大人，也絕不會辜負大王的厚望……」

「公子完有莊大人、景大人和黃左徒三位柱石輔弼足矣，臣已打定主意歸隱，還望大王成全。」

辭意甚堅的宋玉無視於動之以情的熊橫，突然撩袍並匍匐跪下。

「宋玉，你！」

莊辛沒想到大王都已如此低聲下氣地懇留他，這廝還是不買帳。

熊橫好說歹說，宋玉卻仍一副雷打不動的樣子，甚至搬出屈太傅和質秦的太子都無用，不禁大發雷霆。

「既然你連國家社稷都不顧，寡人……寡人還留你何用，來人啊！」

莊辛見大王發火，連忙跟著一起跪下，「大王……」

可沒等莊辛求情，熊橫見守在殿外的衛馳進來後，抖著手命令道：「宋玉抗旨不遵，即刻將他……將他關入牢中。」

「大王！」

不明白剛剛發生何事的衛馳，聽到大王竟要將宋玉關進牢中，急忙出言想要阻止。

「怎麼，連你也要抗旨嗎？」

勃然大怒的熊橫，指著衛馳罵道。

「……臣不敢。」

王令一下，衛馳縱使清楚宋玉的委屈，但也只能謹遵聖意，照實辦理，擰眉的他將手一招，兩名御衛隨即快步進殿。

「宋大人，得罪了。」

衛馳用眼神示意，御衛便將跪在地上的宋玉架走。

「大王！宋玉只是一時失意，並非刻意抗旨，老臣懇求大王再給他一點時間……」

莊辛見宋玉不反抗也不求饒，只好再求。

「既是失意，就讓他在牢裡好好思過，等他想明白了再來求寡人。」

光是處罰宋玉不足以平息熊橫的怒氣，那些慫恿宋玉辭官的人，熊橫一個都不會放過，於是再下旨。

「衛馳，將宋府裡的所有人，包括宋玉的親眷都嚴加看管，沒有寡人的旨意，任誰一步都不准出府。」

驚瞠的衛馳與莊辛互看一眼後，無奈道：「唯。」

宋玉下獄的消息很快就在陳郢傳開，正在買菜的小翠在街上聽到消息時，嚇得魂不附體，趕緊飛奔回府欲給麗姬和蘭兒報訊。誰知才剛走到家門口，就已見宮中的眾多侍衛將府門給圍得水洩不通。

這景象真不得了，小翠不知道自家大人在宮裡出了什麼事，怎麼會讓大王下令給關了起來？急得眼淚直流的小翠像隻無頭蒼蠅，不知道該找誰救命去，更不敢闖進戒備森嚴的府裡去瞧個究竟，當下把腳一跺，連忙向莊府跑去。

莊辛早朝尚未回府，莊夫人又聽哭哭啼啼的小翠說得模糊，不知道前因後果的莊夫人，也是一籌莫展。

誰都想不到，雨桐才死沒多久宋玉就飛來橫禍，這不是屋漏偏逢連夜雨嗎？急著將宋玉救出的莊辛別無他法，只好賣老臉求助趙國。

莊辛早年與熊橫嘔氣時曾跑到趙國遊歷，趙王欣賞莊辛直言勸諫國君的勇氣，遂與莊辛相交為好友。

尤其是近幾年秦軍不斷在趙國邊境滋事，意在挑起兩國爭端，虧得宋玉與莊辛相助，趙國才能暫時免受秦軍的騷擾。因此趙王一聽說宋玉有難，便馬上派使臣到楚國探個究竟。

此時的熊橫病情日漸嚴重，已無力與莊辛周旋，更別說去得罪與楚國同盟的趙國。加上熊橫本來就無意關押宋玉，不過是想讓他靜下心，留在陳郢陪伴自己而已，於是沒多久就下令讓衛馳放人，也把圍在宋玉家的侍衛們都撤走。

「大人遭此劫難仍能保全性命，全是莊大人的功勞，還望日後謹言慎行，切勿再讓大王動怒。」

宋玉臨走之際，統領御衛軍的衛馳不忘對他諸多提醒。

「謝將軍。」

雖然這一切均在宋玉的意料之中，但他對衛馳仍是感激非常，連忙點頭致謝，並問道：「可知秦沐現下如何？」

「秦沐昨日就已經出城，但在下尚未收到他的消息。」

衛馳擰眉猶疑了一下，還是小聲問道：「大人，果真要辭官嗎？」

「情非得已，還請將軍成全。」

宋玉雙手一揖，衛馳卻連忙止住。

「大人是楚國棟梁，若非大王重病糊塗，肯定不會對姨娘如此……」

左右張望了一下，衛馳更近一步道：「景大人請旨前往秦國，意在說服秦王將太子殿下釋回，想必短期內無法返回陳郢，大人果然料事如神。」

「想不到，子逸竟然願意為雨桐做到如此地步！」

宋玉嘆了口氣，說來都是造化弄人。

原來，在得知觀紹給雨桐的湯藥有問題後，宋玉便請衛馳暗中調查在宮中負責配藥的侍者，這才得知觀紹的方子裡並沒有紅花和白果，是侍者偷偷將這兩味藥混進藥材中。

衛馳在抓到侍者的惡行後，私下用刑逼問，終於查清楚這一切均是大王的主意。

隱隱料到會是這種結果的宋玉，雖然對大王的行為感到難以置信，卻也莫可奈何。心灰意冷的他，不願意再讓心愛的妻子日日活在刀口下，唯一的辦法，就是帶著雨桐遠離陳郢，逃到一個熊橫鞭長莫及的地方。

可是要如何把病重的雨桐，不動聲色帶到城外？左思右想之際，宋玉不得不拿景差這顆棋子來冒險。

景差早就知道雨桐遇刺皆是大王所為，所以才會打扮成蒙面男子，屢屢救雨桐於危難之中。宋玉明白這幾年來，景差對雨桐的情意未曾削減，因此，他故意讓秦沐在景差面前露臉，讓景差懷疑自己跟秦沐的關係，好借景差之手相救雨桐，並將她安全帶到城外。

秦沐本來還想著要如何讓景差來開這個口，沒想到景差早就計畫讓雨桐假死，再帶她私逃。於是宋玉和秦沐將計就計，先讓雨桐服下假死藥，騙眾人說雨桐因小產而死，將未封死的棺木下葬後，再由景差偷偷將人藏到景府。

至於，要如何將雨桐再從景差的手中救回來，就全仰賴秦沐的智慧了。

輾轉來到城外已過了午時，宋玉在跟秦沐約好的地點等待，卻遲遲不見對方到來，心下不免擔憂，直到日落西山，才見門口兩道黑影倏然而至。

「大人，在下不辱使命，終於將姐姐安然帶回來了。」

朗聲的秦沐開懷一笑，讓自己身後的人，給宋玉瞧個清楚。

「雨桐！」

見心心念念的人平安歸來，驚喜萬分的宋玉，連忙向前抱住，「委屈妳了。」

「果然是你趕來救我。」

嚶嚶啜泣的雨桐，偎進宋玉懷裡不斷發抖，若宋玉再晚一步，或是秦沐沒有將看守她的侍衛迷昏的話，那後果不知會變得如何。

本來宋玉還擔心要從武功高強的景差手裡搶下雨桐並非易事，想不到秦沐還懂得利用迷藥，趁景差用膳沒有防備時，暗中對不知情的侍衛下手。

「幸好有衛馳和秦沐的幫忙，現下沒事了，妳大可放心。」

宋玉拍拍懷裡嚇壞了的妻子，不斷安慰。

交好。

「衛馳！他不是跟景差要好嗎？怎麼肯幫你？」

一頭霧水的雨桐，以為掌管宮中職權的衛馳和景差比較親近，不明白衛馳為何與宋玉交好。

「衛馳將軍仰慕大人才華，因為宮中職務關係，不想得罪掌控軍權的令尹大人和眾朝臣，只好在暗中幫大人這些忙。」

秦沐劍眉微挑，還頗為得意自己能與宋玉連成一氣，「只是在下不解，但憑景大人與衛將軍的交情，為何會對這件事一無所知呢？」

「這是我與衛將軍的約定。」

宋玉嘆了口氣。

「當初，衛將軍為了幫我洗刷冤屈，差點被令尹大人抓起來治罪，因為不想再牽連衛將軍，這幾年我都刻意避免在眾人面前與衛將軍交好。況且我與子逸自小同窗又同朝為官，為了避免讓衛將軍夾在我們之間左右為難，還是隱瞞些好。」

「那景差又是怎麼找上秦沐的？秦沐又怎麼知道，景差會把我帶離開楚國？」

這環環相扣的戲碼，難不成都是宋玉一手主使的？

「大人料事如神，自是他的主意。」

秦沐對著雨桐親切一笑，對宋玉的機智不禁又要膜拜幾分。

「打從大人發現觀大夫給姐姐的藥材有問題之後，便開始計畫如何引景大人上鉤，如何得知景大人的動向，這些無一不是大人操的心。」

「但你又為什麼會選中景差？難道，你不知道他對我……」

「我瞭解子逸。」宋玉將雨桐摟進懷裡依偎著。

「為夫深知子逸的性格，他高傲自負，絕不會強逼妳做不願意的事。只是，沒想到子逸竟然忍心為妳拋妻棄子，甚至逃到他國，倘若不是有秦沐的幫忙，為夫斷然不會讓妳冒這個險。」

滿懷愧疚的宋玉緊緊環抱著雨桐，面對她無心的指責，心中竟是有些吃痛。

「幸好在下反應及時，見景大人的馬車出陳郢後，隨即一路跟隨，否則也無法將姐姐順利救回。」

回想當時看到馬車裡一堆箱子，在那個情況緊急的當下，秦沐還真不知道要先從哪一個箱子先下手，便問道：「只是，姐姐是如何逃出那些被鎖住的木箱？」

「多虧有你，秦沐。那是景夫人幫了我。」

明白了事情的來龍去脈，冷靜許多的雨桐轉向秦沐躬身致謝，見聞言的兩個人甚感意外後，斂下雙眸的雨桐緩緩道來。

「景差把我關在景府書房的密室，那天，完全不知情的景夫人居然打開機關走了進來。

雖然我把景差要離開楚國的意圖全告訴了她，但景夫人並沒有馬上放我走，而是給了我一把小刀，要我自求多福。」

雨桐咬咬唇，停頓了好一會兒才又說：「景夫人不願意放我走，是怕傷了丈夫的心，給我刀子是為了助我一臂之力，如此善良的女子，是景差辜負了最愛他的妻子，是景差不應該。」

雨桐雖然與旋玥有過一面之緣，但那時的雨桐以為旋玥不過就是一個心軟的女子，連救丈夫都顯得手足無措，沒想到自己居然也有受到旋玥幫助的一天。

聞言的當下，三人皆默然不語。

秦沐首先打破沉默。

「大人，既然姐姐已經安然救回，那餘下的事可否要繼續？」

「當然。」

宋玉讓雨桐正視自己，嚴肅道：「大王屢屢對妳動起殺機，若讓他人知道妳還活在世上，大王斷然不會放過妳的。我讓秦沐帶妳先到雲夢賜地，那裡我已經安置好了屋子，萍兒會照顧妳的。」

「不！」

雨桐知道那個雲夢賜地，那是楚王賞給宋玉的首個封地，可是距離陳郢有好幾百里，在這個沒電腦、沒手機可以聯絡的時代，路上可能遇到的風險太多了。

「要走一起走，我再也不要跟你分開！」

雨桐眼眶泛紅地低喊。

「現下的我還不能離開，倘若讓大王知道妳還活著，大家都走不成。」

欺君可是誅九族的大罪，宋玉寧願自己冒險，他將哽咽的雨桐抱進懷裡。

「等我，為夫一定會去雲夢和妳團聚。」

緊抓著宋玉袖袍的雨桐搖頭，淚珠滾滾落下。

「讓我在這裡等你，我不要一個人走。」

「就算景大人發現姐姐逃走，也需先到秦國辦完事後才能回國覆命，依下官看，景大人這一時半會無法回到陳郢，暫且就讓下官照顧姐姐，直至大人事成吧！」

秦沐向來都以為雨桐堅強，沒想到此時卻看到她異常脆弱的一面。

「那好！秦沐，雨桐就拜託你好生照顧了。」

拭去愛妻眼裡的不捨，宋玉也是不忍，「為夫會儘快回來找妳，無須擔心。」

雨桐握住丈夫的手，難捨地點點頭，「你自己也要小心。」

急急返回城內的宋玉，明知道大王絕對不會同意他辭官，但宋玉也不能丟下麗姬和靈兒獨自帶雨桐離去，只好再次回宮想辦法說服大王。

不料，熊橫的病情突然告危，讓宋玉困在宮裡進退不得。

莊辛與眾大臣正急著商議太子熊完回國繼位的事，但久攻不下的楚國一直是秦王嬴稷最忌憚的，更遑論放太子如此重要的人質回國。

只是，早在景差到秦國之前，聽聞熊橫病重的黃歇怕再拖下去，楚國儲君之位勢必讓人奪走，因此用計讓太子假扮為侍從，及時逃回了楚國。

不久後太子熊完還朝，自是舉國歡騰之事，朝中眾大臣無不引頸期盼，太子能為楚國帶來一番新氣象，可沒想到隨後回國的太子師黃歇，會對太子有這麼大的影響力。

熊完在秦國當人質時，所有事務都是黃歇在打點，也教導他在秦宮裡的所有應對進退，熊完對黃歇的信任已然超越了普通的君臣之情。

回到楚國後，對楚國朝政完全陌生的熊完，並沒有尋求大臣們的意見，反而對黃歇言聽計從，使得楚國的王公貴族和朝臣們，對太子熊完有諸多的怨言。

即便太子已經安然回到陳郢，但知道自己將不久人世的熊橫，殺戮之心越發炙烈。他每每在寢宮蹂躪自己的姬妾，或餵藥、或鞭刑，教那些美人各個求生不得、求死不能，而對侍者、宮女更是殘酷，稍有差池便要人頭落地。

身為朝臣的莊辛看不下去，只好偕同宋玉再次出言勸諫。

熊橫一直不願意應允宋玉辭官之事，可宋玉知曉他日太子熊完一旦繼位，由黃歇把持的朝政必然發生巨變，屆時他能不能走得了，就不在自己的掌控之中了。

為了和雨桐早日至雲夢退隱，宋玉不得不利用此次機會，再次向大王求情。

然而沒有熊橫的旨意，莊辛這個外臣並不能進到後宮，焦急不已的莊辛，只好讓宋玉獨自進殿。

一進殿內，宋玉見躺在寢殿裡的熊橫氣息奄奄，幾日不見的國君，兩側的鬢髮均已花白，宋玉放輕腳步微微靠近，發現大王的呼吸短淺，泛黃的面容形容枯槁，與初見時盛年的英雄氣概，已無法同日而語。

宋玉自入朝為官至今，侍候熊橫已二十年有餘，卻從未如此仔細看過這張龍顏。一則，是不敢冒犯國君天威；二則，是大王私下總喜歡以曖昧言詞挑逗，使宋玉更不敢與之正視。

「以色侍君」的謠言從未止息，但熊橫的心意宋玉並非看不出，因著大王的寵愛，讓自己避免受到令尹子蘭和其他朝臣的陷害，王總是將宋玉掩在他的羽翼下，小心保護著。但深受這樣的龍恩聖眷，卻必須犧牲自己最心愛的女子，仍是宋玉萬萬不能接受的。

宋玉承屈原遺志，立誓要讓楚國成為百姓安居樂業，富足豐饒的國家，但即使宋玉有才，卻不敵熊橫這個軟弱無能的國君和枉顧百姓生計的貴族與群臣。滿懷著理想和抱負的宋玉，為楚國耗盡了心力，依舊挽回不了日漸頹敗的國勢。

如今，心力交瘁的宋玉只想帶著自己心愛的女子遠走他鄉，過上屬於凡夫俗子的平靜日子，只是如此單純的念想，為何這樣艱難？

熊橫此時卻急喘上一口氣，悠然轉醒的他微瞇著眼，薄透的火紅帷帳篩過微弱的燭光，映在繡有豔麗祥雲的鳳紋褥被上。

環顧空蕩蕩的宮殿，沒有侍從、姬妾，卻見朝思暮想的容顏近在眼前，難不成，是死去的巫玉來找他了嗎？

不！那個人穿得一身的官服，凜然的神情那樣熟悉，他不是巫玉……。

「玉……」

無力的熊橫伸長手，對宋玉輕喊了聲，這不是夢吧？

「大王。」

神思的宋玉聞聲，連忙跪向榻沿。

正在殿外準備湯藥的司宮，聽見宋玉的應答聲，也趕緊叫侍者將早已備好的藥呈上。兩位侍者戰戰兢兢，正要向前扶起大王的身子，誰知熊橫一甩袖，將那惱人的侍者揮開。

「滾！愛卿，來，餵予寡人。」

虛弱的熊橫示意，兩位侍者你看我、我看你，又回頭看了眼司宮，正不知道要如何開口時，宋玉起身。

恭謹的宋玉走向榻沿，小心翼翼扶起王的上身，驚覺寬大袍服下的龍體，竟然已經骨瘦如柴。宋玉略略收起心神，讓王傾靠在他身上，再從侍者手中接過湯藥，一口一口餵予王喝。

難以入口的苦澀順著喉嚨而下，嗆得熊橫連咳兩聲，宋玉連忙拍了拍熊橫的背，再輕輕拭去大王嘴角的藥漬，又舀起一匙繼續餵著。

打從宋玉入朝為官至今，都未曾與他這般親近過，溫熱的血液在胸口流竄，熊橫勾起詭異的笑，用眼神示意侍者們出去。司宮雖然不懂大王想做什麼，但見宋大人侍候得比那兩個奴才還好，當下也就識相揮袖叫他們滾蛋了。

「這些個狗奴才，見寡人病重就各個心懷鬼胎、不理不睬，唯有愛卿，還願意守著寡人。」

嶙峋的五指覆上宋玉的手背，貪婪地吸取他的溫暖，哪怕只有一點點，熊橫都想要緊緊留住。

「大王權傾天下，又是一國之君，文武百官無一不期盼著大王能早日康健，又怎麼敢不理不睬？」

宋玉放下湯藥，再讓熊橫躺好，並替他蓋上被。

「大王恕臣斗膽，後宮的姬妾無辜，那些侍者、宮女，更無一不是為了大王龍體盡心竭力侍候，莊大人與臣懇請大王寬恕，饒他們不死。」

宋玉跪著拜下，殿內的叩首擲地有聲，見大王許久默不出聲，只好又一叩，「臣請大王恕罪。」

這，就是宋玉來見他的原因？向來謹守分際的宋玉，為了那些無足輕重的姬妾和奴才，居然破例留在了自己的寢宮。

熊橫閉上眼，腦海裡憶起二十年前的宋玉，是個英姿颯爽、風華絕代的翩翩美少年。他含蓄、內斂，懂得暗中韜晦，隱蔽自己耀眼的光芒，若不是熊橫一次次誘引他上鉤，又怎麼能夠窺得宋玉內心那股燃燒的熱烈？

然而，宋玉對他總是無情，即使熊橫用盡一切心機，卻只會令宋玉離他越來越遠，越來越遠……。

殿內的燭光閃爍，迷離的思緒也在閃爍，回憶宛如翻雲的手，掬了把水中月，卻仍是一場空。

在神女峰的那次，熊橫是真的想對他下手，宋玉口中的神女再怎麼美，都敵不過宋玉的天姿絕色，那吟唱的嗓音如此清亮婉轉，更勝於宮裡鶯鶯燕燕的矯揉造作。只是，那晚的宋玉是如此地防備著熊橫，畏懼著楚國天子的威儀，以至於熊橫根本無法靠近。

於是，熊橫又找了機會把宋玉灌醉，心想這樣他便不再感到害怕了，可難得的機會總是一次次流逝，直到宋玉再也不願意和熊橫獨處，再也不願意。

熊橫眼看著宋玉從少年長大成人，成家立業，娶妻生子。

雖然，熊橫曾命人在逃亡陳郢的路上，給宋玉的妻室下毒，想讓有孕的那女子一命歸西。可惜，女子只吃下一口毒藥便全吐了出來，甚至還生下了宋玉的孩子，真是可恨！

之後探子又說，那女子自從生下孩兒後，不但體弱多病，還整日湯藥不離口，宋玉也不再與她同床共枕，這讓熊橫在心下不禁暗喜，便饒那女子一條賤命。只是這樣的歡快不到幾年，又冒出一個千里尋夫的青梅竹馬，而宋玉竟稱那個妖女才是他心底的最愛。

宋玉有情，終於將妖女納為自己的妾室，還任由妖女夜夜占著他的人、他的心，而熊橫卻只能在漫長的暗夜裡咬牙憎恨，巴不得將那個妖女千刀萬剮。於是，得不到宋玉的熊橫，再次扮演一個妒婦，一個不置那個妖女於死地，絕不罷休的妒婦！

「大王！」宋玉再求。

破碎的水中月終從指縫中流瀉，未能留下任何殘存。

「愛卿啊……」

無力的回應幾近呻吟，熊橫揮了揮手。

宋玉頷首，將雙膝向前移了兩步。熊橫轉頭瞧了眼宋玉認真的神情，知道此番他不達目的，定是要長跪不起，與其如此，何不……。

「寡人可以饒他們不死，你能在宮裡待上幾日，寡人便幾日不傳召任何姬妾侍寢。」

隱晦的眸光瞬間放亮，熊横竟為宋玉接下來的反應，感到一陣興奮。

這怎麼可以？大王是病糊塗了嗎？然而，大王那樣犀利的神情不像有病，倒像是……。

「後宮乃朝臣禁地，臣不敢踰矩。」

「你已經踰矩了，否則，怎麼能跪在這裡？」

用盡氣力的熊横，伸手揪住宋玉的袍服，將那張渴望已久的俊臉拉近自己。

「寡人一死，後宮的所有姬妾均要陪葬，你救得了她們一時，救不了她們一世。倘若你能侍候得寡人高興，寡人或許可以饒了她們的賤命，讓她們在宮裡安度餘生，如何？」

森冷的語調充斥著殺機，詭異的笑，在縞素般的面容裡顯得特別突兀，心卻是無比的陰鷙、殘酷。

宋玉知道大王言出必行、說到做到，如同這幾年他對雨桐窮追不捨的殺戮，可後宮那麼多條人命，身為國君的他，怎麼能視如草介呢？

「臣……臣願意每日進宮侍奉大王左右，懇請大王……」

「無須如此麻煩，愛卿儘管在此住下，寡人若看不到你，便要再傳召其他人。」

熊横打斷宋玉，「寡人要沐浴，你來服侍寡人更衣。」

立在一旁的司宮聞言，不理會依然跪著，瞠目結舌的宋玉，只趕緊吩咐外頭的侍者提熱水，準備藥浴。

熊橫執意要宋玉侍候自己沐浴，暗自嘆息的宋玉只好捲起袖袍，將無力起身的大王抱起。

從未侍候過人的宋玉雖然尷尬，但總不能把穿著衣服的大王泡進浴桶裡，只好伸手解開他腰上的紳帶和袍服的衣帶，褪去裡面的單衣，熊橫宛若枯木般乾癟的四肢，赫然出現在宋玉眼前。

觀紹曾經和幾位重要的大臣大略提過熊橫的病況，熊橫既是病入膏肓，此番景象也就嚇不到宋玉。他只是不瞭解，早在前幾年，觀紹該提醒的都提醒過了，大王何苦把自己的龍體糟蹋至此？

宋玉別過臉，將大王抱進倒滿藥汁的浴桶裡，除卻一身的華麗，徒具空殼的身子輕若扶柳。水溫還有點燙，難得大王那死灰般的臉浮出些血色，額上也冒了點汗，宋玉拿起沐浴用的布巾，將大王的身子都擦拭了遍。

氤氳的藥氣薰人，嗆鼻的草藥味沾染全身，熊橫一直閉著眼也不說話，在如此近距離下的宋玉，連呼口氣都得小心翼翼。

宋玉擦拭完後將熊橫扶起，便連忙替大王穿上單衣，免得著涼，卻驚見王小腹下昂然挺立的凸起。這一羞讓宋玉慌得手足無措，趕忙鬆開王的身子，卻差點教無力的熊橫摔下，待宋玉伸手去扶，他才發現大王那對赤裸裸的眸光，正戲謔地看著自己。

「怎麼？都娶妻生子了，連這都不敢看？」

熊橫枯枝般的手，緊緊環上宋玉的脖子，熊橫喜歡看他失去矜持禮數，喜歡看他驚慌無措，那會使無法凌駕於宋玉的自己，很有成就感，非常的自傲。

尷尬的宋玉沒有回答，一味地閃躲大王的試探，七手八腳套上厚重的錦緞，只是下身的脛衣，卻是怎麼都套不上去。

熊橫冷眼看著宋玉火熱的額上直冒汗，不禁得意地哈哈大笑。

這擺明著故意戲弄和刁難，有些羞憤的宋玉乾脆不理，直接將大王整個人橫身抱起，到榻上慢慢穿去。

殿外的司宮聽到熊橫的笑聲，便和侍者們面面相覷。自大王病後，寢殿內只有淒厲哀號的痛哭聲，多久沒有人笑過了？現下這情況，又是為何？

晚些太子與黃歇來請安時，剛服過藥的熊橫正昏昏欲睡，當下便要他們退下候傳。離開楚國多年的熊完，冷眼看著這個日夜守在父王身邊的男子，當真比他這個被質押在秦國多年的兒子更得父王寵愛，心下早已是憤憤難平。

宋玉自知太子殿下不喜歡他，再加上朝堂眾臣對他擅自待在後宮的指責和批評，必然也少不了，可他們怎麼會知道，宋玉是為了保住後宮眾人的性命，才不得已而為之。

夜半三更，毫無睡意的熊橫突然想聽宋玉吟詩，於是，宋玉便把當年至巫山出遊時作的〈神女賦〉，又吟誦了一遍。

「茂矣美矣，諸好備矣。盛矣麗矣，難測究矣。上古既無，世所未見，瑰姿瑋態，不可勝贊。其始來也，耀乎若白日初出照屋梁，其少進也？皎若明月舒其光。須臾之間，美貌橫生：曄兮如華，溫乎如瑩。五色並馳，不可殫形。詳而視之，奪人目精……」

不甚歡喜的熊橫，卻止住了宋玉。

事隔多年，熊橫依舊記得宋玉作〈神女賦〉，是要他這個國君戒女色，然而現下的熊橫已是油盡燈枯、朝不保夕，宋玉還提這些做什麼？

「大王若肯聽從觀大夫的勸告，好好珍重龍體，假以時日，必定還有機會收復楚國故地。」

宋玉不明白大王叫停是何意思，以為是自己提到被秦國奪去的巫山國境，讓大王觸景傷情。

「愛卿啊！就連你也要離開寡人，棄將死的寡人而去，寡人還有什麼指望呢？」

「大王現下有太子、黃大人與莊大人，又何需萬念俱灰的臣呢？日後，大王若是收復高唐聖地，神女必定還會再護佑我楚國。」

「無須等到收復高唐聖地，寡人只要你，當一回神女……」

熊橫抓住宋玉的前襟，將他緩緩拉向自己，微眯的雙眸透著異色的光。

「大王說笑，臣堂堂一個男子，如何……如何當得了神女？」

想起熊橫沐浴後的那番景象，宋玉心中乍然警醒。

「寡人——就是要你。」

熊橫伸手撫上那張近在咫尺的俊顏，即使早已在夢裡把宋玉蹂躪過幾百回，但都比不上實際的美好，這二十年來日夜的煎熬，熊橫終於忍不下了。

「大王倘若執意如此，臣只好以死謝罪！」

即使君命不可違抗，宋玉也絕對不會背棄心中所愛。

「你可以死，但會有更多人陪葬。」

見宋玉眼中的驚恐瞬時放大，熊橫知道他是個愛家、護家的男子，定會有所顧忌，於是大笑三聲後，用力扯下宋玉的衣帶，迫不及待地拉開他的衣襟，劇烈起伏的半裸胸膛坦露在熊橫眼前。

使出僅有的氣力，熊橫將倉皇的宋玉，壓在自己的身下。

熊橫從來都沒有像這一刻，如此想要這一個男子，打從宋玉替自己沐浴、更衣，許久未曾有過的情慾又再次漲滿，那些姬妾無法撩動熊橫半分的渴望，終於又再次轉醒。

「大王！」

宋玉想要抵抗，又怕傷到龍體，只能無助地驚喊。

可能熊橫揮開宋玉的阻擋，更不想聽他的勸告，宋玉既不敢對自己這個國君動粗，更不敢驚動門口的侍者，那他還有什麼好顧忌的？

但熊橫發軟的手指卻不聽自己使喚，當下顫抖個不停，宋玉穿得袍服如此緊實，教興奮異常的熊橫怎麼也扯不開。

孱弱的病體再也抵擋不住奔竄的情慾，就在宋玉使力推開他的同時，熊橫突然感到胸中一緊，大口鮮血直吐了出來。

「大王——」宋玉驚聲大喊。

第五十九章

臨終詛咒

寢殿裡，焚香祝禱的沈尹率領陳郢的卜尹為病重的熊橫驅除惡鬼，鑼鼓和作法的吆喝聲震天巨響，怕是連死人都會被吵得不能安寧。

觀紹將熬好的湯藥一匙一匙灌進熊橫的嘴裡，但餵進去十分總要流出個七、八分，觀紹向焦急的太子熊完搖搖頭，此刻就只等時間了。

昏迷中，熊橫依稀看見溼了一身的俊美少年，垂首立在離他不遠不近的地方，遠處落下的餘暉，剛好映在少年那張姣好的臉龐上，也使少年的周身透著一圈淡淡的霓虹，宛若是環繞在天帝身邊的神光。

悄然走近的熊橫定睛一看，那少年半敞的胸膛白皙如玉，高挺英氣的鼻梁精緻無瑕，俊秀的身姿在溼黏衣褲的緊貼下，妖嬈更勝女子，讓人離不開眼睛。瞬時，胸口無法抑止的猛烈跳動令熊橫愕然，還有那猶如萬蟻鑽心的麻癢，教亟欲將少年擁進懷裡的熊橫，渾身發抖。

可一眨眼，宛若妖魅的俊美少年不見了，取而代之的是一位戴著后冠、身穿鳳袍，手執權杖的女子，正對著熊橫大聲斥責。

「孽畜，至今還不悔悟嗎？」

權杖落地的聲音響入雲霄，女子莊嚴的威儀，令原本情動的熊橫清醒不少。

「妳……妳是何人？竟敢對寡人無禮。」

這女子好面熟，可能熊横怎麼都想不起來在哪裡見過。

「無禮？真正無禮的是你，祝融。」

西王母娘娘憤恨地說道：「前世，你害死了崑崙山無數的生靈，這一世還讓楚國的百姓跟著你受苦，難道你不認錯嗎？」

「寡人是祝融的嫡嗣，是火神引以為傲的子孫，百姓不過都是草介，受不受苦自是他們的造化，與寡人何干？寡人何錯之有？」

熊横不懂眼前的女子為何喚自己為祝融，但她既然提起了祝融，熊横就不免再把先祖請出來炫耀一番。

「想不到，你堂堂一個受天帝封賜的火神，居然草菅人命，果真是冥頑不靈。既然這一世都不能教你悔悟，那本座只好讓你再受一次輪迴，直到你悟透為止。」

西王母權杖一揮，將熊横打入更冰冷的地底。

臉莫名的熊横頓時感到右肩受到重擊，一陣天旋地轉後便落入黑暗的萬丈深淵，惹得驚恐的熊横大喊：「不——！」

在夢裡被西王母嚴懲的熊横，現實中正躺在榻上，不斷伸長手在空中揮舞，口中頻頻喚著宋玉和莊辛的名字。

「愛卿，救我！快救寡人……」

「大王，是老臣，老臣是莊辛啊！大王，快醒醒！」

莊辛大膽握住熊橫顫抖的雙手，立在一旁的宋玉，更是緊張得說不出話來。

「愛卿，愛卿……」

熊橫想逃離看不見的恐懼，黑暗中卻有無數雙手拉住他，教他怎麼也掙脫不開。

觀紹見熊橫開口，連忙將金丹搗碎滲入水，扶起王的上身，硬灌下幾口，惹得意識不清的熊橫乾嘔不已。

「這樣可行嗎？」

莊辛見這湯藥不似尋常用藥，不知道觀紹餵了什麼鬼東西給大王。

可只管灌藥的觀紹不語，太子殿下說了，只要讓大王醒來，什麼方法都可以。觀紹用藥向來大膽，熊橫素日服食的丹藥，有一半都是觀紹負責的，金丹裡含有大量的莖芝，能使人的精神短暫亢奮，至於後遺症就不可言喻了。

果然不到一刻，昏迷不醒的熊橫，便微微睜開了眼睛。

「大王、大王醒了！」

見狀的莊辛激動地大喊，令周邊的所有人也圍了過來。

迷濛中，西王母的訓斥依然歷歷在目，可熊橫更記得，那淫身少年帶給他的衝擊與悸動。環顧四周，熊橫隱約想起自己昏迷前的事，勉力把眼皮子又撐開了些，終於看到自己的宋愛卿。

宋玉焦急的眼裡透著愧疚和不安，熊橫知道，此刻宋玉的心裡一定悔恨萬分。熊橫怪自己一時藏不住情緒，明知宋玉是如此畏懼他，如此厭惡他這個國君，自己卻總是讓他陷入進退兩難的處境。

「宋愛卿留著，餘的人……都退下吧！」熊橫氣若游絲。

「父王，兒臣在此，難道父王就沒有話要對兒臣說嗎？」

太子熊完在秦國當了那麼多年的人質，滿腹委屈無處吐露，沒想到一回母國，熊橫連寬慰的話都沒能和他說上幾句。

即便熊橫現在都已經命在旦夕，還是不願意和熊完這個儲君交代後事，委屈又氣憤的太子趨前想問個清楚，在父王的心目中，他和宋玉到底哪一個重要？

「寡人還沒死呢！你、你急……急什麼？」

熊橫衝著一口氣罵人，身體的殘敗卻讓他下一秒便劇烈咳了起來。

「殿下，還是遵從大王的旨意吧！」

觀紹急著安撫情緒激動的熊完，並悄悄附在宋玉耳邊說：「大王頂多再撐一個時辰，大人您好自為之。」

觀紹再次向太子殿下示意一起到殿外等候，熊完對著立在一旁的宋玉憤憤甩袖，而後領著眾人一起離去。不知道是感傷還是焦急的莊辛，本想再與大王說些什麼，誰知觀紹硬拉著他，只好趕緊跟著離開。

忐忑不安的宋玉立在龍榻一側，緊張得掌心直冒汗，彷彿眼前大王生死交關的這一幕，他在前世就已經歷過。可方才觀紹的交代令宋玉心焦，這救命的危急時刻，大王不和殿下交代楚國的要事，到底還想跟他說什麼？

「你，厭惡寡人嗎？」

過了半晌，緩過氣的熊橫終於開口。

「臣罪該萬死，請大王賜死臣。」

雖然讓國君陷於危急之中並非宋玉所想，然而也是因為他，讓楚國和大王提早陷入危難，眼眶泛紅的宋玉一跪，匍匐拜下。

深吸一口氣的熊橫，隱隱覺得胸中的疼痛漸漸淡去，彷若沒了知覺。方才夢裡的美貌少年一如宋玉，正是自己朝思暮想的人，可西王母的斥罵不無道理，是他誤了楚國……也誤了宋玉。

「愛卿何罪之有，有罪的是寡人。」

「大王！」宋玉羞愧地把頭垂得更低了。

「你和屈太傅一樣，都像一面不染塵的明鏡，當寡人面對著你時，總會在鏡子裡看到自己的無能和不堪。」

熊橫再吸一口氣，卻覺得身子漸漸麻木，失去知覺。

「你的才能不在莊辛與黃歇之下，是寡人故意壓著你，不讓你出頭，寡人怕你出走，離開楚國後便不再回來。」

「大王何出此言？宋玉是大王的臣子，一直對大王忠心耿耿……」

宋玉不敢相信，難道這些年熊橫將他困守在陳郢，都是因為這個原因嗎？

「你忠心的是楚國，不是我！」

熊橫激動又咳，讓心焦的宋玉不知道該如何是好，只好伸手拍向熊橫的胸口。

顫抖的熊橫緊抓住宋玉的手，怒目道：「你可知寡人有多恨你，恨你的才華，恨你的美貌，恨你是個男子，不能光明正大地將你擁入寡人的懷裡。寡人夜夜夢見你，可身邊的人怎麼都不是你，寡人將那些像你的，不像你的姬妾都處死，因為寡人只要你，只想要你。哈哈哈……」

吐盡胸中鬱悶的熊橫奮力揮開宋玉，他閉上眼，不敢再看宋玉的臉，就怕在宋玉眼裡瞧見自己的醜陋、卑劣和不堪。

垂首的宋玉咬牙，沒有回應。

「你是寡人心愛之人，寡人生不能得到你，死後也要你陪葬，你服是不服？」

熊橫再次勾起唇角，狡黠一笑，覺得自己終於有制伏宋玉的一日。

「君要臣死，臣不敢不從，只求大王能饒恕臣一家人，放他們活路。」

匍匐的宋玉再拜，打從熊橫挑明了對自己的心意後，宋玉便知道會有這樣的結果，宋玉只希望，自己還能拯救家人和雨桐。

「寡人不會放過奪去你心魂的妖女，寡人要賜死你身邊的所有女子，就算是死人也不放過。」

熊橫知道宋玉在乎什麼，心裡還惦記著誰，「別以為死後還有機會團聚，寡人要刨那個妖女的墳、挖她的墓，還要詛咒你跟那個妖女從此陰陽兩隔，教你們永生永世不得再見！」

不久，熊橫薨逝的消息即在陳郢傳開，但更驚人的是，宋玉一家即將被賜死陪葬的惡耗。仰慕宋玉才華、受過他恩惠的百姓，將整個宋府門口圍得水洩不通，情緒激動的早已淚如雨下。

莊辛聞訊趕到宋府時，麗姬、蘭兒和小翠，已經被執法的御衛灌下死藥，七孔流血而亡。哭得撕心裂肺的靈兒，抱著娘親的屍身跪倒在地上，卻不見宋玉人在哪裡。

「殿下有旨，藥下留人！」

狂奔進門的莊辛，對著屋裡大喊：「務必藥下留人啊！」

幾個守門的御衛本想將他攔下，可莊辛高居楚國陽陵君之位，任誰也不敢對他無禮，正不知道該如何是好時，監督的衛馳將軍喊了聲。

「大膽，何故攔下莊大人！」

原本在大廳裡的衛馳一邊對御衛大喊，一邊急忙衝了出來，對著莊辛拱手驚喜道：「大人，您終於來了！」

「終於？」

不明所以的莊辛愣了一下，衛馳在等他來嗎？

見莊辛狐疑地瞪視著自己，衛馳擔心大王交付的遺詔被發現，連忙改口，「我想，大人應該是有事要跟宋大人交代吧！」

「將死之人還能交代什麼？殿下有旨，饒宋玉一條命，將軍趕緊放了他。」

莊辛大步踏入宋府時，被五花大綁的宋玉正跪在廳前，而御衛拿著死藥立在一旁，準備行刑。

莊辛見宋玉竟然毫不抵抗甘心就死，心下不免激動，「賢婿，老夫來救你了。」

先前聽聞蘭兒和小翠的呼救聲，現下外面的靈兒又號哭不斷，椎心斷腸的宋玉當然知道，御衛已經對麗姬和兩個奴婢都行了刑。

傷心欲絕的宋玉緩緩抬頭，向莊辛哀求道：「絕不能讓大王刨雨桐的墓，求大人，不能啊！」

雨桐假死的事若被揭發，此等欺君大罪可是要誅九族的，屆時會連靈兒的命都保不住。

「宋玉，你！」

氣極的莊辛甩袖道：「活人都救不了了，怎能再顧及死人？你當真被那丫頭噬去了魂魄？」

原以為的恩愛情意轉眼成了嗜魂令，連莊辛也不禁要埋怨起死去的雨桐，若不是她，宋玉這個楚國棟梁也不至於頹喪至此。想來都是上天造的孽，幾年前無緣無故將雨桐送來，又讓宋玉整日對她魂牽夢縈，而這樣的情分不到幾年卻又斷送，雨桐連個讓宋玉倚靠的子嗣都沒能留下，真是造化弄人。

搖頭的莊辛，將熊完的旨意交與衛馳後，親自替宋玉鬆綁。

「無論先王對你說了什麼，做了什麼，那都已經過去了，三日後太子殿下即將登基，一切都可以重新開始。」

雖然，莊辛也瞭解殿下對宋玉並無好感，但念在宋玉為官多年，又屢屢立下奇功，終於也願意免去宋玉的死罪，便勸宋玉道：「你應該感念殿下恩澤，留在陳郢繼續為楚國效力……」

「不！子淵早已心灰意冷，對朝堂之事再無半分眷戀，還請大人成全。」剛解下束縛的宋玉匍匐拜倒，誠心祈求。

「你！」瞠目的莊辛怒指著執拗的宋玉，卻不知道該如何是好。

原來，熊橫死前要脅將宋玉處死陪葬一事，不過是氣話，他留下遺詔要太子熊完珍惜宋玉的才能，好好善待宋玉，無非是要將宋玉繼續留在陳郢，為楚國和新君效力。熊完雖然厭惡宋玉，卻也不能違逆先王遺詔，只好遵從。

站在一旁的衛馳，見到莊辛與宋玉的對峙，只能無奈搖頭，他早就知道會是這樣的結果，即使大王想把好人做盡，終究還是無法留下宋玉為新君效力。

無奈的衛馳長嘆一聲，轉身離去。

宋玉雖說很快會和雨桐團聚，但眼看著日子一天天過去，卻是一點消息也沒有，待在城外的雨桐，總覺得一顆心時時提到嗓子眼，擔心得要命。

「姐姐！」一頭汗的秦沐從門外闖進，把屋裡的雨桐給嚇了一跳。

「如何？打聽到什麼了？」

「大人，大人他……」

秦沐連忙咽了下口水，激動地說：「先大王下令要大人一家陪葬，夫人、小翠和蘭兒已經喝下死藥，身亡了。」

「怎麼會？」

驚聞噩耗的雨桐，猛地抓住秦沐的手，低喊道：「不可能！子淵不會這麼早死的。」

「是，大人還活著。」

雨桐是如何得知宋玉不會這麼早死？秦沐雖然心中有疑，但還是答道：「幸好，莊大人拿著殿下的旨意趕到宋府，及時救了大人。」

「那靈兒呢？靈兒怎麼樣了？」

雨桐急問，那孩子是宋家唯一的後代，無論如何，都一定要保住啊！

「小公子沒事。」

「那就好，幸好。」

熟背歷史的雨桐，只知道靈兒早亡，卻不知道確切的時間，她只能祈禱不要碰巧發生在這個時候。現下自己無法陪在宋玉身邊，遭逢巨變的他，如何承受得住一夕之間家破人亡的慘劇？

秦沐繼續對雨桐說：「大人早有預感，先大王欲對姐姐不利，於是早早交代我，務必把這個玉佩拿給姐姐，並吩咐都城情況一旦有變，就要我立即帶姐姐離開陳郢。」

玉佩是雨桐穿越前在市集上向一位老伯買來的，那時的冷燕還笑雨桐花了大錢，卻買到個地攤貨，想不到宋玉居然一直留著，遂疑惑道：「我和子淵成親這麼多年，為何他從未提起玉佩在他手上呢？」

「大人特別吩咐，這玉佩是個神物，不到緊要關頭絕不能拿出來。」

「難道宋玉認為，拿到玉佩的自己會發生什麼事嗎？」雨桐接過秦沐手中的錦袋，連忙打開一看，發現除了那塊玉佩外，裡頭還留有一條布條，正是宋玉的親筆。

「為夫若有不測，立刻回臺灣，今生不能到白頭，只盼來生再聚首。」

「不，子淵，我絕不會丟下你一個人的，不會。」

然而當雨桐講完這一句話，她手上的玉佩，卻突然發出奇異的綠光。

「姐姐！」

一旁的秦沐，對著雨桐大叫：「妳……妳的身子！」

雨桐低頭看了眼自己，才驚覺身體居然變透明了。

「這是……怎麼回事？」

雨桐嚇得不知所措，趕緊伸手想要抓住身旁的秦沐，誰知道居然撲了個空。難道，難道這種狀況是在暗示，自己要回到現代了嗎？怎麼可以？為什麼他們總是不能順利相聚？

就只差一點了，差一點了啊！

遊歷多國的秦沐雖然聽過很多天馬行空的奇思異想，可活生生的一個人在眼前幻化成空，說什麼秦沐都不能接受。

「姐姐！」

秦沐再喊，像要喊回雨桐的魂魄那般。

「秦沐，記得告訴子淵，我會想辦法再回來。」

只要宋玉還留在楚國，自己可以再想辦法穿越。

「叫子淵一定要等我，一定要！」

驚恐的秦沐黑眸不斷放大，連忙伸手抓住雨桐最後的一絲殘影，卻徒留下——一抹空白的冷冽。

西元前兩百六十二年秋，熊橫之子熊完繼任為楚王，並封黃歇為令尹，賜淮北地十二縣，號春申君。

因著黃歇巧用調虎離山之計，讓熊完得以順利回楚，卻也讓受王后之命前往秦國接人的景差撲了個空。即便雨桐的出逃，讓景差離開楚國的計畫生變，但不死心的他知道，只要守住宋玉，就不怕雨桐不露面，於是，景差又風塵僕僕地趕回陳郢。

只是剛返國的景差，一進宮恭賀完繼任的新王後，就聽到諸多有關宋玉全家被抄斬的耳語。

難以置信的景差驚瞠著眼，未曾想瀕臨駕崩的先王，竟會在死之前下旨殺了自己生前最寵愛的臣子。

「可不是嗎，要不是大王及時下詔讓陽陵君去救人，恐怕宋大人早已沒命。」

晒著草藥的觀紹難得與景差說上話，將前因後果都細述了遍。

即便宋玉的命是熊完保下的，但深知熊橫與宋玉關係的景差，不免在心底暗忖：「先王如果不嚴懲子淵，又如何讓子淵心甘情願為現在的大王效命？所以，先王根本不是要賜死子淵，而是要救子淵。」

冷哼一聲的景差蔑笑，「都說，禍兮福之所倚，福兮禍之所伏，子淵經此一劫，想必日後將更平步青雲了。」

若有所悟的觀紹抬起頭，見景差那俊逸的身姿漸行漸遠，不免搖頭嘆道：「越是想留的越留不住，為何先王總是想不透呢？」

新王登基，舉國歡騰，貴族們除了恭賀熊完這位國君外，更不忘宴請黃歇這個新令尹，好逢迎拍馬一番。

然而，身為貴族一員的景差卻無心理會，下了朝的他，讓車夫驅車前往宋府。

景差讓車夫止步後逕自朝府門走去，而宋府的侍衛，自然認得楚國這位尊貴的上大夫，所以恭敬一揖後，便領著景差進入大廳。

秋末的寒風瑟瑟，遍地黃葉隨風滾動，讓佑大的府邸更顯凋零。

景差環顧四周，雖然府裡的奴僕不多，但所有擺飾均被井然有序地放置，完全看不出剛經歷過家破人亡的慘況。

一名小廝端著茶水，低眉斂目、小心翼翼地奉上，而後對著景差怯怯說道：「我家大人傷心過度，無法見客，還請大人見諒！」

景差才一進門，小廝就說家主不見客，擺明了連通報都沒通報。

「無妨，我自個兒進去找。」

景差沒理會小廝呀然的眼光，逕直起身走進內室。

院子裡，幾個灑掃的小廝沒想到竟有大人敢在此時來訪，於是紛紛走避，讓整個宋府彷彿沒了人氣一般的死寂。

熊橫雖然賜死宋玉的家眷和奴僕，可並沒有禁止官員探視，只是抄家的罪名不小，但凡還想保住官位前程的，有誰敢踏進這個罪臣仕處。所以除了莊辛，也唯有景差敢來。

雖然，一個外人未經主人允許便擅自闖進內室太過無禮，但景差有更重要的事要問宋玉，他實在等不及。

故作聲響的景差打開房門，裡頭卻空無一人，尋思的他轉身來到書房，見慘白著臉的靈兒伏在宋玉的身上，宛若睡了，而宋玉則望向窗外的天空出神。

昔日風靡楚國的美男子，甚至令秦王嬴稷垂涎，白起忌憚的議政大夫，現如今卻顏色憔悴，形同枯槁，萎靡得令人不忍卒睹。

「子淵，我來看你了。」

被這一幕觸動的景差放輕了聲響，就怕驚擾了他們父子倆。

「嗯。」

不動如山的宋玉，這一字回得仿若無聲，要不是靠得夠近，景差還以為自己聽錯了。

「逝者已矣，你節哀順變吧！」

過了好一會兒，才見回過頭的宋玉直視景差，黯淡的眸光幾乎讓人誤以為，他的生氣就要熄了。

「你是來找雨桐的吧！」

見景差神色一閃，宛若死灰的宋玉微啟脣角，「我讓她回臺灣了，此後，她再也不會來楚國了。」

「你說什麼？」

聞言的景差大驚。

難道，宋玉知道雨桐沒有死？而他救雨桐之事宋玉也都知曉嗎？那麼，助雨桐逃走的人是宋玉，還是秦沐？

難道處心積慮謀劃這一切的景差，都只是在為他人作嫁衣嗎？

震驚、不平，轉惱為怒的景差再問：「她什麼時候走的？臺灣是哪裡，在何處？」就算天涯海角，景差也定要將雨桐追回來。

「臺灣是一處靠水高地，美麗的山水仙境，而且無人能到得了。」

再次遙望窗外的宋玉淡淡說道：「我讓雨桐回臺灣，唯有在那裡，她才安全。」

以雨桐的性子，絕不會丟下現在的宋玉不管，景差直覺故作神智不清的宋玉，是妄想用話術欺瞞於他。

耐不住性子的景差揪住宋玉的衣服，怒道：「別以為裝瘋賣傻就騙得過我，只要你還在陳郢，她就絕不會離開楚國。」

乍然的聲響讓沉睡的靈兒受到驚嚇，惶然的靈兒伸手緊緊抱住宋玉，並將頭埋進父親的懷裡，全身顫抖個不停。

見狀的景差不想嚇著孩子，於是鬆開宋玉的衣服，再次問道：「她——在——哪——裡？」

「你找不到她的。」

宋玉拍拍靈兒的背，輕聲說道：「雨桐不是這裡的人，我們都再也見不到她了。」

不！景差不信。

當年郢都失守，雨桐整整消失了十年，還不是來到陳郢與宋玉團聚，此次定是因為受到先王刺殺的驚嚇，宋玉才將她藏了起來，想必不久，雨桐就會再次出現。

「你騙不了我的，子淵。」

咬牙的景差憤憤說道：「別說再等十年，二十年，就算天荒穢，地衰老，我都會找到她的。」

默然無語的宋玉依舊拍著靈兒的背，對景差的堅定誓言，恍若未聞。

景差知道此時的宋玉，定不會再透露雨桐行蹤的半個字，於是憤而甩袖，轉身離去。

「雨桐，為夫能做的，唯有如此，希望妳在臺灣能過得自在，過得好，我們來生，再見吧！」

第六十章

永世不忘

「悲憂窮戚兮獨處廓，有美一人兮心不繹。去鄉離家兮徠遠客，超逍遙兮今焉薄？專思君兮不可化，君不知兮可奈何！蓄怨兮積思，心煩憺兮忘食事。願一見兮道余意，君之心兮與余異。車既駕兮朅而歸，不得見兮心傷悲。」

「不！不要去——」

沉睡中的雨桐驚喊，卻怎麼都醒不過來，伸長手的她，亟欲抓住夢裡的宋玉。他正站在一望無際的大湖邊，邊吟著詩賦邊向湖中心走去，雨桐在夢裡急喊，宋玉卻頭也不回。

句中的美人宛若是暗指宋玉他自己，因為被國君遺棄而感到悲苦，身處在遼闊的土地卻離鄉背井，連能去哪裡都不知道，宋玉唱的音調是如此的淒涼，彷彿對人生只剩絕望，該怎麼辦才好？

「春秋逴逴而日高兮，然惆悵而自悲。四時遞來而卒歲兮，陰陽不可與儷偕。白日晼晚其將入兮，明月銷鑠而減毀。歲忽忽而遒盡兮，老冉冉而愈弛……」

河邊持續響起略帶嘶啞的蒼老嗓音，夢裡的雨桐尋著聲音，來到一處似曾熟悉的木屋前。急切的步伐聲紛亂而至，雨桐才剛走近，裡面就傳來有人說話的聲音，不明所以的她擔心是楚王的人，於是急忙走到大樹後面躲起來。

「哎呀！我看這事得趕緊呈報大人，宋先生恐怕不大好。」提著藥箱的大夫搖頭。

「沒想到病情來勢洶洶，宋先生前兩日還能進些米湯，怎知今日竟連滴水都不進了。」

皺眉的侍者將大夫送到門外，又說：「先生口裡直喊著『雨桐』，但不知是先生的何許人，大人說務必要找到此人，好了了先生的心願。只是人海茫茫，小的也不知道該如何是好。」

「先生離開陳郢時，妻妾奴婢皆已身故，唯一的公子也染上疫病死了，他在這裡始終孤身一人，到哪裡找這個名喚雨桐的人呢？大人雖愛極了宋先生的文采，可惜，先生這唯一的心願怕是圓不了了。」

「還是請大夫再開幾帖上好的藥材，大人說，只要能醫好先生的病，花多少餅金都沒有關係。我也要趕緊回去予大人稟報，讓大人來見先生最後一面。」

語畢的侍者一躬，目送大夫離去後，自己加快腳步也跟著離開。

躲在樹後的雨桐，將方才的對話聽得一清二楚，擰著心碎的她，待侍者和大夫離去後，急奔進屋。

房裡濃烈的藥味沖鼻，除了窄小的桌案上放著成堆寫滿文字的竹簡外，幾乎空無一物。雨桐見床上躺著一垂垂老者，髮稀顏蒼，緊閉的雙眸深陷有如黑洞，薄薄的脣瓣乾裂發白，泛著絲絲暗紅的血漬。

老人身上蓋的被子隱約微弱地起伏，還留有一絲淺薄的氣息，猶如枯槁的雙手裸露在外，又皺又黃的皮膚上，長滿一塊塊褐色的老人斑，原本修長的五指只剩下皮包骨，連指腹上的厚繭都顯得特別突兀。

他曾是中國的四大美男子之一，仙人的容貌如同他的文采，那樣的風流瀟灑、俊逸浪漫，即使隔了兩千多年，仍能讓許多現代學者對他緬懷不已、念念不忘。

即使眼前如此憔悴的容顏和雨桐相識的那個夫君已經大不相同，但雨桐仍知道，這個男人就是自己心愛的丈夫——宋玉。

雨桐握住那隻環抱過自己的大手，他的掌心曾是那樣的厚實溫暖，給予自己所有的愛戀與夢想，還有短暫的幸福甜蜜，甚至書寫下與他心目中神女的點點滴滴。

雨桐將宋玉枯木般的手，貼上自己的臉頰，可是淚——已如雨下。

隱忍的啜泣聲令昏迷的宋玉微睜開眼，發覺掌心熱液燙手的他，勉力地將頭轉過來，沒想到這幾十年來，在夢裡都盼不著的神女，又再次來到自己面前。

微扯著滿是裂痕的唇角，大王的詛咒——終於失效了。

多少年了？從先王下旨用藥殺死麗姬和丫鬟，新任的楚王熊完赦免宋玉的死罪，以致被景差聯合唐勒趕出陳郢，靈兒染病去世，這重重的打擊和苦難，都沒能讓宋玉絕望，因為雨桐說：「一定要等我，一定要。」

為著這句話，宋玉將滿腹的理想拋諸腦後，遺世般孤獨地躲在雲夢活著。孤身一人的他不求功名利祿，僅把思念愛妻的心，寄情於山水之中，寂寞地等著他的神女再次到來……。

然而一年過去了，十年過去了，雨桐又回到如最初神女峰上的朝雲般，那樣虛無縹緲的存在，令身為凡人的他，無緣得見。

因著先王的詛咒，宋玉感到焦急、恐懼，但他更害怕的是，和心愛之人從此再不能相見。臺灣仙境他是去不了了，就算留下遺書也無人可以託付，唯一能做的就只有等待。

寂靜的蒼穹宛若無言的裕溪河，似春花落盡又如秋葉凋零，既留不住也停不了，匆匆的歲月流逝，任憑宋玉留下多少思念愛妻的文字，結局始終都由不得他自己。

「妳……來了。」

宋玉想回握那熟悉的溫暖，卻徒留滿滿的溼熱，雨桐依舊是他鍾愛的妻子，魂牽夢縈等著見到的人。

「是，我回來了，我終於又回來了。」

抹去那一臉的不捨和難受，雨桐緊握住丈夫的手。

「這次我再也不會離開你，再也不會。」

「不。」

宋玉深吸了口氣，覺得自己的身子空空蕩蕩，像一具沒了魂魄的軀殼。

「為夫是為了見妳最後一面，才苟延殘喘至今，現下既然已經見到了妳，便沒有遺憾了。」

「不可以！我們約定好要相守一生，你不能丟下我一個人，我不要你死，不要你離開我，不要！」

情急的雨桐，趴在宋玉身上嚎啕大哭。

「雨……」

雨桐揪緊的十指，令宋玉的胸口作痛，他急喘著，卻不忍心推開。凝眸一看，見雨桐的外貌一如初見時的青春，宋玉原本抑鬱的血液，瞬時輕盈不少。

他猜想得沒錯，雨桐果然是降世的神女，是為了他這個凡人，紆尊降貴來成為他的妻子，如今，雨桐終於又恢復了神女的身分，宋玉應該為她歡喜，應該為她笑。但現實的殘忍卻像一把利刃，深深刺入宋玉即將乾涸的心，將最後的骨血都刨盡。

伸手撫著懷裡嚶嚶啜泣的人，宋玉艱難地開口道：「妳這麼哭，為夫走不了。」

「那就不要走，我會想辦法救你，一定救你。」

雨桐連忙解下脖子上的玉佩，將其交給宋玉，「把它藏好，我再也不要回現代了，再也不要。」

勉力勾起脣角，宋玉想報以雨桐溫暖的笑容，可已被刨空的血肉失去了知覺，怎麼都使不上力。

宋玉回想自己在還有能力的時候，都沒能保住自己心愛的妻子，他又怎麼能指望在此油盡燈枯之時，守住對雨桐的承諾？

「對不住！為夫……沒能守住對妳的承諾。」

乾裂的脣瓣才微微啟開，便凝出朵朵殷紅。

「我本欲到雲夢尋妳，但先王死後，景差為了逼我說出妳的下落，不惜讓新任的大王罷免義父的官職，架空我所有的實權，日夜派人監視我，形同軟禁。大王為著先王的旨意，不讓我到雲夢歸隱，先王要把我留在陳郢，直到老死……」

見雨桐留戀的眸光滿是不捨，宋玉又深吸了口氣，緩緩道出：「而後，他們把被貶的唐勒重新找回來，終於，楚國的朝堂再也容不下我。幸好，這裡的縣尹對我很好，肯讓我在這裡安心等妳。」

果然，宋玉的際遇真如歷史所言，全都一樣。即便雨桐極力避免讓景差陷害宋玉，歷史卻還是在她離開後一一應驗了。

已經許久未曾說過這麼多話，病重的宋玉感到有些虛脫，然而積累了四十年的相思，竟只剩這一口氣可以傾訴，教他怎麼捨得停下？

輕撫著啜泣不止的雨桐，宋玉知道她的心裡也放不下，但凡人的壽命，終究短得無法與神女相比。是宋玉逾越了，還因此褻瀆了神靈，他怎麼還能讓雨桐，留在凡世間為自己掛心呢？

「回到妳的時代去吧，那裡有妳的親人、朋友。」

失焦的眸光，不禁看向那張依然青春肆意的臉，宋玉勸道：「不要讓關心妳的人傷心，忘了為夫吧！」

哭得淚眼婆娑的雨桐心裡明白，宋玉講得沒錯，就算她留在古代不回去，也僅能眼睜睜看著丈夫老死。她只能希望自己能再祈禱一次，再有一次奇蹟發生，再一次！

雨桐將玉佩放在宋玉的掌心，用力握緊。

「拿著這塊玉，就當是你我之間的信物，一定要拿好，不管你輪迴幾生幾世，都要記得來找我。」

兩千年的時間何其久遠，雨桐明知道這是極不可能的奢望，可她仍期待盼得上天憐憫的奇蹟。

「為夫留下妳，在我所有的詩詞歌賦裡，因為，那是我……永世不忘的記憶。如果還有來世，我……我們做一對平凡……夫妻，寄情山水，再也不要……什麼天下蒼生……」

灰石般的眸光突然變得幻化，宋玉勉力伸長顫抖的手，想要再次撫上那個與自己魂魄相依的面頰。然而，裊裊白霧一如巫山雲海依序而上，阻開了他與神女的情深愛戀。

「雨……」

乾涸的胸口終於失去律動，宋玉未能說出口的牽掛，還餘留在心中，但見眼前人的雙眸瞬間放大，伴隨著撕心裂肺的吶喊，隱沒在歷史的洪流中。

自從雨桐拿了秦沐給她的玉佩後，一睜開眼，便已經躺在大學同學冷燕的家中。雨桐和冷燕相約看電影的那天，電影院裡發生火警，倉皇奔逃的眾人在緊急疏散時發生推擠，當時腳傷不便的雨桐，在人群中不幸被推倒，幸好冷燕即時拉住了她，趕緊將再次昏迷的雨桐送回家中。

然而，即使雨桐的意識已經回到了現代，但沉浸在夢裡苦苦追尋愛人的她，在目睹宋玉老死後悲痛欲絕，以至於清醒後，失憶到連誰都不認得。

心急如焚的冷燕和雨桐父母，不惜花大錢讓雨桐住進上海最有名的醫院檢查調養，才讓陷入危急的雨桐恢復起精神。

回想過去，雨桐為了圓滿那段穿越的愛情，自私地拋下親生父母和她在現代的一切，結果不但沒能和心愛的男人終老一生，連挽救宋玉悲慘的命運都沒能做到。

雖然回到現代的雨桐造成朋友和家人的困擾，可大家不僅沒有責怪，還一股腦兒為她的身體健康操透了心。

滿懷愧疚的雨桐，不知道該如何向冷燕和自己的爸媽解釋她曾經穿越到古代的事，但她依然放不下獨留在戰國時代的宋玉。

究竟要怎麼樣才能再回到兩千多年前去？絞盡腦汁的雨桐遍尋各種方式，卻無法如願。宋玉要秦沐交給雨桐的玉佩，在雨桐醒來後已不見蹤影，雨桐猶記得，她在夢裡將玉佩給了病重的宋玉，並要宋玉來世拿著玉佩來尋自己。難道，那個夢是真的嗎？

只是，重新投胎的宋玉如今轉到第幾世了，再次重生的宋玉，還會記得曾經與他相愛過的自己嗎？

＊＊

三年後，時節近秋，上海東臺路上的梧桐葉，斑斕得像片黃金海。

在這處號稱全中國最大古玩藝術收藏品的集散地，街旁鱗次櫛比的小木屋，在假日往往人滿為患，還得挑個平日來，才能逛得悠然自在。

古玩市場大多以賣舊工藝品為生，包括早期的字畫、文房四寶，還有許多瓷器、玉器、青銅器等不勝枚舉，若沒有特定目的地隨意亂逛，肯定會被這些古玩吸引得眼花撩亂。

即使雨桐已經大學畢業了，卻始終沒有放棄尋找宋玉，以及尋找連結他們之間那個唯一的牽繫——玉佩。所以，上海東臺路的古玩市場，是雨桐每年必定造訪的地方。只是，今年的她依然空手而回。

正當失望的雨桐打算邁開腳步離開時，耳邊卻迴盪起一聲熟悉的輕軟呢喃……。

「意離未絕，神心怖覆；禮不遑訖，辭不及究；願假須臾，神女稱遽。徊腸傷氣，顛倒失據，闇然而暝，忽不知處。情獨私懷，誰者可語？惆悵垂涕，求之至曙。」

猛然抬頭，穿透樹梢的迷濛金束與搖擺的梧桐交相成蝶，在風中舞動、翩翩翻飛。洶湧的思緒似暗潮浮動，讀過這段〈神女賦〉尾篇的雨桐，不知不覺地伸長手，妄想抓住那曾經夢幻的瑰麗和早已遠去的幸福。

「雨桐！」

買了兩瓶飲料剛跟上來的冷燕，一見好友的異狀，便有些疑惑問道：「妳沒事吧？」

風輕輕地撫過耳際，有著些許溫暖，些許浪漫，還有些許的哀傷。遠處一抹雲朵似拂過的湖光繡衣，在樹梢上飄忽得教人著迷。回眸淺吟，巧笑倩兮，成雙成對交織眷戀的蝶兒隨之遠去，融化在這股輕聲呢喃的話語裡。

微瞇起眼，恍然的雨桐彷彿看見了宋玉筆下的巫山神女。

「沒事。」

凝在眼中的記憶仍在，只是不再是現實。默然的雨桐，從冷燕手中取了飲料緩緩喝下，好壓制心中那股難抑的情緒。

這幾年，雨桐和時時刻刻陪伴在她身邊的冷燕，幾乎把湖北、湖南和江蘇這些省的古玩市場都給逛了個遍，卻依舊找不到她留給宋玉的那塊玉佩。

究竟宋玉會不會正好出現在這個時代，和她相遇呢？還是喝了孟婆湯的宋玉，根本已經忘了和雨桐來世的約定。

「累了吧？要不要先歇一會兒？」

見神情落寞的雨桐，不發一語呆望著天空出神，冷燕把她拉到路旁的空位上坐下。

冷燕剛喝下一大口冰冷的沁涼，卻瞥見遠處一家新開的店面，在門口站著的一位中年大叔，也正像雨桐一樣望著天空出神，不禁失笑道：「真是什麼人都有，這樣灰濛濛的天空到底有什麼好看的，難不成，霧霾裡也藏著神仙？」

猶疑的雨桐，順著滿是嘲諷的冷燕目光看過去，瞧那挺立的身姿有些熟悉，她不自覺站起身來，朝著那家新店鋪走過去。

中年大叔的年紀約莫四十，然而臉上的歲月痕跡，並沒有抹去他迷人的丰采，雨桐疑惑地多看了一眼，直覺跟某個人很像，卻又不太像。

站在門口的大叔，一見兩位年輕的姑娘到來，連忙回過神，笑著打起招呼。

「歡迎！請進、請進！」

冷燕陪雨桐一起逛進店裡，略懂玉石的她見各色玉器陳列其中，卻沒什麼特別的，可在一個獨立的展示櫃裡，雨桐突然發現自己找尋許久的曾經。

「請問，這塊玉佩是你的嗎？」

難以置信的雨桐顫抖著脣，盯著身後的大叔猛瞧。

「不好意思！玉佩是我姪子的，我們店新開張，所以借這塊水頭透亮的玉佩來沾沾喜氣，但它是不賣的。」

當初老闆也是看上這塊玉佩的質地好，覺得應該價值不菲，可惜中間的翠點太過透亮，讓許多行家都質疑那是塊加工過的假貨，反而乏人問津。

「可以請問這玉佩的主人住在哪裡嗎？我想知道他是誰。」

雨桐過於激進的語調，讓老闆有些為難，苦笑的他搖搖頭說：「知道了也沒用，我姪子很喜歡這塊玉佩，再三交代絕對不能賣。」

「賣不賣都沒有關係，大叔只管告訴我，他叫什麼名字，住在哪裡就好！」

情急的雨桐拉住老闆的手，直想問個明白。

在一旁的冷燕，也覺得這塊玉佩跟之前雨桐丟失的那塊很像。雖然，冷燕知道雨桐急著找回玉佩，但是對一個不熟識的人這麼窮追猛問的，未免過於失態。

「老闆，玉石跟人也講求緣分，既然我們喜歡這塊玉佩，不如你就把這玉佩的主人告訴我們吧！至於賣或不賣都沒關係，大家就當交個朋友，怎麼樣？」

應對得宜的冷燕，自然是比焦急的雨桐從容得多。

說到玉石跟人講求緣分，在行業打滾多年的老闆對這點也有幾分認同，想了一會兒後他拿起紙筆，寫下玉佩主人的名字和住址後交給雨桐。

「難得我們的眼光相同，我就告訴妳他的住處，但不管妳們能不能去得成，就當作是我先把你們的這個緣給結下了。」

興奮不已的雨桐猛點頭，趕緊從老闆的手上接過紙條一看，那原本黑如墨石的瞳孔，瞬間放亮。

隔天一早，雨桐馬上訂了機票趕往湖南省的臨澧縣，冷燕不放心雨桐一個人跑到那麼遠的陌生地方，只好跟著去。

「我說妳瘋了嗎？值得為了一塊玉佩做到這樣嗎？」

這幾年冷燕一直認為，雨桐只是想把丟失的玉佩給找回來，所以才陪著雨桐天南地北在古玩市場裡找，加上自己也對玉石有興趣，順便可以逛逛，瞭解一下市場，但現在玉佩的主人已經不是雨桐了，難不成她真的要跑到湖南去要回來嗎？

「冷燕，如果說，那塊玉是從兩千多年前的戰國來找我的，妳信嗎？」

直視冷燕的雨桐連眼睛都不眨一下，嚴肅的神情令聞言的冷燕脊背一陣發涼。

「兩……兩千多年前？怎麼可能？又不是神話故事。」

「妳還記得去巫山旅遊那次，我落水昏迷不醒的事嗎？」

見猶疑的冷燕點點頭，雨桐打算把隱藏在心裡多年的祕密，都說出來。

「其實，那時的我是被楚國的士兵抓走，穿越到了古代。」

雙眼瞪得像杏仁的冷燕張著嘴，不知道該回答什麼，雖然她明白雨桐是個不太會開玩笑的人，但這個玩笑，似乎開得過火了。

「在古代，我遇到了屈原的弟子宋玉，他不但救了我，還和我約定要相守白頭。可沒多久，秦國的白起攻陷了楚國國都，熊橫把宋玉帶去了陳郢，而我則被秦國的司馬靳給擄走。為了逃跑，我不得已跳下巫山，沒想到，卻被現代的妳給救了回來。」

像在聽神話故事的冷燕不禁想笑，雨桐所說的這些古人，名聲都很響亮，常在電視劇裡看見，但那都是演員，只是劇本。

可是看見雨桐一臉認真，似乎真有其事，而且從那次落水到現在，雨桐的狀況也確實跟從前都不一樣，冷燕頓時完全笑不出來了，沒想到現實世界，真的有穿越這回事！

「經過跳崖回到現代後，我才發覺自己深愛宋玉的心，但那時的他，卻被秦兵逼得遠走他鄉，即使我想幫他也沒有辦法。跟妳去電影院看電影時，不知道是不是因為我一心想回古代，結果竟然又跟著電影穿越回去，還被劇情中的流民給帶走，我跟著他們沿途乞食，終於再次回到了楚國。」

冷燕沒有打斷雨桐，她現在只想拿手機錄下音來。

「雖然經過很多曲折苦難，但也許是上天可憐我，終於讓我和宋玉在一起。只是，古代的生活並不如我想像中容易，貪戀宋玉美貌的人太多，嫉恨他才華的人更多，我一心想幫宋玉脫離歷史的宿命，可惜，最後仍改變不了。」

想起夢裡的最後一次相聚，雨桐不禁潸然淚下。

早知如此，她應該早早勸宋玉離朝歸隱，甚至對重傷的景差見死不救，也許就不會造成宋玉日後的種種不幸。

「因為我預知了許多未來的事，所以宋玉以為我是巫山的神女，那塊玉佩是我帶過去的，唯一的貼身之物，他也一直細心收藏。最後也是因為那塊玉佩，我才能再次回到現代來……」

雖然雨桐說的這些事情很玄奇，但冷燕看得出她真的不是在開玩笑或是編造故事，她說得那麼真誠，就像真實經歷過的事情，況且，誰也沒有辦法證明宇宙是單一的，而且沒有破洞。如果可以，冷燕也很想體驗一下穿越的神奇。

雨桐見冷燕貼心地遞面紙給她，知道她相信了自己說的話，可心裡卻更加難受。

「我在宋玉臨死前將玉佩給了他，要他不管輪迴幾生、幾世，都要拿著玉佩來找我，所以我一直都在等他，也一直在找他。」

「可是，玉佩是會被轉賣的，妳怎麼知道現在擁有玉佩的那個人，就是宋玉的轉世，萬一對方是個小屁孩或者糟老頭，那怎麼辦呢？」

「冷燕，妳相信輪迴嗎？」

雨桐這話問得冷燕說不出話，即使宗教界將輪迴轉世一說描述得繪聲繪影，但冷燕自己沒遇過，很難說信或不信。

雨桐拿出玉石店老闆給她的紙條，喃喃唸著。

「我幾次在夢裡見過這個人，跳下巫山落水時也是他救了我，而且夢裡的他，長得跟宋玉幾乎一模一樣。現在，這個人就在湖南，妳說，我能不去找他嗎？」

「這個人？到底是誰啊？」

好奇的冷燕，攤開雨桐手上的紙條一看，裡面寫著大大的兩個字——巫琅。

第六十一章

緣起不滅

臨澧縣在春秋戰國時隸屬於楚國，後來被秦國歸為黔中郡裡的一縣，直到西晉時期，才正式稱為臨澧縣，現為湖南省常德市所管轄。

從上海搭乘飛機直接到湖南，雖然比起坐火車要節省許多時間，但從機場到臨澧，則需要再轉乘其他交通工具。

下午三點，飛機穩穩降落在常德的桃花源機場，雨桐對湖南並不陌生，因為楚王賜給宋玉的雲夢之地據稱就在這裡。

湖南因位於長江中游及洞庭湖以南而得名，境內河網密布，花草繁盛，從機場向遠處望去，收入眼底的遠山近水美得像一幅畫。

兩個人趕到臨澧時天色已晚，冷燕已經事先用手機查好公交車路線，也訂好了飯店，否則若是等到臨澧再來打點，恐怕就要摸黑了。

兩人風塵僕僕地趕到了飯店後，雨桐還等不及吃飯，就趕緊打電話給巫琅。

「他有事出門去了，不在家。」

電話那頭是個年輕女孩子的聲音，心裡直打鼓的雨桐，突然想到自己什麼都沒問清楚，就冒昧跑來，萬一……萬一巫琅已經不是一個人了呢？

「謝謝妳！」

沒敢再多問的雨桐連忙將電話掛斷，原本急切的一顆心，像石頭般沉了下去。

「怎麼了？」

剛換上一身輕便衣服的冷燕，瞧雨桐的神色有些不對勁，關心問道。

「冷燕，妳說，我這麼沒頭沒腦找來，是不是……太唐突了？」

囁囁嚅嚅把話咬在嘴裡，不安的雨桐低頭絞著十指，有些懊悔自己的衝動。

雨桐想起古代的她為了救小狗子，陰錯陽差和宋玉分開後，一轉眼十年再相聚，宋玉就已經娶妻又生子了。

現在雨桐和宋玉不僅天人兩隔，也從未見過現實世界裡的巫琅，究竟他是不是雨桐想像中的那個樣子，或是他是否真的就是宋玉，這一切根本都還是未知數。

「妳現在才想到這些，會不會太晚了？」

看到雨桐這一副忐忑不安的模樣，冷燕溫柔地笑了，她拉起好友的手安慰道：「如果，妳發現他是個七老八十的糟老頭，我們打包走人就是，怕什麼？」

「我不是那個意思。」

冷燕不知道接電話的是個女孩，無從揣測雨桐心裡的糾結，便又說：「反正船到橋頭自然直，妳就不用在這裡瞎操心了。」

一把拉起雨桐的冷燕，對著飯店外五光十色的廣場說：「瞧！那裡有表演呢！我們吃飽了就去逛逛。」

冷燕訂的飯店剛好在廣場旁邊，瞧這人來人往、歡樂喜慶的樣子，令人忍不住熱血沸騰，這讓愛熱鬧的冷燕興致盎然。然而心事重重的雨桐本來不願意去湊熱鬧，但經不住冷燕的三催四請，只好嘆了口氣便跟著出門。

「雨桐，那邊那邊！好像有好玩的東西。」

冷燕拉著雨桐直往人群裡鑽，這個廣場雖然不大，但眼前人山人海的景象實在有些嚇人。

原來，這裡正好有蚌殼舞的表演。

熟讀歷史的雨桐看過蚌殼舞介紹，這是漢族的一種傳統燈舞，表演時，女孩躲在紙糊的蚌殼裡，男孩則扮成漁夫，做打撈與撒網的動作，與女孩一來一往，直到抓住蚌殼為止。

「這裡太擠了，冷燕。」

冷燕個子嬌小，身手又矯健，本來就意興闌珊的雨桐不想湊那個熱鬧。

「妳自己進去吧！我在外面等妳。」

「待會手機聯絡。」

興沖沖的冷燕朝雨桐揮揮手，一溜煙便閃進人群裡不見蹤影了。

拉緊隨身物品的雨桐直退到人群外，才放寬心地鬆了口氣。

眼前的傳統表演和熱鬧的景象，不管在現代還是古代都是鮮少能見到的，可惜，現在的雨桐，一心都在巫琅究竟是不是宋玉轉世的這件事上，無心感受這樣的熱烈氣氛。

倘若巫琅真的是宋玉的轉世，那麼曾被宋玉誤以為是瑤姬的自己，難道真的是巫山的神女瑤姬嗎？自己又是因為什麼原因穿越到兩千多年前的？她和宋玉的因果，跟巫琅和瑤姬又有什麼關係？

剪不斷、理還亂的思緒糾纏著雨桐，以至於她壓根沒發覺，原本在廣場跳著舞的那群表演者，已經朝她這個方向快速行進。

歡騰的鼓樂聲陸陸續續傳來，洶湧的人潮漸漸在雨桐的身邊聚集，男女對唱的清亮歌聲此起彼落，教困在人海裡的雨桐陷入一片迷惘之中。

雨桐見前方身穿古代服飾，戴著面具的年輕男子，正對著她唱起曾經熟悉的歌謠。

「靜女其姝，俟我於城隅。愛而不見，搔首踟躕。靜女其孌，貽我彤管。彤管有煒，說懌女美。自牧歸荑，洵美且異。匪女之為美，美人之貽。」

那是以前宋玉教過她的《詩三百》裡的詩賦，意喻著一個戀愛中的男孩子在城牆角落等待那個與他約好的美麗女孩，可惜女孩遲遲不來，讓苦等的男孩子焦急地抓耳撓腮。

他想起女孩之前送他的彤管，彤管雖然漂亮，但比不上女孩在郊野親手採來贈與自己的普通荑草，不管女孩送的東西是珍貴或是平凡，都是她喜歡自己的心意。」

「是啊！心上人送的東西，又有哪一樣不是值得珍愛的呢？」

雨桐心想，就算宋玉現在已經不在自己身邊，可是他說過的字字句句，都已深深烙印在她的腦海。無論經過一千年，還是兩千年，就算不斷更替的四季帶走了生命，可是回憶依舊會在某一個時空破洞裡掙扎出來。

就像現在，雨桐宛若在二十一世紀的現實世界中，再次看到了那雙無比深情的眼睛，正笑著對她說：「我陪妳，一起。」

戴面具的男人拉起淚眼婆娑的雨桐，將她帶進歡樂的笑靨裡，他不懂在如此熱鬧的氣氛下，為何這個女孩會獨自一個人躲在暗處流淚呢？

戴面具的男人又唱起歌，清脆嘹亮的嗓音，讓恍然的雨桐再一次怔住。她記得宋玉的歌聲也跟他很相像，可是，這怎麼可能呢？

「新臺有泚，河水瀰瀰。燕婉之求，籧篨不鮮。新臺有洒，河水浼浼。燕婉之求，籧篨不殄。魚網之設，鴻則離之。燕婉之求，得此戚施。」

本來還在為男人熟悉歌聲而發愣的雨桐，一聽是這首〈新臺〉，泫然欲泣的表情驟然一鬆，差點破涕為笑。

這也是《詩三百》中的一首，意思是美麗的姑娘，欲嫁給一個美少年為妻，沒想到成了親、拜完堂，揭開頭蓋一看，姑娘才發現原以為的美少年，居然是個頭髮稀白，滿臉皺紋又駝背彎腰的老頭子。

男人見雨桐抿著唇，就連凝著淚的眼角也跟著彎了起來，便知道她是聽出了詩裡的意思。於是淺笑著的男人伸手將她拉得更近，又轉了幾個圈，惹得慌亂回神的雨桐驚喊。

「你，快放手！」

思緒還停留在古代的雨桐羞紅臉，急著要把手抽回。

「瞧！和大家一起跳舞多快樂，妳就不用一個人傷心了。」

戴面具的男人噙笑，輕快地將手腕一轉，可僵著身體的雨桐有點重心不穩，男人怕她摔倒，趕緊伸手扶住她的腰。

「啪！」

有些生氣的雨桐拍掉他的好意，這個人憑什麼要她快樂，他根本不知道她經歷了什麼，又要她怎麼快樂起來？雨桐連忙後退了兩步，想離這個輕浮又危險的男人遠遠的。

「我傷不傷心關你什麼事？少自以為是。」

「人生偶爾要換個風景，一味將自己沉浸在絕望裡，只會讓關心妳的人，也跟著傷心。」

男人見生氣的雨桐轉身就要走，朝著她離去的背影勸道。

「不要讓關心妳的人傷心，忘了為夫吧！」

宋玉臨終前的一番話瞬時從雨桐的腦海裡竄了出來。她猛地回頭，呀然看著眼前熟悉又陌生的場景。

「人生一世，草木一春。來如風雨，去如微塵。事情既然都已經過去了，何不讓自己隨心快意地活著？」

男人在面具下的雙脣微啟，似乎是真心希望每個人都能幸福快樂地過日子。

「來如風雨，去如微塵？」

緊緊盯著男人的雨桐喃喃唸著，而後微傾著臉，失心一笑，「可惜，緣起不滅，五蘊怎空呢？」

看著執拗的雨桐轉身孤獨離去，默然的男人拿下面具，不禁對著那飄渺的背影，搖頭嘆息。

昨晚冷燕一直玩到半夜才回飯店，隔天，雨桐等到日上三竿了才把她叫醒。

冷燕揉揉眼睛，正覺得奇怪，怎麼昨天風風火火趕來的雨桐，今天反倒不急了？

「妳還在思考要不要去找他嗎？」

想起昨晚雨桐的猶豫，冷燕似乎能體會她現在的心情。

「我還是……不要去好了。」

古代的宋玉即使娶妻，卻還能納雨桐為妾，但如果現代的巫琅已經有了伴侶、結了婚，那……雨桐該怎麼辦？

「這樣吧！我去，妳跟在後頭，如果對方不是妳想像中的那個人，我們就裝沒事立刻走人，怎麼樣？」

雖然冷燕也很希望這個巫琅就是雨桐期待的宋玉，但誰也說不準會不會出什麼差錯，為了預防萬一，冷燕還是先替雨桐頂著。

「可是，如果、如果他……」

「沒有如果，走吧！機票錢不便宜，妳不心疼，我還覺得肉痛呢！」

說完話的冷燕拉著猶豫不決的雨桐，二話不說便出門去。

小小的公交車，開在蜿蜒的河邊道路，終於來到一處滿是油菜田的村落，地方雖然偏僻，但環靜清幽，與繁華熱鬧的市區截然不同。

雨桐和冷燕小心翼翼地走在田間小路，卻遍尋不到玉石店老闆留下的地址，幸好經過幾個好心人的幫忙指點，才終於得以找到巫琅的家。

鄉下房子不是泥石堆砌就是木造建築，也沒有什麼門牌號碼，不過家家戶戶門前都有個小院子，種著幾種時令蔬菜，晒著衣服和日常所需的乾貨。

冷燕先讓心神不定的雨桐在院子外待著，自己則是闖進去敲門，過了許久，雨桐見到一個綁著辮子的漂亮小姑娘出來開門，心不禁又怦怦跳了起來。

站得老遠的雨桐，聽不清冷燕和小姑娘說了些什麼，也看不到冷燕的表情，但見那個小姑娘手上拿了一件男人的衣服，而對待冷燕這個陌生訪客，從頭到尾都親切笑著，就知道是個性情極好的人。

那姑娘不僅人長得漂亮，還跟印象中的巫垠有幾分相像，人家常說的夫妻臉，不就是這個樣子嗎？

「他……最後沒有等我，還是沒有等我嗎……」

一陣酸楚爬上喉嚨，心碎的雨桐正要扭頭離去，卻沒有注意到前面的路況，硬生生撞在一個人的胸膛上。

「啊！」

撫著前額的雨桐連退了幾步，正要跟對方道歉，誰知，又聽見昨晚那熟悉的聲音。

「不好意思！磕著妳了。」

有些呀然的雨桐抬頭，卻被眼前這個人的模樣給怔住。

「是妳啊！」

朗聲的男人笑道：「天南地北的，我們還真是有緣。」

雨桐撞上的正是昨晚戴面具跳舞的男人，亦是那個即使穿越層層時空，也要找到的人。

「你！是你……」

哽咽、驚喜、苦澀又欣喜的心情滿溢，顫抖著雙脣的雨桐心中激動，竟說不出一句完整的話來。

「是我，妳認出來啦！」

噙笑的男人，拿起手中的面具往臉上一擺，打趣道：「妳該不會是昨晚被我激怒了，特別跑來罵我的吧！」

「我……」

見到男人的雨桐沒有想像中的開心，反而有種想逃的衝動，但就在雨桐要打退堂鼓的時候，身後的冷燕突然對著雨桐這個方向高呼。

「嗨！帥哥，沒想到會在這裡遇見你。」

高舉雙臂的冷燕，對著雨桐身邊的男人猛揮手，然後飛也似的朝他們狂奔而來。

「妳是……」

原本淺笑著的男人，突然皺眉沉思了起來，似乎對冷燕已經沒了印象。

「三年前，你在巫峽曾經救了我朋友一命，怎麼這麼快就忘了？」

不甚開心的冷燕，朝男人的上臂猛打了一拳，虧得冷燕有陣子還對這個帥哥朝思暮想，沒想到，對方早把自己給忘了。

「我想起來了，那麼，這位就是……」

經冷燕這麼一提，男人似乎也覺得眼前的雨桐，很面熟。

「是啊！她就是被你救起來的那個姑娘，劉雨桐。」

揚眉的冷燕勾起脣角，向男人又湊近了些。

「當時你怕我會以身相許，堅決不願意留下姓名，現在，總可以說了吧！」

「當然，三年前沒能和這位姑娘說上話，沒想到三年後，還有機會遇到妳們。」

再次展開笑靨的男人點點頭，對著低頭不語的雨桐伸出手，表示歡迎。

「我叫作巫琅，幸會了。」

為了更瞭解巫琅和宋玉的關係，雨桐特別上網查了巫姓的起源，這才知道中國姓巫的人口不多，淵源卻很悠長。

根據歷史記載：「巫人源於上古，是專以舞蹈、祝禱和占卜，作為招來神靈的特殊人士。」黃帝時期更有神醫宰相巫彭，能通曉神界之事，並採食百草為人們醫治疾病，巫彭便是巫姓的始祖。

而巫琅原籍雲南，是個熱愛表演的民族舞蹈者。三年前，他來臨澧參加一場文化演出後就愛上這裡的純樸美景，於是在河邊的僻靜村子落了腳，定居下來。

被巫琅請到屋裡的雨桐和冷燕表情各異，冷燕在乍聽巫琅就是雨桐要找的前世情人時，確實感到很失落。但轉念一想，如果巫琅真的是宋玉轉世，也是要來和雨桐再續前緣的，就沒有自己能插一腳的份。

「請喝茶。」

綁辮子的小姑娘，將泡好的熱茶分別端給雨桐和冷燕，然而她親切的笑容讓坐著的雨桐很是不安。

「謝謝！」

始終低著頭的雨桐，突然想起以前向麗姬奉茶時的情景，不禁又有一點想哭。

一旁的冷燕，則忙著打量巫琅的家，完全忽略了雨桐洶湧起伏的心情。

接過茶的她，笑著向小姑娘點頭致意，順便問道：「巫琅跑哪裡去了？我們還有事情要請教他呢！」

「這幾天邀演的場次比較多，他得先將表演的衣服整理好才能過來，妳們再稍等一會兒。」

說完話的小姑娘在雨桐面前頓了一下，似乎有話想對她說，但在笑了笑後，便隨即轉身回屋子裡。

冷燕見四下無人，急著問雨桐：「妳要找的，就是這個巫琅沒錯吧？」

漲紅臉的雨桐，點點頭。

「可是他看起來不記得妳了，要怎麼問那個玉佩的事呢？」

雨桐內心掙扎著，沒有回答。

「唉唷！眼看著人近在咫尺，卻像隔著海角天涯，到底要怎麼樣才能讓他恢復前世的記憶，跟妳相認啊？」

三年前雨桐在巫山落水被巫琅救起來的事，是冷燕親眼所見，這是真實發生過且不容置疑的，而雨桐留給宋玉的玉佩，又恰巧出現在巫琅的手裡，就連現代的這個巫琅，也長得跟古代的宋玉一模一樣，這世界怎麼可能有那麼多巧合的事？本來還對輪迴轉世半信半疑的冷燕，在找到巫琅後反而對此深信不疑了。

「冷燕。」

沉寂許久的雨桐終於坐不住，她站了起來，伸手拉了拉冷燕的袖子。

「我們……還是走吧！」

「走？要去哪裡？」

巫琅爽朗的聲音，從屋子裡傳了出來，正擦著手的他一臉訝異。

「妳們不是才剛從上海來，怎麼這會兒又急著要走？」

原來，巫琅已經知道她們是因為玉佩而來的。

「前天晚上我叔叔特別打電話來，說有兩個上海姑娘對我的玉佩很好奇想結個緣，本來我還一笑置之，沒想到妳們真的找來這裡了。」

其實，打從叔叔說有人因為玉佩要來找自己時，他還是很期待的，畢竟上海和湖南隔了上千公里遠。

「就是、就是。」

聽巫琅這麼一說，熱心的冷燕急忙解釋：「那塊玉佩本來是雨桐買的，但她轉送給一個朋友後就不見了，沒想到居然又在東臺路上看到，所以我們才找到這裡來。」

「然後呢？妳們真的為了一塊小小的玉佩，從上海千里迢迢飛到湖南來嗎？」

巫琅雖然不懂玉石，但也看得出雨桐並不是單純為買一塊玉而來，如果那塊玉佩真有那種價值，早就一堆人喊著追價了。

冷燕見雨桐依舊不說話，只好替她開口問：「你拿到玉佩的時候，有沒有發生什麼奇怪的事呢？例如想起某個人，或某一段回憶之類的。」

「妳怎麼知道的？」

訝異的巫琅看著冷燕，說道：「當時，還真的發生了很奇怪的事。」

「什麼事？快說、快說。」

局外人的冷燕頻催促，讓一旁的雨桐心跳得更厲害了。

「三年前，我被邀請到這裡表演，演出結束後因為太累了，便躺在河邊的草地上休息。可夢裡有個人出現，還塞了個東西在我手上，並對著我說：『拿著它，去找你的有緣人吧！』沒想到一覺醒來，我手裡真的握著一塊玉佩。」

微仰著頭的巫琅憶道：「原本，我還想著遺失玉佩的主人應該會回頭來尋，但等了許久，始終不見蹤影。」

在那之後，巫琅便都把玉佩帶在身上，直到幾個月前他叔叔要在上海開古玩店，巫琅便想著把玉佩放在更引人注目的地方，也好知道誰會是他的有緣之人。

沒想到真的有人找來了，而且還是自己昨晚就遇到的人。

聽巫琅說得仔細，聞言的雨桐猛然抬起頭，直視著眼前的不可思議。

「那你，有看清楚那個人的長相嗎？」

湖南臨澧的裕溪河畔，是宋玉晚年最喜歡去的地方，因為景差和唐勒的惡意陷害，被新任楚王熊完放逐的宋玉，總是流連在河邊，細訴自己對國君以及愛妻的思念之情。

沒想到，時隔兩千多年的巫琅，竟然會在同一個地方，撿到雨桐送給宋玉的玉佩。

「雖然沒有看到長相，但聽聲音，是個說話親切又好聽的男人。」

努力回想夢境的巫琅，知無不言。

巫琅本以為，因為玉佩而跟他相遇的雨桐會跟自己一樣興奮，可是打從兩人一見面開始，她表現出來的躊躇與不安，都讓期盼已久的巫琅感到疑惑，甚至失落。

「所以，那塊玉佩真的是妳朋友掉的？」

能讓一個女孩子這麼急匆匆趕來這麼遠的地方，想必是很珍貴的信物，巫琅小心翼翼地問：「是妳給他的，定情之物嗎？」

「就……」

「不是。」

冷燕正想回話，卻被雨桐給打斷。

「既然你和那塊玉佩有緣，就算別人想要，也強求不來。」

既然已經知道巫琅得到玉佩的前因後果，也看到他過得好，雨桐就很開心、很滿足了，自己再執著於玉佩也沒有任何意義。

「雨桐，妳！」

對於阻止自己解釋一切的雨桐，冷燕呀然。

巫琅則是凝眼看著神色不定的雨桐，明白她說的不是真心話，便試探性問道：「妳打算把玉佩留給我嗎？」

「那個人既然選擇把玉佩給了你，自然就是你的了。」

雨桐終於敢正面迎向巫琅，她淒然一笑，也許這是自己最後一次見他了。

「很抱歉！突然來訪造成你的困擾，那我們……我們就不打擾了。」

雨桐咽下了話語中所有的苦澀，將餘光瞥向那個不在屋子裡的人。隨後便拉著一臉訝異的冷燕，兩人頭也不回地快步走出門外。

「咦？哥，她們怎麼這麼快就走了？」

辮子姑娘手上端著剛炸好的燒餌塊，正要給遠道而來的客人當茶點，誰知才走到客廳，人便已經離開了。

「我也不知道。」

巫琅站在門口痴痴地望著雨桐的背影，黯然回道。

「可是，你不是還挺高興能再次遇見她的嗎？為什麼不把人留下呢？」

打從昨晚巫琅回家就一直聊到心事重重的雨桐，辮子姑娘知道哥哥對這個陌生女孩子上心了，卻沒想到那位女孩子居然自己先找上門來。

「她心裡有結，也許，等結解開了，自然會再碰面吧！」

再次遙望雨桐遠去的巫琅，深深嘆息。

三年前，獨自去巫山旅遊的巫琅，碰巧遇到雨桐落水，旱鴨子的冷燕在岸邊直喊救命，可當時的水流過於湍急，大家光是在一旁湊熱鬧，無人敢跳下水。唯有見義勇為的巫琅將背包一丟，拿起船上的救生圈後，奮不顧身下水救人。

當時，巫琅不知落水的雨桐為何不掙扎，且兩腳剛好卡在江底的石縫中，巫琅怕硬拉會讓雨桐的腳傷變嚴重，於是再度浮出水面，找了工具後，再潛下水移開石頭。

沒想到這一來一往的時間過久，吐盡肺氣的雨桐陷入昏厥，為了幫雨桐渡氣，巫琅甚至獻出了自己的初吻。

自那次後，巫琅就經常在夢裡夢見雨桐，即便看不清臉，可巫琅一直都沒忘記過那個令他牽掛了三年的女孩。沒想到，當兩個人真正見了面卻說不到幾句話，就又分開了。

第六十二章

情為何物

一路上，紅著眼眶的雨桐沒有說話，冷燕也不敢多問，她知道此時的雨桐心裡肯定很糾結，但到底在糾結什麼，神經大條的冷燕也不清楚。

回到飯店後，雨桐就重新訂了回上海的機票。

原本冷燕還以為雨桐會待上幾天，沒想到，連去嚐個湖南小吃的機會也沒有，只是不巧，當天飛往上海的班機全客滿了，最快也要等到明天早上。

個性開朗的冷燕不是個藏得住話的人，當然也受不了悶不吭聲的雨桐把事情都放在心底。所以冷燕在睡前終於憋不住問了一句。

「妳，真的放得下嗎？」

已經在浴室偷偷哭過一回的雨桐，雖然覺得自己已經想通了，但能不能真正放下，她自己也不知道。

「也許，我們真的沒有緣分。」

努力按捺下洶湧的思緒，背著冷燕的雨桐，抱著棉被喃喃自語。

「沒有緣分他怎麼會救了妳？沒有緣分，怎麼會讓妳找到那塊玉佩？沒有緣分，妳又怎麼可能一再遇見他？」

有些莫名的冷燕生氣了，她從軟床上坐了起來，對著陰晴不定的雨桐問道：「全世界有超過八十億的人口，光是中國也有近十四億，妳以為兩個不同省籍的人，要碰在一起容易嗎？」

「說真的，如果他不是妳的巫琅，我還真想留在這裡跟他一起……」

突然轉弱了聲調的冷燕自嘲，「可惜，他眼裡壓根兒沒有我。」

抹掉淚的雨桐坐起身來，本來是想安慰好友的，可是怎麼都開不了口，只好握住她的手，輕喊：「冷燕。」

「所以，妳怎麼可以先放棄呢？」

冷燕反握住雨桐的手，激動地揚聲道：「就算搶也要搶到啊！」

「……何必呢？既然巫琅已經選擇了別人，我尊重他的決定。」

與其要所有的人都跟著痛苦，雨桐倒不如成全他們。

「選擇了別人？妳在說什麼？巫琅選擇了誰？」

「不就是……那一位，綁辮子的姑娘？」

「什麼啊！那是他妹妹。」

「妹妹？」

「妳沒看出來嗎？他們倆根本就長一個樣啊！」

此時雨桐才恍然大悟，原來那不是夫妻臉，而是兄妹啊！

重新燃起熱情的冷燕，一大早就抓著雨桐趕公交車，這次就算雨桐跪下來求她，她都不會停下了。她一定要把雨桐和巫琅，這對前世鴛鴦給湊成一對。

一晚沒睡的雨桐，不知道是興奮還是緊張，整個人彷彿都不在狀況中，任由冷燕替她打點衣服、交通。正當兩人風風火火趕到車站時，迎面而來的一道光，便明晃晃閃進兩個人的眼睛裡。

「妳們，這是要去哪裡？」跑得有些喘的巫琅問道。

原來，昨晚巫琅的妹妹也勸了一晚－。「既然是喜歡的人，就要勇敢追求。」又說：「有緣千里來相會，怎麼可以辜負老天爺的一番美意，錯失良緣。」好不容易才將巫琅給說動。

幸好，昨天冷燕跟巫琅的妹妹聊天時有提過她們住在哪家飯店，否則任憑再有緣的兩個人，又怎麼禁得起一再的錯過呢？

「那你又是要去哪裡！」冷燕急向前問道。

「我……我來找妳們。」

有些尷尬的巫琅淺淺一笑，緩了口氣後，才勇敢走到雨桐面前。

「我妹妹說，既然妳都有心來到這裡了，至少我們該彼此留個手機號碼或聯絡方式，好方便聯絡，不是嗎？」

眼中的熱液瞬時又要潰堤，捂著心口的雨桐緊握著十指，好止住自己的失態，她對著略顯靦腆的巫琅點點頭，說了聲：「好。」

這一次，她決定不要再遲疑。

「我的也順便給你。」

聞言的冷燕也趕緊拿出手機，免得雨桐哪根筋不對又反悔了，「還有我們住上海的地址。」

雨桐悄悄拭去眼角幸福的淚水，再次看向這個穿越兩千年的最愛，也見到正輸入著手機號碼的巫琅，偷偷回看著她。

剛才巫琅還一路想著要用什麼理由和藉口，才能留下雨桐的聯絡方式，可沒有想到，現在她居然答應得如此乾脆。而且巫琅見她似乎很高興自己能來，難不成雨桐也正要去找他嗎？

其實現在的巫琅還不是很肯定雨桐對自己的想法，怎麼才經過一個晚上，她對自己的態度就從強烈的抗拒變成全然的接受，那玉佩前一任的主人呢？雨桐打算放棄他了嗎？

雖然巫琅不是很清楚，那個人是如何弄丟對雨桐來說如此重要的信物，可玉佩確確實實是放在巫琅的掌中。難道雨桐只是認為擁有玉佩的人，就是她的有緣人嗎？

「那個……玉佩要怎麼辦？」

巫琅再一次試探。如果，雨桐還牽掛著丟失玉佩的那個人，肯定會要求巫琅還的。

「什麼怎麼辦？」

雨桐和冷燕一臉莫名，單純的她們，沒想到巫琅還在介意那個給他玉佩的宋玉。

「玉佩畢竟是我撿來的，如果，需要歸還……」

「不用了。」

笑得如沐春風的雨桐，搖搖頭，「其實，它一直都是你的。」

「一直？」

巫琅不懂雨桐說這句話的意思。

「等你把一切想起來，就會瞭解了。」

彷彿看出巫琅的疑惑，雨桐又傾顏一笑。

「就是、就是。這回千萬別再把玉佩給別人了，要趕緊拿回來，好好留在自個兒身邊，知道嗎？」

冷燕拍拍巫琅的肩膀，若有其事地附和著。

見冷燕和雨桐一臉認真，不清楚前因後果的巫琅更混亂了。

「這……到底是怎麼回事？可以告訴我嗎？」

巫琅是個隨遇而安的人，待人處事也從不強求，可他對只見一次面就上了心的雨桐，是怎麼都割捨不下。

每次見雨桐離去都像是一種撕扯，一種刨心裂肺的痛苦，讓平時心靜如水的巫琅難以承受，彷彿失去雨桐就等於失去了整個人生。

「故事很長，你有耐心聽嗎？」

雨桐相信，巫琅應該還留有前世宋玉的記憶，否則也不會一大早就跑到這裡來找她。既然如此，雨桐若是把穿越的事情對巫琅據實以告，應該也嚇不著巫琅吧！

「如果，妳願意給我時間，我會一直聽下去。」

深情的巫琅，凝眼和雨桐對視。

巫琅從來沒有這麼快對一個女孩子動心過，可雨桐確確實實打動他了，即使巫琅對只見過三次面的雨桐，根本一無所知。

「得了得了，要談情說愛到一邊去，在我這個孤家寡人面前，也要這麼眉來眼去的，我實在看不下去，我要去找吃的了，跑了一早上，快餓死了。」

暗自竊笑的冷燕，伸手推著雨桐和巫琅，直見羞紅臉的兩個人緩緩離開後，才雙手叉腰地嘆了口氣。

「看來當真是前世情人來著，兩人一見面就分不開了。我也得趕緊尋個古玩來戴戴，否則，真要成孤家寡人了。」

又笑又搖頭的冷燕張望了下，見車站旁剛好有家古董店，便連忙殺了進去。

「老闆，有沒有什麼玉佩、鐲子的，快拿出來給本姑娘瞧瞧。」

一進門的冷燕揚聲，就怕沒人聽到。

「俺不賣那勞什子小玉佩、小鐲子，俺只賣抗日殺鬼子的長刀。」

一個滿臉落腮鬍，長得黑炭似的壯漢，獅吼般呼嘯了過來。

壯漢大跨步走到滿是長槍、長刀的木架子前，伸手一抓，便揮了把白晃晃的大刀，在冷燕面前揚威。

「怎麼樣？這把千人斬還滿意嗎？」

「滿……滿意。」不滿意行嗎？這可是把真刀啊！

冷燕雖然喜歡玉器，但見鬍子壯漢將那把長刀的歷史說得可歌可泣，當下也就買下了它。

壯漢看冷燕這小姑娘爽快，又送了把防身的匕首給她，兩個人越聊越起勁，索性中午就一起約出去吃飯，然後……。

＊＊

崑崙山上有一水池，池面似一輪彎月，湖水終年清澈如鏡、晶瑩如玉，池邊的綠草如茵、繁花似錦，往往金風送爽、瑞氣蒸騰。就在那臨近蒼穹的池邊，造有雄偉豪華的宮殿上千，富麗堂皇的玉樓無數，在群山綠水的環抱之下，真教人仰望不已。

甜美的花香撲鼻，池邊的玉桌旁坐著兩個神人，正拿著棋子在對弈。

「這下子，你可滿意了？」

身穿鳳袍的西王母娘娘先下一子，而後對著撫鬚思考的白髮老人唸道。

「承蒙娘娘厚愛，讓老夫的孫兒圓了心願，老夫在此，替巫琅謝過娘娘！」

巫彭對著西王母恭敬回道。

「若不是你跑到天帝面前告狀，本座才不會如此輕易讓他占了瑤姬的便宜。」

西王母一想到自己苦心栽培的女兒，其數千年的修行就這麼被個區區凡人給毀了，還是很不甘心。

「要不是娘娘心存善念，讓他們兩人的情緣得以圓滿，那落入凡間的瑤姬，豈不是要生生世世尋找她的情人，又如何有機會再回仙班？」

面帶微笑的巫彭落下一子，不忘提醒眼前的西王母娘娘。

「那是，只要瑤姬順利通過了情劫，你那個孫子就算輪迴百世也無用了。」

冷笑的西王母再拿起一子還擊，心想不管巫彭打下多少如意算盤，巫琅終究是個凡人，如何能與她的女兒永世長存？

「娘娘說得極是。只是，河伯甚是喜愛巫琅，已決心收他為徒兒，希望日後巫琅也能有所修為，為天帝分憂，為眾生祈福。」

欣悅的巫彭喝了口西王母賞賜的蟠桃酒，原本溫和的臉色，變得更為紅潤了。

「你！」

沒想到河伯居然會收一個凡人為徒，聞言的西王母不禁怒由心生。

「河伯已經收了屈原為徒，怎麼可能再收其他的凡人為徒，你莫要信口雌黃。」

「娘娘有所不知，屈原生前為國盡忠，死後仍關愛百姓，協同河伯救助無數生靈，且受眾生香火膜拜已逾千年，所以天帝特別允准屈原提前位列仙班，也算是功德一件。」

恭敬的巫彭起身，對著天帝的方向作揖後，再落下一子。

見怒目的西王母不語，巫彭又說：「娘娘既然成全了巫琅和瑤姬，不如好人作到底，也饒了火神祝融吧！」

「別以為你在天帝面前得臉，就妄想干涉神界之事。」

又恢復為一貫冷漠的西王母，緩緩道：「凡事有求皆苦，無求乃樂，祝融若放不下心中私慾，又如何能公允執行天帝的御令？」

「巫彭不敢干涉神界之事，但火神畢竟是因巫琅而墮入輪迴，於公於私，老夫都希望火神能早日頓悟，重回衡山住所，為百姓蒼生造福。」

「祝融的罪孽深重，身為楚國國君的他，不僅不思悔改，反而更加沉迷酒色，誤國又誤己。不過這一世的他，因祖先抗日殺敵積了不少福，待有人替祝融開了竅，他自會頓悟。」

心生不耐的西王母也沒什麼興致再下棋了，便示意一旁的小仙童收起棋盤，「能說的本座都說了，你可放心了吧！」

「巫彭謝過娘娘仁慈，打擾娘娘多時，巫彭告辭了。」

巫彭雙手作揖，對著西王母恭敬一拜。

西王母揮袖，示意巫彭離開。

「瑤姬的住所都安排妥當了嗎？」

見巫彭遠去後，西王母對著隨侍的小仙童問道。

「謹遵娘娘旨意，都安排妥當了。」

小仙童欣悅回道。

瑤姬是西王母娘娘最疼愛的女兒，這幾千年來她一直小心翼翼護著瑤姬的魂魄，免得失了道行的瑤姬精魂散去。待輪迴完這一世，瑤姬的情劫也算過了，她終於又可以回到西王母的身邊修行。

「娘娘，那火神……」

一旁聽得起勁的小仙童也很好奇，堂堂天帝親賜的火神被貶下了凡間，又會是個什麼樣貌呢？

「都說：『問世間情為何物？總歸是一物降一物。』任憑那祝融再怎麼頑劣，妳的燕姐姐，也能將他治得死死的。」

冷笑的西王母將權杖重重擲地，就不信這一世還降不了祝融。

「原來如此！就因為燕姐姐下凡去了，難怪我們這裡格外冷清。」

年紀尚小的仙童聳肩一笑，露出兩個小巧的梨渦。

「唉！這世道是越來越混亂了，凡間的愛、恨、嗔、痴不斷積累，就連神祇都分不清慾念與幻象，陷入人世間的火宅裡。神界若不再爭氣點，恐怕就要淪為和凡間一樣，受八苦之苦了。」

「娘娘憂天帝之所憂，苦百姓之所苦，只可惜，世人只看到娘娘威嚴的一面，看不到娘娘慈悲的心腸。」

小仙童隨侍西王母百年，自是最清楚娘娘的仁心仁德。

「就數妳最懂得討本座歡心。」

勾起脣角的西王母，用權杖輕敲了下仙童的頭，見她「唉唷！」故意慘叫一聲後，不禁笑了出來。

伸手摸了摸頭的小仙童，對著西王母咧嘴嘻笑，見娘娘鬆了眉頭心情大好後，才扶著她慢慢走回宮殿。

（全文完）

越楚記（下）：餘生無悔

作者　是風不是你
發行人　林敬彬
主編　楊安瑜
編輯　林佳伶
封面設計　蔡致傑
行銷經理　林子揚
行銷企劃　徐巧靜
編輯協力　陳于雯、高家宏

出版　大旗出版社
發行　大都會文化事業有限公司
11051 臺北市信義區基隆路一段 432 號 4 樓之 9
讀者服務專線：(02)27235216
讀者服務傳真：(02)27235220
電子郵件信箱：metro@ms21.hinet.net
網址：www.metrobook.com.tw

郵政劃撥　14050529 大都會文化事業有限公司
出版日期　2025 年 01 月初版一刷
定價　420 元
ISBN　978-626-7284-80-3
書號　Story-51

First published in Taiwan in 2025 by Banner Publishing,
a division of Metropolitan Culture Enterprise Co., Ltd.

4F-9, Double Hero Bldg., 432, Keelung Rd., Sec. 1, Taipei 11051, Taiwan
Tel:+886-2-2723-5216　Fax:+886-2-2723-5220
Web-site: www.metrobook.com.tw
E-mail: metro@ms21.hinet.net

國家圖書館出版品預行編目（CIP）資料

越楚記（下）：餘生無悔 / 是風不是你　著-- 初版. -- 臺北市：大旗出版社出版：大都會文化事業有限公司發行, 2025.01；368面；14.8×21公分. (Story-51)
ISBN　978-626-7284-80-3（平裝）

863.57　　113017234